A MULHER E O MACACO

PETER HØEG

A MULHER E O MACACO

Tradução:
CARL ERIK
DENISE BANDEIRA

COMPANHIA DAS LETRAS

Título original:
Kvinden og aben

Capa:
Silvia Ribeiro

Foto da capa:
Roberto Stelzer

Preparação:
Marcos Luiz Fernandes

Revisão:
Cláudia Cantarin
Isabel Jorge Cury

Dados Internacionais de Catalogação na Publicação (CIP)
(Câmara Brasileira do Livro, SP, Brasil)

Høeg, Peter, 1957-
A mulher e o macaco / Peter Høeg ; tradução Carl Erik, Denise Bandeira. — São Paulo : Companhia das Letras, 1996.

Título original: Kvinden og Aben.
ISBN 85-7164-611-2

1. Romance dinamarquês I. Título.

96-4664 CDD-839.8

Índices para catálogo sistemático:
1. Romances : Século 20 : Literatura dinamarquesa 839.8
2. Século 20 : Romances : Literatura dinamarquesa 839.8

1996

EDITORA SCHWARCZ LTDA.
Rua Bandeira Paulista, 702, cj. 72
04532-002 — São Paulo — SP
Telefone: (011) 866-0801
Fax: (011) 866-0814

I

1

Um macaco chegava a Londres. Sentado num banco, a contravento, na cabine aberta de um veleiro, largado, de olhos fechados, enrolado num cobertor de lã. E, mesmo assim, fazia o homem à sua frente parecer menor do que era.

O nome do homem, naquele tempo, era Bally, e só lhe restavam, na vida, duas coisas de que realmente gostava: o momento em que chegava a uma cidade grande e aquele em que partia. E foi por isso que naquele instante ele se levantou e foi até o corrimão do convés, para dali contemplar a cidade. E foi assim que cometeu seu primeiro e último erro na viagem.

Sua desatenção contagiou a tripulação. O timoneiro ativou o piloto automático, o proeiro veio da popa para a proa. Foram até a borda. Era a primeira vez em cinco dias que os três homens deixavam seus afazeres, hipnotizados pela visão dos postes de luz elétrica daqueles bairros de subúrbio que passavam em frente ao barco, dançando como vaga-lumes e logo desaparecendo.

O vento aumentara durante a noite, deixando o Tâmisa coberto por uma espuma branca e plissada, e o barco, que vinha de vento em popa, levava, além da vela maior, uma possante bujarrona. Navegavam no limite da prudência, mas Bally contava chegar naquela mesma noite.

Mas agora sabia que não conseguiria. Alguma coisa

mudara no ar. A primeira luz da madrugada de primavera brotava das casas como uma penugem cinza. Foi quando Bally se lembrou do macaco e virou para trás.

Viu-o de olhos abertos e ligeiramente curvado para a frente. Uma das mãos roçava de leve o comando do painel de controle que ajustava o piloto automático.

Bally sempre deixava os animais que transportava subirem ao convés porque esse era o modo de garantir que eles não morreriam de enjôo, e isso sempre funcionara. Cada um tinha a sua corda de segurança, alguns cobertores e um miligrama de um bom neuroléptico por quilo de peso corporal, duas vezes ao dia. Assim, pois, amarrados e com uma turva percepção do ambiente, costumavam passar a viagem cochilando.

Mas esse procedimento talvez devesse mudar — era o que ele pensava ali, com a velocidade com que se pensa, às vezes, num instante curto demais para permitir uma reação física.

Um segundo, apenas um segundo depois, relativamente à mão do macaco, o piloto automático fez girar a proa do barco alguns graus, mínimos, porém fatais, saindo do vento e deslizando desajeitado sobre uma onda curta e chata. Então cambou.

Nesse segundo o macaco olhou fixamente para os três homens.

Muitos anos antes Bally já havia descoberto que a vida consistia numa série de repetições que, com o tempo, iam perdendo a graça. E, dentro dessa absoluta falta de graça, o próprio homem também era, ele mesmo, uma repetição. Por isso sabia que se havia buscado, em sua vida, uma proximidade maior com os animais, era porque dentro daquela odiosa mecânica previsível ele só conseguia renovar a própria força treinando seu poder sobre outro fantoche de uma ordem inferior à sua. Mas, agora, essa sensação generalizada de ausência de vida havia sido atingida.

Os movimentos do macaco eram precisos e deliberados. E isso não era o pior. O pior era o que ele agora via nos olhos do macaco, algo que, apesar de durar uma mínima fração de segundo, modificaria a vida de Bally para sempre.

Não encontrava nenhuma palavra que pudesse definir o que via — ninguém encontraria tal palavra naquele momento. Mas, certamente, seria o oposto de fantoche.

O mastro do *Arca* media dezessete metros de altura, a vela maior tinha mais de quarenta e cinco metros quadrados e o movimento foi, por isso, rápido demais para que os olhos percebessem. Tudo o que os três homens puderam registrar foi uma leve inclinação e um estalido que soou como um tiro quando a retranca arrebentou dois brandais de aço da popa. Em seguida eles foram varridos para dentro do Tâmisa.

Os encaixes do barco, sobrecarregados, produziram um silvo, como um lamento. O piloto automático se reajustou para a nova posição e corrigiu o rumo. Com uma velocidade de doze nós, além dos dois nós produzidos pelas correntes favoráveis da maré, o barco — cujo nome era *A arca* — seguiu em direção a Londres, agora tendo o macaco como único passageiro.

Quinze minutos mais tarde, o barco foi chamado pela primeira vez através do rádio de ondas curtas. Nem essa chamada nem as duas outras que se seguiram foram respondidas. Então elas cessaram.

Mas numa torre baixa, no Deptford Ferry Road, atrás de uma janela de vidro fosco, um oficial da Polícia Fluvial largou o microfone do rádio e pegou o binóculo. Alerta, mas calmamente, a defesa imunológica da cidade já estava ativada para identificar a transgressão de uma regra.

* * *

Antes de Tower Bridge em Yacht Haven, perto de The Pool, o The Royal English York Club possui um restaurante onde servem café da manhã. Nos meses de verão, ele é servido num terraço aberto entre o Tâmisa e St. Katharine Docks. E naquela manhã, mesmo sendo ainda tão cedo, já havia lá uma dúzia de clientes.

Diz-se que The Pool é o único lugar em que o Tâmisa é azul. É lá que os barcos reais ancoram. É de lá que saem as missões diplomáticas de Londres para almoçar nos navios nacionais de treinamento. Foi de lá que cem mil pessoas assistiram, num dia de setembro de 1866, à famosa chegada dos clíperes *Taeping* e *Ariel*.

Um pouco daquela mesma expectativa se reacendia, agora, no terraço do York Club quando *A arca* foi avistada. Todos os presentes reconheceram o barco como um Ocean 71, construído em Poole. Um *ketch* inglês veloz, apesar de clássico. E pela maneira despreocupada como navegava e pelo arranjo radical das velas percebia-se que ali vinha um capitão da escola antiga, um tradicionalista que chegava ao cais sem motor auxiliar. Depois de alguns minutos já se podia ver, por cima dos golfinhos dourados na ponta da proa, o capitão em pessoa, sem uniforme, sem óculos escuros, até mesmo sem quepe, vestindo simplesmente um discreto casaco cinza. Fez-se silêncio no terraço. Já se sabia o que ia acontecer porque todos ali tinham ouvido falar das proezas dos mestres. A âncora seria solta no último momento, todas as lonas desceriam com um estrondo, o barco, seguro e suave, faria a curva sobre a cadeia e atracaria no cais. Então, quando *A arca* entrou pelas comportas abertas, prepararam-se para aplaudir. Muitos chegaram até a erguer as mãos, mas era tarde demais. Com um guincho apocalíptico de madeira estilhaçada, o *ketch* se projetou contra as embarcações atracadas de popa, e veio cortando pela metade aquela fileira de cascos de paliçada e mogno, num efeito dominó.

Nenhum dos clientes do restaurante despertou da paralisia a tempo de ver como o casaco cinza pulou da cabine, pisando no casco que afundava, e, rapidamente, sumiu, manquitolando, pelos fundos de uma casa. Mas duas outras pessoas viram. Na cabine de operação da represa, um guarda da Taylor Woodrow — empresa proprietária de St. Katharine Docks — baixou o binóculo e pegou o telefone. E no lado leste do cais Johnny começou a correr.

2

Johnny correu em direção a um caminhão estacionado na parte do cais que dá para o bairro industrial de Wapping. Ele já vinha acompanhando *A arca*, de dentro desse caminhão, desde Klein's Wharf, em Isle of Dogs — lugar que fora combinado para a ancoragem —, seguindo depois para o centro de Londres.

Além de ser a única moradia de Johnny, o caminhão era também tudo o que ele possuía. Ainda assim, jamais o trancava, nem mesmo agora. Preferia ter na porta uma placa onde se viam o desenho de um perfil de cachorro e, logo abaixo, um texto em letras minúsculas. Mas não se tratava de uma placa meramente decorativa. Num beliche, na cabine atrás do assento do motorista, repousava um dobermann de cinqüenta quilos chamado Samson que durante cinco anos fora um dos grandes campeões das *run & fight races* ilegais dos bairros de imigrantes, até começar a perder as corridas, e que, antes que fosse sacrificado, Johnny comprara, e havia mais de um ano vinha descondicionando daquela antiga vida de astro do esporte. Agora, com a capacidade pulmonar tremendamente aumentada e um bom volume de cilindradas, ele se transformara em seu cão de guarda, além de único e melhor amigo.

Johnny era conhecido por dois nomes e o segundo, para ele, era tão importante quanto seu nome de batismo, ou até mais. Era Golf Zulu India Thirteen Foxtrot Whisky — sua senha internacional como radioamador. À sua frente, no painel do caminhão, ficava seu equipamento de transmissão, e enquanto ligava o carro com uma das mãos com a outra ajustou o receptor para os 148 MHZ da Polícia Metropolitana, onde escutou as últimas palavras da primeira ordem de captura de um homem de casaco cinza e, em seguida, a ordem de fechamento da área portuária.

O rosto de Johnny estava grave enquanto ele dirigia para East Smithfield Road, passando por Tower Bridge. Havia três anos que ele trabalhava para Bally e jamais o vira cometer um erro. Seus pensamentos se alternavam, indecisos, entre a estrada, *A arca*, a Polícia Fluvial, o acidente, o futuro próximo e o fugitivo capenga de casaco cinza.

— Você diria — falou para o cachorro — que os braços de Bally vão até o chão quando ele está de pé?

Samson não respondeu. Mas se mexeu, como percebendo a inquietação de seu dono.

No decorrer dos últimos dez anos, Johnny trabalhara para tornar-se independente, e quase conseguira. Tinha um emprego — que era o caminhão — e um lar — que também era o caminhão. Era livre e não dependia de nenhum ser humano. Na retaguarda, tinha Samson. E o rádio o mantinha em contato com seus amigos atmosféricos em todo o mundo civilizado. Mesmo assim, agora, sentado ao volante, ele tremia. Por causa de sua única fraqueza, a que ele jamais conseguira dominar: Johnny apostava em animais.

Era uma paixão anônima e praticamente invisível dentro de um mundo em que se aposta em tudo. Bally foi o primeiro a notar, naquela paixão de Johnny, alguma coisa que estava além da expectativa de um prêmio. E por isso aproximou-se dele.

Johnny não apostava para ganhar. Apostava o mínimo permitido e de maneira meio cega, sem avaliar os possíveis ganhadores. Não dava nem aceitava palpites. Apostava por razões que ele mesmo não conseguia entender, mas que vinham da agitação que sentia quando, de perto, via os animais dispararem. Alguma coisa indescritível acontecia dentro de Johnny quando ele via a largada simultânea de seis greyhounds atrás de um coelho elétrico, ou quando sentia o farfalhar das asas dos pombos-correios, decolando, ou no derby, no jóquei, no galope de Sedgefield ou Pontefract, até mesmo nas brigas de galo dos bairros indonésios.

Bally nunca lhe contara de onde vinha aquela carga nem qual era seu destino final, mas apesar disso a parceria entre os dois se mantinha — ainda que Johnny desde o início pressentisse o risco — porque Bally o levara até muito perto da sensação indescritível que ele tanto procurava.

Numa unidade de carga atrelada ao seu *sleeper* ele já havia transportado, para Bally, um rinoceronte javanês de pele quebradiça e dura feito metal, porém dengoso e de caráter extremamente manso. E também duas girafas da floresta tropical, além de um crocodilo com o comprimento recorde de dez metros, num caixote que se projetava cinco metros para fora do caminhão. Também já tinham viajado ali quinze sapos venenosos da Amazônia de cor azul-cobalto, brilhando, magníficos como quinze pequenas gemas preciosas. Também já levara oito raros peixes-anjos gigantes em dois aquários de seis mil litros, um elefante adolescente, dois leopardos-da-neve do Himalaia com rabos maiores que o corpo. E também macacos-da-noite da América do Sul e tamanduás imperiais. E, numa ocasião, esta inesquecível, ele levara uma família de macacos-fantasmas com duas crias que, de dentro de suas caixas, viravam as cabeças em cento e oitenta graus, com grandes olhos fitando-o intensamente, como se lhe suplicassem que dirigisse com cuidado.

Ele não os decepcionara. Nem a eles nem a nenhum outro animal. Sempre os transportara com delicadeza e paciência ilimitada. Regulava a temperatura, dava água e comida e separava os que brigavam. Sabia que o trajeto era penoso para os animais e por isso tentava fazer com que todas aquelas horas passadas sem luz e sem orientação dentro de uma jaula móvel tivessem, para eles, a suavidade de um carinho. Nenhum dos animais de Bally jamais havia morrido em viagem nas mãos de Johnny.

E nessas horas, na estrada, dentro do caminhão, enquanto conduzia essas criaturas poderosas ou fantásticas mas sempre frágeis, deslizando sobre as irregularidades do asfalto, Johnny era quase feliz.

Mas agora isso tinha acabado. Ele sentia, com enorme certeza, que algo irremediável acontecera e que nunca mais conduziria um carregamento para Bally. Por isso tremia.

O cachorro tossiu secamente, e Johnny estendeu a mão para trás e o acariciou para acalmá-lo. Então franziu a testa. Os dobermanns têm o pêlo curto e espesso e o que ele sentiu entre os dedos foi uma espécie de tapete arrepiado.

À sua frente, no cruzamento entre Southwark Street e St. Thomas Street, logo abaixo da bifurcação ferroviária, a luz do sinal mudou para o amarelo. Ele parou o carro e olhou pelo retrovisor.

Os passageiros dos carros que vinham atrás do caminhão primeiro viram a porta se abrir, Johnny descer e logo começar a correr, se afastando do caminhão rapidamente. Então o viram parar, dar meia-volta e retornar. Viram-no abrir a porta e olhar para dentro da cabine. Não sabiam o que ele procurava, mas notaram nitidamente em seu rosto a decepção, a surpresa e a sensação de ausência quando ele viu a cabine vazia. Depois viram-no encostar-se ao caminhão e, quando o ultrapassaram, alguns deles viram-no sentado com fones no ouvido e, nas mãos, algo que poderia ser o mapa da cidade. Alguns conseguiram, inclusive, ler todo o texto escrito abaixo da imagem do cachorro desenhada no caminhão. Dizia: *This car is guarded by a dobermann. Fuck with it and find out.*

3

Logo depois de Southwark Street, a ferrovia se bifurca. Um trilho vai para Cannon Station, no lado norte do Tâmisa. O outro atravessa o elegante bairro de Dulwich num leito coberto de granizo, estreito como a trilha de algum animal e alto como uma rota de pássaros migratórios.

Em Dulwich se vê, abaixo da ferrovia, uma fileira de palácios do século XVI com grandes jardins ao fundo. Num desses jardins, naquela alta madrugada, um homem, apoiado na escada dos fundos da casa, observava o macaco por uma mira telescópica montada sobre um rifle de caça.

O rifle era um Holland & Holland com disparo *scnelle*, carregado com uma bala de quinze gramas que, brincando, mataria um elefante. O macaco só estava vivo porque o homem ainda não decidira fazer um minúsculo movimento com seu dedo indicador.

No arame farpado que dividia o jardim do leito da ferrovia, havia uma placa pendurada, com o aviso *No trespassing* e, conforme a tradição inglesa, logo abaixo se podia ler o parágrafo inteiro da legislação sobre *Agravated Trespass*, que trata da invasão de área privada. Não interessava ao homem se o macaco sabia ler ou não. Ao seu lado estava a lei. Atrás, havia uma família a defender, entrincheirada no segundo andar. E dentro de seu coração havia o experiente prazer de caça.

Ainda assim, e apesar de estar com o macaco sob a mira já havia quarenta e cinco minutos, ele não apertava o gatilho. E o mais grave é que sabia, agora, que não o faria. Cada vez que seu dedo começava a se dobrar sobre o gatilho, o animal fazia um pequeno movimento, virava a cabeça ou mudava de posição. E, pela primeira vez na vida, surgiu no homem uma idéia fixa — a de que se ele matasse aquele animal estaria cometendo um assassinato.

Vinte minutos antes, em desespero, ele já havia pedido à mulher que consultasse a lista telefônica e fizesse várias ligações. Então só lhe restava esperar, esperar e ansiar para que alguém viesse logo bater à sua porta.

Esperava por uma unidade de ataque ou, pelo menos, uma dupla de homens armados. Mas o que sua esposa trouxe até a escada do jardim foi uma mulher de trinta e poucos anos, de vestido comprido e chapéu.

O macaco estava encostado numa árvore com o queixo enfiado no peito. A mulher foi até lá. O homem aguardava, a dez passos de distância, com o rifle engatilhado. Mas agora ele olhava a mulher, e não o macaco.

Desde que, com seus vinte anos, começara a ganhar dinheiro, ele sempre conseguira comprar tudo o que quisera. Por último, comprou aquele palacete e aquele endereço. Sua filosofia e sua experiência de vida já lhe haviam ensinado que tudo no mundo estava à venda. Não conhecia muitas exceções a essa regra. Por isso sempre se intrigava e se confundia quando deparava com alguma coisa cujo preço ainda não estivesse muito visível. E naquela mulher, à sua frente, ele sentia algo que lhe escapava, uma espécie de coragem que parecia não caber nas regras gerais do comércio.

— Por que o senhor não atirou nele? — ela perguntou.

O homem sentiu que, mesmo sem conhecê-lo, ela já percebera que ele, em outras circunstâncias, pagaria dez mil libras e cruzaria o mundo para, num outro cenário, poder atirar num animal como esse que, agora, se oferecia de graça, ali em seu próprio jardim. Procurava uma resposta plausível, e não a encontrava. Mas o insólito da situação o empurrava para uma nova e desconhecida honestidade.

— Não pude — ele disse.

Dois homens uniformizados vieram até a escada.

— Vamos levá-lo — disse a mulher. — O senhor pode ajudar?

O homem olhou para ela, perplexo. O animal era do tamanho de um homem e talvez ainda mais largo. Havia tempo que ele não fazia nenhum esforço físico.

Sabia que a mulher já estava em pé. Porém agora ela lhe parecia, mesmo sem ter se movido, alguns centímetros mais alta.

— Ele está morrendo — ela disse. — O senhor teria a bondade de me ajudar a levantá-lo?

O homem se curvou para fazer o esforço requerido.

Um pouco mais tarde, ao ver, de sua janela, o macaco ser levado dentro de um carro preto como os das funerárias, concluiu que, sem dúvida alguma, ele morreria. E pensando assim tentou tirar aquela história da cabeça. Porém, muito tempo depois, ainda seria maltratado pelas dores lombares, causadas pelo fato de ter carregado tanto peso e pela sensação meio irreal de ter vivido um sonho.

O veículo não era um carro funerário, era uma ambulância para animais da Clínica Veterinária Kensington Holland Park e o homem que fez o primeiro e rápido exame no macaco, na maca da ambulância, era o dr. Alexander Bowen, dono do hospital.

— Ele vai viver? — a mulher perguntou.

— Temos que levá-lo para a clínica.

Com um leve movimento de cabeça, a mulher assentiu como quem já aceita, tacitamente, as despesas implícitas à internação.

— É melhor não registrá-lo — ela disse.

A ambulância parou. A mulher desceu. Ao chegar à porta, virou-se.

— Se ele viver — ela disse —, eu cobrirei o senhor de ouro.

O médico curvou-se numa reverência, como um colegial, diante daquela promessa.

— Mas se morrer é melhor o senhor preparar na mesma hora uma injeção e sacrificar-se.

4

Em South Hill Park, perto de Hampstead Heath, numa *manor house* escondida dentro de um jardim grande como um parque, em frente à porta de um dos salões, Madelene Burden bebeu o último gole que havia numa garrafa de água que tinha nas mãos, ajeitou o coque que lhe prendia os cabelos, empurrou a porta e entrou na luz.

— Como estou? — ela perguntou.

Adam, seu marido, se aprumou e engoliu-a com os olhos.

— Deslumbrante — ele disse.

Se estivesse mais perto, além de se deslumbrar, ele teria podido sentir outra coisa — o cheiro de álcool hospitalar que vinha dos poros de sua mulher e da garrafa de água. Mas agora ele estava no meio da sala e àquela distância a ilusão prevalecia.

Com exceção da grande lâmpada cirúrgica, os outros móveis do quarto haviam sido encostados na parede, e assim Madelene começou sua viagem cambaleante através dos sofás, mesas dobráveis e *bergères*.

— Vai ter dança?

Adam Burden era do tipo que gostava de concentrar fenômenos complexos e significativos num único conceito claro. Quando a conhecera, na Dinamarca, a expressão que lhe parecera correta, para ela, era "fresca como orvalho". Isso tinha acontecido havia pouco mais de um ano e meio. Na época a expressão lhe parecera absolutamente exata. Mas de lá para cá, em certas ocasiões, como agora, começava a duvidar.

Bateram à porta. A governanta foi abrir e afastou-se para dar passagem.

De dentro da escuridão e do silêncio surgiram as primeiras passadas, depois uma coisa branca que se movia. Dois homens entravam no quarto empurrando uma maca. Atrás deles veio Alexander Bowen. Por último entrou Andrea Burden, a irmã de Adam. E fechou a porta.

Os assistentes empurraram a maca, coberta com um lençol fino e azul, para o centro da sala. Por baixo do lençol Madelene viu as formas de um cadáver. Só a cabeça do morto estava descoberta e ainda na sombra.

Andrea Burden trouxe a lâmpada cirúrgica para perto do cadáver, baixou a luminária sobre ele e a acendeu. Os dois assistentes arrancaram o lençol azul.

A luz da luminária isolou o resto do quarto. Sob seu foco dourado, tudo o que existia, naquele momento, era o macaco.

Adam e Madelene foram atraídos para o animal, como traças. Por um momento Madelene esqueceu-se da saia justa e do salto alto, cambaleando perigosamente como se estivesse sobre pernas de pau. Recuperou o equilíbrio e se encostou à maca.

Podia escutar a respiração do animal, salivando, anestesiado. Atrás, na escuridão, percebeu que seu marido circulava fora do raio da luz. O quarto estava em silêncio. Mas, naquele silêncio, iniciou-se uma conversa, num canto escondido.

— Deixe-me escutar — disse Adam Burden.

Alexander Bowen aproximou-se do macaco.

— Nós o pegamos anteontem num jardim em Dulwich. O dono procurou as entidades protetoras de animais e ligou pra Deus e o mundo. Até que deu com a senhorita

Burden, que então me telefonou. Houve grande perda de sangue, desidratação e choque secundário. O estado geral é crítico. Operei-o assim que ele entrou na clínica.

O dedo indicador do médico deslizou sobre um curativo branco que envolvia o ombro e o antebraço do animal.

— Depois da transfusão retirei da área ao redor da escápula direita quarenta balas de chumbo número cinco. Foram disparadas de uma distância de trinta e cinco metros. Estão na superfície, mas provocam dor e perda de sangue. Depois fiz uma sutura nesses dois cortes aqui nos músculos gastrocnêmicos direito e esquerdo. São mordidas, provavelmente de cachorro.

Apontou dois curativos sob o joelho do macaco.

— Tiramos um bocado de ferrugem dos quatro cortes que ele tinha no ventre. A maioria das casas à beira da ferrovia usa arame farpado, às vezes reforçado, em alguns pontos, com cerca elétrica.

Virou a palma da mão do macaco para a luz. A pomada para queimaduras brilhava feito giz.

— Ele veio pelo viaduto, viu os jardins e tentou descer. Tudo aquilo é granito e concreto liso, por isso ele caiu. Quase todos os ligamentos dos tornozelos estão arrebentados.

Colocou a mão no peito do animal.

— Londres imprimiu seu mapa nele.

— Como ele chegou até Southwark? — Adam perguntou.

— A Polícia Metropolitana e a Polícia Fluvial nesse dia cercaram St. Katharine Docks.

— Mas isso é do outro lado do rio.

O médico fez um gesto com a mão e os dois assistentes viraram o macaco de lado. A mordida era comprida, estreita e profunda. Cada dente tinha deixado uma cavidade, agora costurada ou fechada com cola cirúrgica. Ao redor da ferida o pêlo estava raspado, um terço das costas estava exposto. O hematoma tinha deixado a pele azul e preta. Madelene se virou e iniciou sua viagem de volta à garrafa.

— Um caminhão deixou a área antes que ela fosse fechada. Não foi encontrado. Mas acharam o dobermann que devia estar dentro do caminhão. O macaco provavelmente entrou ali de costas.

Fez-se silêncio novamente. Madelene encontrou a mesa. Protegida pela escuridão, bebeu da garrafa.

— Então — disse Adam Burden — todo mundo, nesse momento, está à procura de um macaco grande com marcas de mordida?

— Todo mundo está atrás de um capitão de barco — disse o médico. — Houve uma colisão. Ninguém falou nada de animal nenhum.

Madelene sentiu que os movimentos de Adam cessavam. Que ele, dentro de um leque de possibilidades não comunicado, fizera uma escolha que ela não conseguia adivinhar.

— Ele pode ficar aqui — disse Adam. — Levem-no para o jardim-de-inverno.

Os dois assistentes arrastaram a maca para fora da luz.

O campo de visão de Madelene e seu raio mental eram agora menores do que o quarto e continuavam encolhendo. Ela pressentia, mais do que via, que a reunião começava a se dispersar.

— A senhora Clapham preparou barquetes com creme de nata — ela disse. — Mas talvez eu possa comê-las com o babuíno, quando ele acordar.

Uma porta se fechou. Madelene não sabia mais se estava sozinha ou não. Tentou beber mas não conseguiu. Então desabou com a cabeça sobre a mesa. Para Adam Burden — que estava ao lado da lâmpada cirúrgica — aquele ronco pesado soava exatamente como o do macaco.

II

1

Todo dia de manhã Madelene ressuscitava. A ressurreição se dava diante do espelho e demorava de meia hora a quarenta e cinco minutos. Nesse meio tempo, ela, concentrada, usava de rigorosa meticulosidade na única coisa que tinha certeza de realmente fazer bem: recriar a ficção de uma Madelene deslumbrante.

O rosto que via quando se sentava à penteadeira era, segundo sua própria avaliação, um rosto triste. Não um rosto em dissolução ou em decadência, porque Madelene só tinha trinta anos. Mas era — ela achava — um rosto pálido e anônimo. Que poderia desaparecer a qualquer momento, não por uma provável destruição, mas simplesmente porque, assim tão cinzento e comum, poderia acabar se fundindo com o ambiente em volta.

Sobre essa superfície ela inventava, agora, uma máscara ao mesmo tempo sensual e sóbria. Depois de limpar o rosto com um tônico para a pele e estabelecer uma base não oleosa, adstringente para os poros, ela, através de uma base mate sedosa, rapidamente apagava os dez últimos anos de sua vida. O rosto no espelho diante dela poderia, agora, em sua delicada maciez, ter vinte, quinze ou, até mesmo, doze anos de idade.

Com um lápis corretivo eliminava as rugas microscópicas ao redor dos olhos e o ceticismo adquirido gradativamente ao longo da vida. Com uma escovinha fina levantava os pêlos das sobrancelhas, recriando aquele assombro permanente das mulheres jovens.

O cansaço e a idade se escondem nas áreas escuras dos nossos rostos. Por isso, com uma sombra clara, espalhada sob o arco inferior das sobrancelhas, ela aumentava os olhos, preparando-os para serem realçados com o delineador líquido. Eles ficavam, então, bem abertos, claros, receptivos e confiantes. Depois passava uma cor leve, dourada e terrosa sobre as maçãs do rosto, marcava a linha da boca com um pincel de lábios e aumentava seu volume com um brilho cremoso. Para terminar, disfarçava sua saúde de ferro com um doentio pontinho vermelho, de efeito iluminador, logo à saída dos canais lacrimais. Seu rosto era agora infantil, luminoso e ligeiramente frágil, reconstruído de modo tão virtuoso e discreto que só um especialista poderia notar o uso de cosméticos.

Madelene aprendera a se maquiar com sua mãe. Sem perguntar nem receber respostas diretas, já que o assunto era por demais delicado — apenas observando-a.

A vida da mãe de Madelene consistira numa série de tentativas de embelezamento arriscadas, mas normalmente bem-sucedidas. A começar pela vida cotidiana, elegante e doentia de sua família em Vedbaek, ao norte de Copenhague, onde não só a baixela era de porcelana como o próprio ambiente era tão cristalino e frágil que nenhuma voz ousava se erguer acima de um sussurro sob pena de provocar uma avalanche de cristais. Assim também eram as festas do clã familiar, em que as piores tragédias de cada núcleo se misturavam às das outras famílias e às catástrofes pessoais e forjavam um inferno contemporâneo e convulsivo ali pelo final do século XX, apesar de sua versão bem vestida e elegantemente decorada. Nessas festas, a mãe de Madelene servia as pessoas na pele de uma personagem que, servindo de pronto-socorro social, costumava anunciar: “Sejam muitíssimo bem-vindos!” com uma voz que preenchia o vazio como massa corrida. Estava sempre bonita, fosse qual fosse a pressão das circunstâncias internas e externas. Podia emergir de uma nuvem de vapor ao se liberar do comando da cozinha, e, assim que a fumaça se dissolvia, era vista decotada, atraente, atenciosa, receptiva e coquete, capaz até de fazer a expressão do rosto do pai de Madelene se descontrair por um instante, revelando seu orgulho profundo de proprietário.

Na virada do século, num esforço coletivo, quase suicida, a família do pai de Madelene conseguira se erguer de sua pobreza medieval e custear os estudos de engenharia do bisavô. Seus dois filhos também se tornariam engenheiros e, já nos anos 20, extremamente ricos. De um modo muito discreto e dinamarquês e com a memória bem viva — e sempre cultivada pela família — das mortes por fome e das epidemias de cólera do século anterior, os dois irmãos se aferravam àquela súbita riqueza com unhas e dentes. Investiram, reinvestiram, se formaram, compraram terras e garantiram os filhos. E agora, mais do que uma família, formavam um grande clã, sóbrio e reservado, porém decisivamente influente na política externa da Dinamarca.

A fortuna fora conquistada com a construção de grandes estábulos e o pai de Madelene tratou de expandir ao máximo esse império. E não eram apenas casinholas de paredes entramadas lá onde a estradinha faz a curva, como nos folhetos do Conselho de Turismo da Dinamarca, mas galpões industriais de quatro andares totalmente automatizados para a criação de animais domésticos. O pai de Madelene odiava toda e qualquer publicidade e conseguira manter-se anônimo, fora de seu estreito círculo. Entretanto, nesse círculo suas digitais eram facilmente reconhecidas quando o *Anuário estatístico* calculava a produção dinamarquesa em 20 650 000 porcos e 813 000 bois e bezerros ao ano.

Como todas as pessoas que têm pavor de lembrar seu

passado de pobreza, o pai de Madelene só respeitava os ricos, que possuíam fortuna, e os cientistas, que possuíam talento. Portanto, até o momento em que fugiu com Adam, Madelene já se acostumara a ouvir com freqüência — e sobretudo em sua própria presença — o pai se referir a ela como "Madelene, que não sabe fazer nada". Fora-lhe dada uma educação simbólica, mas tanto ela quanto os outros sabiam o tempo todo que a única coisa que importava era que ela encontrasse um homem de verdade. E para isso não bastava ser herdeira de uma fortuna. Era preciso também ser bela e para ser bela ela devia se esforçar, assim como fazia esta manhã.

Diante de seus pais, Madelene jamais tivera coragem de protestar. Relutando, mas sem vislumbrar nenhuma saída, acabou seguindo os caminhos determinados e reconhecidos, já traçados para ela. Apesar disso sonhava, atormentada, furiosa e desorientadamente, com a possibilidade de outra vida. Adam Burden penetrou nesse sonho como um cavalheiro gentil, atencioso, e suficientemente agressivo e ambicioso. E Madelene se entregou a ele como princesa que sobe para a garupa do cavalo branco ou como a náufraga, que, prestes a se afogar, se agarra, desesperada, à primeira tábua de salvação que aparece.

Já se haviam passado quinhentos e vinte e nove dias desde o casamento de Madelene e todos os dias, para ela, começavam da mesma maneira, em frente ao espelho. E o que vinha depois também era, igualmente, previsível. Ela se levantava e descia para a cozinha para conversar com a mulher de Clapham sobre as tarefas domésticas e dali seguia para o terraço para trocar algumas palavras com o próprio Clapham. Depois ia às compras na City, jogava tênis ou fazia equitação em Hampstead Heath. Depois passeava com alguma amiga e às cinco da tarde estava de volta, pronta para receber Adam às sete da noite.

Há quem viva dias sempre iguais sem sentir falta de mais nada, desfrutando, assim, uma espécie de eternidade.

Era assim que Madelene via a sua própria vida: como se tivesse desejado, procurado e encontrado a eternidade.

Vestiu uma saia curta, pregueada e se aprovou no espelho. Parecia-se com a filha mais velha da família indo para uma aula de tênis matutina. Saiu do quarto.

Na porta, como sempre, estacou por um momento.

Madelene possuía dois cômodos, um dormitório e um quarto de vestir, e sempre os deixava para trás como um animal que abandona o seu território: alerta e vacilante. Conhecia a rotina que vinha a seguir nos mínimos detalhes. Mesmo assim, tinha medo.

Os dois cômodos que agora abandonava tinham sido decorados por ela mesma. Insistiu e por incrível que pareça conseguiu ter seu chão de madeira clara, os móveis leves e as paredes brancas. Aquele era o único pedaço da Dinamarca que lhe cabia. Da soleira para a frente começava a Commonwealth.

Os pais de Adam Burden morreram quando ele tinha mais ou menos vinte anos, entretanto Madelene já tinha escutado, uma vez, a voz do pai dele. Uma noite Adam lhe mostrou a gravação de uma série de programas da BBC — *Tales from the dark continent* — na qual uma voz segura e confortável, sem nenhuma hesitação, narrava com calor e humor seus tempos gloriosos na Índia e na África Oriental inglesa. Para Madelene, era como se sua própria casa falasse.

A casa fora construída pelos pais de Adam após seu retorno à Inglaterra em meados dos anos 50, e era uma evocação dos tempos em que haviam vivido junto ao oceano Índico. Deram-lhe o nome de Mombasa Manor. Era uma construção angular coberta de telhas, com um jardim do tamanho de um parque, cheio de arbustos e árvores tropicais. Nas salas, havia peles de leão jogadas sobre o carpete e nas paredes, junto às lareiras, viam-se lanças e escudos pendurados. Madelene sabia que todos imaginavam que ela levava uma vida requintada, admirável e sedutoramente exótica. Sabia também que era a rainha convencional daquela casa.

Mesmo assim, naquele dia, como todo dia de manhã, ela estacou por um breve momento naquela soleira, ameaçada, talvez, pelo temor instintivo de que a Sociedade Estatal Britânica que havia subjugado tudo o que era estrangeiro pudesse fazer o mesmo com ela.

Mas era uma parada breve, tanto nesta manhã quanto nas outras. Madelene sacudiu a cabeça com aquela idéia louca. E se lançou para a frente, caminhando pelo corredor, subindo as escadas, atravessando os quartos e despindo seu temor aos poucos, em cada um deles, como fazia todas as manhãs.

Clapham tinha um cumprimento fixo. Quando Madelene saía ao terraço, ele invariavelmente se levantava, tirava seu quepe e lhe estendia uma flor. Em seguida lhe oferecia uma xícara de café.

A oferta era sempre feita em voz baixa. O café era uma espécie de símbolo de união, uma aliança entre ela, a estrangeira, e ele, o empregado, num mundo que não conhecia nada mais rude que o *Darjeeling first flush*.

Madelene confiava nele. Assim como ela, Clapham era parte daquele ambiente — e, também como ela, destoava dele.

Ela apareceu à porta. Clapham bateu militarmente os saltos dos sapatos e estendeu-lhe um lilás. Ela sorriu para ele, com a flor nas mãos, esperando a frase habitual. Que não veio.

— O senhor Burden telefonou — ele disse. — Vai voltar para casa mais cedo para trabalhar.

Madelene deixou a flor de lado, puxou a cadeira e, calmamente, sentou-se. Não se lembrava de Adam algum dia ter trazido trabalho para casa. Era provável que jamais tivesse sequer mencionado seu trabalho em casa. Sabia que isso era seu trunfo secreto, embora jamais declarado — nunca tratar de trabalho depois de cruzar os muros de seu parque.

— Trabalhar? — ela repetiu. — Em quê?

O rosto de Clapham fechou-se e tornou-se estranho.

— A senhora deve perguntar isso ao senhor Burden.

Madelene desviou o olhar. Clapham não a chamava de senhora desde quando haviam sido apresentados.

Ele se levantou e pousou a xícara.

— O dever me chama — ele disse.

Então deu as costas para ela.

O depósito de material esportivo ficava em frente ao terraço. Ali, Madelene pegou uma raquete. Era o último detalhe de sua máscara.

A quadra de tênis ficava do outro lado da casa e ela caminhou para lá com passadas ágeis e enérgicas. Mas não chegou. A progressão e o otimismo de seus passos só duraram até uma esquina de onde ela não podia mais ser vista. Daí em diante, seus movimentos tornaram-se sinuosos e felinos. Pela trilha coberta de cascalho, ela chegou à porta dos fundos da outra ala da casa, entrou e foi diretamente para a oficina do jardineiro.

O lugar era quente e úmido como uma floresta tropical. Metade do telhado era de vidro. Milhares de mudas cresciam nos vasos e nas almácegas. Açucenas desabrochavam num grande aquário. Madelene flagrou sua própria imagem refletida na porta do armário de aço inoxidável. E sorriu, aliviada. Depois, fez como de costume.

Tirou uma bombinha de borracha da prateleira feita de tela de aço, abriu um armário e pegou um frasco. Em seguida tirou o medidor de vidro do escorredor. Abriu a tampa de borracha de um garrafão escondido no meio da serragem e extraiu dali dois oitavos de decilitro de álcool destilado a 99,6 por cento, de uso hospitalar. Com a água destilada que tirou de um galão de plástico, completou o frasco. O líquido resultante tinha agora 55 por cento de álcool. E, para começar, ela bebeu meio copo.

Madelene era solitária em seu alcoolismo. Assim como em todo o resto, nunca houvera ninguém por perto e ela jamais tivera orientação para suas experiências. Descobrira o álcool como um navegador solitário descobre um novo continente. Não sabia por que o fazia, nem queria saber. Mas sabia que 55 por cento era o ponto ideal. Os 55 por cento eram a medida justa para atingir o primeiro efeito, aquele que faz com que os vapores fugazes sejam absorvidos pelas mucosas da boca, provocando um ardor que lembra que algumas células da cavidade bucal já foram incendiadas. O ardor era essencial. Com ele vinha uma clareza na qual Madelene pressentia o âmago do vício: o desejo profundo e penetrante de se autodestruir.

Depois vinha a primeira sensação de embriaguez. Olhou seu reflexo na porta do armário. Em seu vazio interior, levantava-se lentamente a chama quente e palpitante do álcool. Com rapidez, ela se transformava de nada em alguma coisa.

Mombasa Manor lhe pertencia. O parque lhe pertencia. O mundo lhe pertencia. E ela era deslumbrante. Tudo era perfeito. Ela brindava consigo mesma e se congratulava. Bebeu mais um pouco.

Com a raquete, simulou um jogada de revés dirigida ao ambiente inoxidável. Uma rainha precisava de espaço. Ergueu a raquete para trás e projetou o corpo num *smash* imaginário e perfeito mirando a porta à sua frente. A porta que dava para o jardim-de-inverno. Então ela largou a raquete. A lembrança do macaco a atingiu com o mesmo impacto do álcool. Ela abriu a porta e entrou.

Mombasa Manor fora construída mais para o ambiente africano do que para o inglês: clima africano, salários africanos para os empregados e vida sócio-administrativa de império colonial inglês. Mas para Londres era grande, cara e fria demais. Por isso o anexo todo fora fechado, exceto o apartamento de Clapham, no primeiro andar, e as oficinas dos fundos. Madelene tinha estado poucas vezes no quarto em que acabara de entrar. Lembrava-se das cortinas pesadas com berloques na bainha, do plástico cobrindo o carpete, dos sacos envolvendo os lustres, dos lençóis sobre os móveis e de um cheiro pesado de algo que se fora e que nunca mais voltaria.

Agora o ambiente voltara a ser usado. Era uma grande sala, ou melhor, um pequeno salão, com um jardim-de-inverno de vidro e aço pintado de branco que avançava cinco metros para dentro do parque. O acesso ao jardim-de-inverno fora fechado com uma grade de ferro junto à qual crescera uma floresta tropical de samambaias, folhagens e um bambuzal rasteiro. Antes de chegar a essa vegetação, o espaço estava dividido por uma parede de vidro em toda a altura e em dois terços da largura. No lugar por onde Madelene entrou, o vidro ia até a parede da sala. Do outro lado, ele acabava num paredão de metal branco, fechado, no final, por grades brancas que iam até o teto.

Ao lado dessa floresta havia uma árvore frondosa, daquelas que se vêem nos parques, boa de subir. Ao lado da árvore, dois pneus de trator. Ao lado dos pneus, um carrinho de mão cheio de frutas e legumes. Ao lado do carrinho, estava sentado o macaco.

Com grande esforço Madelene recapitulou resumidamente o calendário dos últimos dias. O macaco chegara anteontem. O dia de ontem ela passara na cama com sua garrafa e uma enxaqueca brutal. Portanto, aquela construção toda que se erguia à sua frente teria sido levantada em menos que um dia.

O macaco estava de cócoras, dormindo, encostado à parede interna da jaula.

A entrada da jaula era um portão na parede de metal.

Na porta, afixado, um cronograma de alimentação, curvas de temperatura e uma lista de injeções. A porta tinha dois ferrolhos. Madelene abriu-os e entrou.

No momento exato em que ultrapassava o degrau da soleira, sentiu uma comichão sob a pele, como um aquecimento súbito de seu sistema nervoso. Sensação idêntica à do etanol quando queimava o epitélio de sua boca e garganta. Um convite doce e quase alegre ao seu desejo de abismo.

Ela fechou a porta atrás de si.

— Como estou? — ela disse.

Ao ouvir aquela voz, o macaco abriu os olhos. Madelene avançou em direção ao animal passo a passo até ficar a três metros dele. Sentou-se num pneu de trator e deixou a garrafa e o copo no chão à sua frente.

Aquela transgressão quase a deixou sóbria. Entrou num estado de hipersensibilidade cristalina, sentindo um calor morno e anestesiante no centro da barriga. Era possível ouvir a respiração dos dois — a sua quase duas vezes mais rápida que a do animal. Despejou o líquido no copo e bebeu.

— Saúde — ela disse.

Por um instante chegava a ser cômodo saber que não era compreendida. Seus olhos encontraram o olhar aberto e indefinido do macaco.

Uma comichão assaltou Madelene como se ela tivesse se sentado num formigueiro. Estava agitada, e o macaco continuava contemplando-a. Sentia-se espionada, exposta, esquadrinhada, era como se ele a penetrasse com o olhar, vendo-a nua, sem maquiagem, e, pior ainda, observando seu lamentável interior, sua insegurança, sua falta de autoestima.

Levantou-se perturbada, parecendo-lhe ser ela mesma, também, um macaco, pois, ainda que pudesse sair daquela jaula e depois da própria casa, certamente não iria muito longe porque logo se chocaria com as barreiras econômicas, sociais e matrimoniais que limitavam sua vida.

Sentiu frio nas mãos, que tremiam, ela havia pingado um pouco do líquido do copo no próprio pulso, o frio da evaporação deixou-o gelado. Ela se levantou.

— Desculpe — ela disse.

À sua frente, pensou ver um pêssego pendurado. Acompanhou o galho de onde ele brotava até o tronco. Era o braço do macaco. Era ele quem lhe oferecia o pêssego.

Ela colheu com cuidado a fruta madura, dourada e aveludada que pendia daquela mão cinza. E guardou-a lentamente.

— Obrigada — disse. — Na verdade, me esqueci de comer, esta manhã.

2

A cama de Madelene tinha dois metros quadrados e era coberta de lençóis de cetim cor-de-rosa. Era, para ela, tanto um casulo quanto um reino, o único lugar do mundo onde por vezes se sentia verdadeiramente segura. Sentou-se ali, bem no meio, com as pernas cruzadas, a garrafa numa das mãos e na outra um vidro grande cheio de comprimidos.

Madelene gostava de imaginar que vivia uma nova era inaugurada com dois eventos simultâneos: seu casamento e a descoberta da vitamina B — os dois, juntos, haviam apagado tudo o que viera antes.

Assim como seu casamento lhe possibilitara fugir da família e da Dinamarca, aquelas pílulas graúdas de quinze miligramas de B1, vendidas nas farmácias, lhe forneceram o escudo contra a ressaca, fazendo-a agir como se estivesse sóbria, não importando o quanto tivesse bebido.

Entretanto, ela agora sentia-se agitada sem saber por que e verteu o conteúdo da garrafa sobre esse sentimento como se ele fosse um bálsamo paliativo que também lhe daria clareza suficiente para o que ainda viria pela frente. Para cada gole engoliu duas pílulas, rebatendo com meio copo de água.

O que viria pela frente era igual a tudo o mais na vida de Madelene, rotineiro e recorrente. Naquele caso específico, uma rotina semanal. De qualquer modo, enquanto cumpria todos os outros compromissos com doce indiferença, para esse ela sempre se preparava, cheia de expectativas.

A pessoa que ia encontrar podia ser vista ali mesmo no quarto, na fotografia amassada de um passe permanente de ônibus, apoiado num retrato emoldurado de Adam que ficava sobre a mesinha de cabeceira. Era o rosto de uma mulher pálida e sardenta chamada Susan, a única amiga de Madelene.

Aos dez anos Madelene entrara para a Escola Inglesa, na parte norte de Copenhague. Era um colégio interno internacional e uma das últimas escolas só para meninas na Dinamarca. Administrada por irmãs de uma ordem anglicana leiga, era para lá que iam as filhas de empresários ingleses, as filhas de diplomatas e as filhas de pais dinamarqueses que queriam distância delas e tinham recursos para fazer isso de modo profissionalmente responsável. Os primeiros três anos na escola foram para Madelene uma espécie de hibernação profunda e mortal. Os professores guardavam uma distância intransponível dos alunos e os colegas de turma não se relacionavam como indivíduos, mas como representantes de uma grande indiferença cinza da qual todos faziam parte. No quarto ano, porém, irrompeu a catástrofe inexorável. Em poucos meses o erotismo explodiu em todas as trinta meninas da turma de Madelene.

Sua turma, até ali, fora sempre estranhamente calada. Nos últimos anos, com o aumento do silêncio, as irmãs o interpretaram, equivocadamente, como apatia. Na realidade, aquela quietude era pura fachada. As meninas começavam a se forjar numa espécie de líquido cuja periculosidade química ainda estava contida mas que o tempo fermentava. Foi então que, de repente, caiu nesse líquido uma partícula microscópica, jamais identificada. E em volta desse caco de espelho mágico o tal líquido se cristalizou e depois explodiu.

A catástrofe assumiu diferentes formas. Nenhuma das meninas sabia até onde aquilo iria levá-las e a mudança atingiu algumas delas como um trauma irrecuperável. Naqueles corpos, até então esguios como os dos garotos, cresciam agora pequenas protuberâncias de gorduras, como tumores, que as impediam de freqüentar as quadras de esporte, expulsavam-nas das próprias roupas e das circunstâncias normais, expondo-as à voracidade do desejo masculino. Outras se deixavam levar pelos desejos que cresciam por dentro. Recém-saídas de uma infância tranqüila e silenciosa, num átimo mergulhavam de cabeça numa devassidão promíscua, desproporcional. Primeiro verbal, depois fisicamente.

Era o fim de uma viagem e elas eram como trinta lemingues que chegavam simultaneamente ao mar. Então, ou tentavam, em espasmos, se agarrar à terra da infância ou se atiravam na água e se afogavam.

Foi no meio desse caos que Madelene e Susan se encontraram. Durante anos tinham se cruzado à distância de um braço, sem se perceberem. Olharam-se, pensativas, por um breve instante, e logo descobriram que seriam capazes de flutuar acima daquele apocalipse generalizado. Então, num mesmo instante compartilhado e sem trocar uma única palavra, perceberam que tinham feito um acordo secreto com aquelas forças que estavam a um passo de desintegrar seu mundo.

As irmãs tinham formação e experiência, além de certa dose de brutalidade resoluta, para lidar com o que estava acontecendo com as alunas. Mas foram surpreendidas pela força que vinha de toda aquela simultaneidade. E levaram quase dois anos para retomar o controle da situação. Assim, depois de uma série de abortos, vários casos de doenças venéreas, duas tentativas de suicídio bem-sucedidas e uma revolta aberta seguida de triagem rigorosa e definitiva, sobraram dezenove moças aparentemente tranqüilas e acomodadas. Entre elas, Susan e Madelene.

Permaneceram na escola por mais dois anos, até as coisas começarem a desandar. Mas até aquele momento ficaram ali praticamente invisíveis. Eram incompreensíveis para aquele ambiente — e o incompreensível é sempre invisível.

O que as duas tinham em comum, acima de tudo, era uma espécie de malícia impossível de ser captada pelas outras colegas ou pelas irmãs. Era algo inacessível, que pertencia a outra dimensão. As duas cresciam, ali, naturalmente, como filhotes de animais, para além do pânico que atingia as outras meninas da mesma idade. Cresciam tranqüilamente e sem drama, numa certeza intensa de que aquilo tudo não passava de uma mera sensação de cócegas. Para a maior parte do rebanho a viagem já tinha acabado. Para Madelene e Susan, porém, ela mal começara.

Sabiam muito bem para onde estavam indo. Em suas fundações neurológicas elas já sabiam que o que havia no final daquilo tudo era um homem. Um homem para quem elas ainda não tinham um nome, um rosto ou mesmo um corpo, mas cuja alma já entendiam com certeza instintiva.

Então se auxiliaram mutuamente nessa viagem. Quando a última grande expulsão deixou parte da escola deserta, as duas ganharam um quarto com quatro camas só para elas e foi a partir dali que se aventuraram mar adentro. A cama que dividiam era o navio e a água primeiro foi azul, depois rosa e finalmente rosa-púrpura, com a mesma suavidade morna da água da banheira.

Ao longo desses dois anos elas dormiram muito pouco à noite, e nem precisavam. Seu amor era como uma brincadeira, sem pressa, sem desespero e, de uma forma geral, sem regras. Só tentavam surfar o máximo de tempo possível naquela superfície ardente que sentiam embaixo, em seus corpos.

Nunca falaram sobre o que faziam, nem para os outros, nem entre elas, nem para si mesmas. Sabiam que quanto menos falassem mais indecente aquilo seria. Ninguém nunca as viu se tocarem. A imagem que mostravam não sugeria nada além de duas excelentes amigas e colegas de escola. Alunas razoáveis, tranqüilas e levemente apagadas de uma escola de elite. Mas, paralela a essa esfera, havia outra. E nela um olhar, um movimento de narinas e o jeito como a ponta da língua molhava a curva do lábio superior eram suficientes para liberar um raio de fogo que subia da parte interna das coxas até o último fio de cabelo, alcançando o céu azul.

Em volta dessa orgia particular, multicor e sensual, a realidade era miserável e cinzenta. Estavam cercadas de professores a quem temiam, de uma enorme sensação de insegurança e de colegas na mesma situação, entregues a mulheres que, em troca do dinheiro de seus pais, despejavam sobre elas, sem um pingo de entusiasmo, um volume absurdo de conhecimento.

Era nesse contexto que a amizade entre as duas crescia. E foi ali que aprenderam a amar sua cama.

Dois anos depois Susan teve seu primeiro amante fora da escola e foi descoberta, advertida, redescoberta e em seguida expulsa e mandada de volta para Londres por seu pai, que era o embaixador inglês em Copenhague. E assim ela foi arrancada da vida de Madelene.

Doze anos se passaram até que as duas se reencontrassem em Londres. Durante esse tempo, não se viram uma única vez sequer. Mesmo assim, a ligação jamais se rompera. Da mesma maneira que na escola passavam dias inteiros cada uma em seu canto da cama, sem trocar palavra, como filhotes de raposas, enrodilhadas, descansando, seguras da presença uma da outra no mesmo espaço, tinham pressentido o paradeiro uma da outra, apesar do intervalo de doze anos. Então, no instante em que outra vez se viram frente a frente, Madelene pôde notar claramente, através dos dois filhos de Susan, do marido e da babá, e Susan pôde notar claramente, através da maquiagem de Madelene e do cheiro de álcool, que tudo o que tinham compartilhado permanecera intato sob aqueles novos disfarces.

Desde então passeavam juntas em Regent's Park todas as terças-feiras à tarde, quando os filhos de Susan iam para as aulas de dinamarquês na igreja dinamarquesa. Em geral as pessoas tentam abolir o distanciamento através da conversa, mas as duas, uma vez que já tinham aceitado suas diferenças recíprocas, preferiam passear calmamente, contemplativamente, e com freqüencia em silêncio.

Mas não naquele dia. Naquele dia Madelene chegou tarde e começou logo a falar.

— É você quem dirige a Real Sociedade Protetora dos Animais? — ela disse.

Susan pensou por um instante. Ela dirigia várias instituições beneficentes para alegrar seu marido, para adornar seu ócio e para ter uma grande quantidade de pretextos para não aparecer onde era esperada.

— Você conhece Andrea, irmã de Adam?

Susan fez que não.

— Fundação do Bem-Estar Animal — ela disse.

— E qual é a diferença entre uma e outra instituição?

Susan ficou calada. Ela gostava de gente, principalmente de um certo tipo de homem. Em segundo lugar, gostava de Madelene e de seus próprios filhos. Muito depois, já na periferia de sua consciência, ela gostava do resto da humanidade. Mas por animais ela não tinha senão um profundo desinteresse.

Mesmo assim a pergunta lhe despertou uma associação animal. Lembrou-se de que quando pensava em Madelene vinha-lhe à mente um gato, um veludo ronronante, elétrico, mas cuja agressividade repentina era capaz de fazer aparecer subitamente cinco canivetes automáticos em cada pata. Agora ela percebia, naquelas perguntas obstinadamente insistentes, outros animais menos elegantes e mais teimosos: a ovelha, a mula, talvez a vaca.

— Tem a ver com dinheiro — disse Susan. — A Fundação de Bem-Estar Animal lida com dinheiro.

Havia entre as duas amigas um acordo, jamais explicitado porém tácito, que estabelecia que Susan contava tudo para Madelene e Madelene contava uma parte razoável para Susan, mas nada além disso. Susan aguardava respeitosamente. Mas o rosto de Madelene continuava vazio e introspectivo.

Andaram, de braços dados, em direção à igreja. Uma mulher alta e sardenta com os espermatozóides de três homens diferentes brigando sem trégua dentro do ventre e uma garota com ares de gazela movida a 0,12 por cento de álcool no sangue, que só se mantinha em pé e ligeiramente lúcida devido à vitamina B, à sua própria curiosidade e ao apoio do braço da amiga.

3

O número de homens que Madelene conhecera era muito pequeno para permitir uma quantificação estatística, porém suficiente para lhe possibilitar deduzir certas normas gerais de conduta. A mais importante delas foi a descoberta de que o conteúdo e o desenvolvimento de uma relação amorosa se revelam desde o primeiro dia do percurso.

Adam procurou o pai de Madelene por motivos profissionais, mas estava havendo uma festa. E foi no meio dessa festa que ele a viu pela primeira vez. Então, sem pressa, como sempre fazia quando alguma coisa o interessava, iniciou uma laboriosa travessia pela enorme massa de pessoas, até chegar a ela. Só nessa atitude já exibia toda a sua alma. Em seu corpo podia-se adivinhar a prática do críquete, do lançamento de dardos e toda uma série de vitórias físicas sobre os outros machos. A pele exalava segurança e determinação e, quando a alcançou, sua voz revelou a densidade típica das pessoas cujo rugido vem do centro do estômago, tudo isso coroado por aquele acabamento que só se adquire nas escolas particulares e nas universidades mais caras. Em volta dele, como uma juba ou uma aura, brilhava a consciência de quem vive praticamente tranqüilo, sem inimigos naturais.

O desenrolar desse primeiro dia confirmou toda essa

impressão, além do fato de que ele era extremamente gentil e estava, de fato, muito interessado.

Mas ao longo dessas vinte e quatro horas nas quais não se separaram nem um minuto, Adam Burden não riu nem uma vez sequer.

Não que lhe faltasse humor. Possuía altas doses de um fino sarcasmo intelectual, pronto para ser ativado a qualquer momento, sobretudo quando se sentia ameaçado profissionalmente. Quando alguém desafiava seu conhecimento e fazia oscilar os alicerces de sua auto-estima, ele era capaz de se tornar perigosamente divertido.

Mas nunca, ao longo daqueles quinhentos e vinte e nove dias de casamento, com certeza nem antes nem — provavelmente — depois, ele poderia ser definido como um tipo engraçado. Seu primeiro movimento em direção a Madelene já demonstrava, e todos os movimentos posteriores confirmariam, sua monumental presunção — comum às grandes feras selvagens e aos grandes ditadores.

Não que Madelene sentisse falta de humor em seu casamento. Na verdade, o riso é um lucro, um fenômeno de luxo. Madelene já tinha sido resgatada de um desastre familiar inexorável e, para um sobrevivente, ter a satisfação diária de ver suas necessidades básicas atendidas já é um milagre. E era assim que Madelene via seu casamento — como uma satisfação cotidiana mútua e milagrosa de necessidades básicas.

Essa troca de atenções tinha início, geralmente, às sete da noite — hora em que Adam chegava em casa. Mas desta vez Madelene o recebeu à porta às cinco da tarde. Ele chegara duas horas mais cedo. Dez minutos depois tomavam o chá na biblioteca.

A biblioteca era a caverna de Adam Burden. Escura e estreita e cheirava como uma gruta. Era o cheiro complexo de Adam, o aroma das florestas de monções de onde vinha a madeira dos móveis misturado ao couro das encadernações dos livros.

A biblioteca tinha, além disso, o sossego reconfortante das cavernas. Adam chegava em casa pálido de cansaço. Mas no instante em que se livrava de sua agenda e afundava numa das poltronas daquele lugar, logo começava a se refazer. E enquanto uma pequena parte de sua atenção tomava o chá e conversava, o resto deixava-se impregnar pela calma do ambiente e pela mulher que tinha à sua frente.

Madelene sabia que durante esses três quartos de hora aparentemente banais ela oferecia ao homem sentado na cadeira à sua frente uma imensa transfusão de seu sangue feminino.

Enquanto isso acontecia, Adam Burden ia baixando gradualmente suas defesas até se transformar num ser humano mais vulnerável do que em geral era, e Madelene jamais se aproveitara daquela fragilidade para atacar qualquer tema sério. Tanto que, agora que o fazia, a pergunta veio de maneira informal, casual, como um pequeno elo entre um amontoado de associações insignificantes.

— E o macaco, — ela disse.

Distante, com olhos semicerrados, Adam viu a pergunta passar como se fosse um inseto, ou a fumaça saindo da xícara de chá.

— Está no jardim-de-inverno — ele disse. — Vai ser por pouco tempo.

— De que tipo ele é?

Fez-se silêncio. A terra fronteiriça entre os dois ainda estava inexplorada. Mas Madelene sentiu que em breve se instalaria uma zona de demarcação.

— Uma espécie de chimpanzé anão.

— E por que ele é tão importante?

O rosto de Adam estava na penumbra. Mas nessa penumbra se acenderam dois focos amarelos que, de dentro da escuridão, perceberam um animal felino, Madelene.

— Quando um animal silvestre escapa do cativeiro, ou ele fica vagando por aí, perdido, em pânico, ou vai procurar um canto para se esconder. Um animal não consegue se adaptar à liberdade súbita. É estranho que este tenha conseguido chegar tão longe.

Madelene baixou a cabeça num gesto de aceitação quase submisso. Sabia que Adam não estava mentindo. Mas sabia também que ele estava contando apenas uma parte ínfima da verdade. Por trás da xícara de porcelana e marfim, ele se curvou sobre sua presa com uma atenção animal.

Ela levantou o rosto e sorriu para ele com a calma de uma enfermeira. Depois despejou mais um pouco de chá em sua xícara, pôs o açúcar e mexeu, contando até trinta — o número de voltas necessárias para dissolver os grossos cristais tropicais do açúcar mascavo.

Naquela noite ela esperou por Adam no quarto dele. Ele só chegou às duas horas da madrugada. Mas, quando a viu sobre a cama, o cansaço e o aborrecimento contido se dissolveram num sorriso. E ele começou a se despir.

A agenda de Adam era um livrinho cinza. Como todas as pessoas que vivem sob grande pressão de trabalho, ele depositava nela toda a sua memória. Era ao mesmo tempo agenda e bloco de anotações. Ali ele anotava desde as menores tarefas até os maiores compromissos, e sem aquilo estava perdido. Era um escudo de autopreservação, assim como o chá na biblioteca e o silêncio que ele guardava sobre o próprio trabalho.

Madelene nunca se interessara pelo livrinho. Era a um só tempo sagrado demais e insignificante demais. Naquela noite, porém, ela mexeu nele. Assim que Adam entrou no banheiro, ela deslizou as pernas para fora da cama, sentou-se e tirou a agenda de dentro da gaveta da mesinha-de-cabeceira.

Logo viu que seria melhor desistir do que estava escrito. As anotações de Adam eram criptografadas e estenografadas, pareciam pegadas de pássaros na areia. Preferiu concentrar-se nas folhas soltas inseridas na agenda.

Havia cinco ali, um pouco maiores que o tamanho A-4, presas com um clipe na página do dia. As primeiras três folhas estavam cobertas com palavras ilegíveis. Mas nas duas últimas havia desenhos.

Desenhos que representavam o macaco. Os primeiros eram esboços em perfil e *en face* do animal, sem detalhes — só reproduzindo a posição do corpo e a proporção entre os membros.

Logo abaixo, vários desenhos das narinas em diferentes ângulos. Depois, as mãos, desenhadas sem os pêlos e sem as unhas — só os contornos —, mostrando a posição em que ficavam quando repousadas sobre os joelhos do animal. Exatamente como ela as viu quando se sentou em frente a ele.

A última meia página era incompreensível. Era uma espécie de mapa, um arquipélago formado por duas parábolas, cada uma virada para um lado, como um atol polinésio duplo, invertido. Fora desenhado talvez uma dúzia de vezes. Depois, o mesmo desenho, visto de lado, mostrando as ilhas surgindo da água. Lisas, nodosas, quadradas, em forma de torres redondas, em forma de sarrafos.

Escutou Adam, no banheiro, ensaboando os bocejos. Arrancou uma folha em branco do final da agenda. Com o delineador para olhos copiou um dos mapas, o mais bem-acabado e que fora sublinhado com um traço. Desenhou-o tanto de frente quanto de lado, com a maior rapidez e precisão de que foi capaz. Para alguém que durante toda a vida adulta se acostumara a desenhar sobre o rosto, o papel liso oferecia uma superfície até bem generosa.

Enquanto acertava as diversas alturas das ilhas sobre a superfície da água e escutava o barulho dos tapinhas de Adam espalhando no rosto a loção após-barba, ela conseguiu entender, finalmente, o que tinha desenhado. Eram os dentes do animal. Abriu a gaveta e guardou a agenda.

Na gaveta havia também uma placa de plástico cinza. Numa lembrança nebulosa, viu o macaco sobre a maca com aquela placa pregada no pulso. Então pegou-a. Era do tipo que os hospitais usam para identificar cadáveres e recém-nascidos. Na fitinha estava escrito *Erasmus*.

Quando Adam entrou, ela estava recostada nas almofadas.

Ela sempre apreciara os preparativos escrupulosos e os cuidados que ele dedicava à relação sexual. Mas uma leve distração secreta e interior talvez o estivesse impedindo de agir com a total concentração costumeira. Estava ali a contrariedade que ela antes percebera em seu rosto. Foi então que ela concluiu que, independentemente do que ele procurava, o macaco, com certeza, não lhe tinha dado a resposta. Nem resposta nem nada. Mas para ela, sim. Para ela, ele tinha dado um pêssego.

4

Madelene acordou cedo e, como sempre, sozinha. Jamais passara uma noite inteira ao lado do marido. Não importavam o calor ou a intimidade da relação, havia sempre um momento, antes do amanhecer, em que Adam, no meio do sono, se virava e quando casualmente a tocava, registrando a presença de outro ser humano ao seu lado, era tomado por uma espécie de desespero. E, ainda dormindo mas totalmente determinado, ele saía da cama, juntava seus lençóis e fugia para se deitar no quarto ao lado. Madelene nunca entendera o porquê daquilo. Mas, com uma vantagem de dez anos sobre as pessoas de sua idade, ela já aprendera que é inútil conversar sobre coisas que não se podem mudar.

Nessas ocasiões ela acordava com a impressão de que a cama era uma ilha deserta onde tinha sido despejada durante a noite. E só quando ia até o espelho é que conseguia apagar aquela sensação de perigo de vida iminente. Despertou com a impressão de que flutuava nas nuvens e, sem se virar, estendeu a mão e encontrou sob sua roupa a folha arrancada com o desenho do arquipélago chamado Erasmus. Agarrou o papel e, com ele nas mãos, vestiu o quimono, voltou para seus aposentos e sentou-se à penteadeira.

Foi então que ocorreu um fato estranho. Ela errou na pintura do rosto.

Estava acostumada a acertar a cor terrosa, clara e juvenil com precisão infalível. Mas naquela manhã, quando afastou o olhar da escovinha de sobrancelha e do detalhe de seu rosto refletido no espelho côncavo de maquiagem à sua frente, reparou que tinha errado. De fato, as rugas não estavam mais ali, mas seu rosto mantinha a mesma palidez neutra de dez minutos antes.

Chegou a pegar o creme de limpeza mas desistiu. Examinou-se melhor. Então, com o delineador traçou um risco preto debaixo de cada olho e espalhou-o cuidadosamente, criando uma pequena depressão escura que reproduzia cinco anos de ação do tempo. Com o batom fez a boca ficar mais larga, dura, uma boca de senhora. Pôs os óculos escuros, um lenço no cabelo e levantou-se. Tentou uma postura levemente curvada. Estava despojando-se de si mesma. Pela primeira vez, desde um passado remoto, quando se divertia infantilmente usando roupas de adulto, pela primeira vez, desde então, Madelene se fez mais velha do que era.

Foi até a janela e sentiu o vento bater em sua nova máscara. De lá avistou Clapham. Ele cortava uma rosa de um arbusto ao lado do portão, que logo em seguida foi aberto para deixar entrar uma kombi. Em seguida veio um carro branco trazendo um homem cinza, mas para este ele fez um gesto de recusa e tornou a voltar para dentro de casa. A idéia da rotina deixou-a agitada. Mas lembrou-se de que Adam hoje trabalharia em casa, no jardim-de-inverno, com o macaco.

Era um pensamento inquietante. O casamento de Madelene não era apenas emocional, jurídico e físico. Era também territorial. Até agora ela tinha a segurança de nunca encontrar o marido em seu território até o fim da jornada de trabalho.

Mas tratou a inquietação como de costume. Procurou

sua garrafa debaixo da cama e, de pé, junto à janela, bebeu o primeiro copinho da manhã.

Sua coragem cresceu. Pegou um casaco leve e vestiu-o sem o cinto, o que a deixava quadrada como um estojo. Calçou uma babuche já meio gasta. Olhou-se ao espelho. A própria mãe não a reconheceria. Ou, pelo menos, preferiria não reconhecê-la.

Jogou dentro de uma bolsinha preta tudo aquilo de que uma mulher necessita: chaves, dinheiro, batom, delineador, lenço, um desenho dos dentes do macaco e uma pequena garrafa de plástico com álcool. E saiu do quarto, rápida e sinuosa, sem fazer a parada costumeira na soleira da porta.

Cruzou a portinhola que havia no muro e desceu pela escada dos fundos. Era a primeira vez em muito tempo que estava a pé, que entre ela e o ambiente à sua volta não havia o vidro fumê de um carro. Desfrutou o sol, os sons e a clareza das cores. Desfrutou o anonimato de seu novo disfarce. Passou por um caminhão com a imagem de um cachorro na porta. O homem dentro dele não lhe dirigiu um mísero olhar. Passou por uma empregada que passeava com um galgo cashemere, a garota e o cachorro olharam para ela sem reconhecê-la. Passou pelo tal carro branco com o homem cinza dentro que Clapham tinha dispensado. O homem, ignorando sua presença, olhava fixamente para Mombasa Manor. Chegou a uma estação de metrô e começou a descer.

Na plataforma, teve medo.

Madelene havia crescido em meio a uma paisagem protegida e especial. O hábitat dos ricos. Durante a maior parte de sua vida fora poupada de gente comum, entre ela e a maioria das pessoas sempre houve filtros, casas grandes, escolas particulares, babás e motoristas. Agora, no metrô, ela deparava com a brutalidade de Londres, tal como uma fina dama que resolvesse se atirar de um jipe no meio de uma reserva de animais ferozes e dali tivesse que seguir a pé, sozinha.

Madelene, naturalmente, já conhecia o trágico, a morte, a náusea e o ódio a si mesmo que todo ser humano carrega consigo desde o nascimento. Mas ela era inexperiente em miséria exterior e não possuía nenhuma palavra para explicar aquilo. O invólucro dentro do qual se movia era essencialmente verbal. Logo que conhecera Adam, ele lhe dera alguns livros de Debret e, sorridente, mostrou-lhe a editora que, no século XX, sob o fino disfarce da auto-ironia, editava livros educativos só para ajudar a preservar uma hegemonia de classes da época feudal. Madelene aprendeu. Um ano e meio depois, já falava, sem sotaque, aquele inglês levemente latinizado das classes superiores. Mas ainda lhe faltava encontrar uma associação pessoal para palavras como gengivas sangrentas, fome, vagabundo, Wormwood Scrubs, soco inglês, calos, *the dole*, passo de galo, fratura de crânio e trêmulo. Sentou-se no trem, hirta, quieta e contemplativa. O único escudo que tinha para aquelas impressões era o que sugava de sua garrafinha.

Perdera a sensação de tempo e de espaço. Só depois que, instintivamente, trocou de trem, desceu e tornou a subir, cruzou a esquina, contornando feras e mendigos, evitando ser pisoteada, e se viu em frente a um edifício baixo e comprido, de concreto, e soube que tinha chegado, só então é que se deu conta de que tinha um destino. Fora levada até ali por uma bússola invisível que restabelecia o equilíbrio quando ela se movia em direção contrária à de Adam. Enquanto ele estava em casa, ela ia para o lugar onde ele deveria estar. Isto é, estava em frente ao Instituto de Pesquisa do Comportamento Animal — um dos departamentos de pesquisa do Jardim Zoológico de Londres. Adam era o diretor desse instituto.

* * *

Na primeira vez em que Madelene esteve em Londres, Adam levou-a a um dos anexos de Mombasa Manor, fechou a porta e deixou-a ficar por um instante na escuridão, entre o fedor das traças, da naftalina e da podridão mal disfarçada. Depois acendeu uma luz elétrica forte e declamou sua profissão de fé quanto ao trabalho.

O quarto estava repleto de troféus de caça conquistados por seu pai e sua mãe. Presas de marfim, peles de leão, mandíbulas de tubarão, plumagens de ave-do-paraíso, chifres de rinoceronte, cabeças de alce, couro de píton, barbatanas de baleia, um gorila *headmounted* e dois iguanas empalhados com uma técnica moderna, plástica, num suporte grande. Adam levou-a até uma fotografia dos pais que estavam de braços dados sobre uma montanha de seis elefantes mortos. Em voz baixa e tranqüila ele então lhe explicou que o objetivo deles era matar, colecionar e expor. Faziam aquilo de uma forma nobre, mas o fato é que o mundo havia mudado. Agora era o tempo de estudar, exibir e preservar, e professava aquilo com o peso de um descendente de uma família de setecentos anos, com ancestrais extraordinários, sendo ele seu melhor representante. Então contou-lhe sobre o zôo de Londres.

— É o jardim zoológico mais antigo do mundo — ele disse. — Já foi o melhor, há tempos, e pode voltar a ser. Mas precisa de uma ampliação, que está a caminho e da qual você já deve ter ouvido falar. Mas será muito maior do que se imagina. Andrea e eu estamos envolvidos nisso.

Ele deixou seus dedos deslizarem sobre uma seqüência de fotos e parou num dos eventos mais recentes, com Edward Elgar num palanque.

— Concerto beneficente — ele disse — para o zôo de Londres.

Suas mãos tamborilavam sobre a aristocracia inglesa que se interessava por animais. Quando ele voltou a falar,

Madelene reparou que ele se esquecera dela, dirigindo-se a seus próprios fantasmas e a sua classe social.

— Estes, sim, trabalharam. Os filhos não valem nada, só fazem administrar os privilégios que herdaram. Quando o zôo de Londres foi fundado era propriedade privada. Agora mal se consegue pagar a manutenção diária. E eles não dão a mínima. Só quando acordarem é que vão descobrir que é tarde demais.

Esse discurso que Madelene mal entendia e do qual tinha uma vaga lembrança fora ouvido havia um ano e meio. Desde então, ela só voltara ao instituto uma vez. Para uma visita às obras de construção, seguida por um jantar de lugares marcados em rigorosa ordem hierárquica, onde ela e Adam ficaram à cabeceira como Diretor e Sua Esposa — coisa que ela só foi capaz de agüentar porque já tinha bebido um pouco quando chegou e continuou a beber maciçamente ao longo da noite.

Agora, pela primeira vez, atravessava aquelas portas de vidro totalmente desacompanhada.

Uma mulher avançou até o balcão da recepção para bloquear-lhe a passagem, ágil como um terrier. Naquele instante Madelene quase se virou e saiu correndo. Mas lembrou que naquele dia ela era outra pessoa, diferente de si mesma.

— Sou do Centro de Pesquisa Odontológica dos Matadouros — ela disse. — Vim para uma consulta sobre a conformação dentária de um animal.

A recepcionista recuou. Por detrás de seus óculos escuros Madelene podia compreendê-la totalmente. Ambas tinham tido pouca formação escolar e estavam cercadas de pessoas mais sábias do que elas e que adoravam se exibir. Então, tanto para ela como para a outra, termos como *centro de pesquisa* e *consulta* funcionavam como uma ordem indiscutível.

A mulher falou ao telefone e depois latiu um nome e um andar. Quando Madelene deu o primeiro passo para dentro do elevador a mulher já a havia esquecido — como um cão de guarda que se torna instantaneamente indiferente àquilo que o dono aprovou.

O homem que, por trás da larga escrivaninha, pediu a Madelene que se sentasse usava o jaleco feito uma capa. Isso fez com que Madelene imediatamente o reconhecesse. Era ele quem tinha se sentado um pouco distante — mas só um pouco — dela e de Adam naquele jantar.

Ela depositou à sua frente o desenho feito com o delineador.

— Estamos com um problema — ela disse. — Recebemos isto aqui e não fomos capazes de identificar, foi por isso que me mandaram...

— E por que a mim?

Madelene fez uma avaliação rápida e cuidadosa, e percebeu que o aspecto mais relevante naquele médico era seu orgulho profissional.

— No centro, dizem que o senhor é o melhor.

— Ah, eles dizem isso? Ainda se lembram do tratamento de canal que fiz em Roberto?

— Não há um único dia em que isso não seja lembrado.

— Era o canino direito. Gastei dois baldes de cinco litros de cloramina só para limpar.

— Essa história já é praticamente uma lenda — disse Madelene.

O odontoveterinário pegou o desenho, deu uma olhada e o deixou cair na mesa.

— A senhora deve estar brincando.

Madelene tirou os óculos escuros e curvou-se sobre a mesa.

— Foi mandado para o centro. Mas parece a todos uma coisa sem pé nem cabeça.

Uma suspeita invadiu o médico.

— A senhora também é veterinária? Ou dentista?

Madelene sorriu ignorante e calorosa.

— Auxiliar de escritório.

O médico relaxou.

— Evidentemente, é difícil ter certeza — ele disse. — Com um desenho tão ruim.

Tamborilou sobre o papel.

— Molares, pequenos molares, caninos cônicos, incisivos e diastema. Tudo aponta para um chimpanzé.

— Mas... — disse Madelene.

— Eu diria que há quatro dentes a mais. Um pequeno molar extra em cada lado. A gente vê mutações a toda hora, ainda que a evolução aponte para um número menor de dentes. Eu poderia, num caso extremo, admitir os incisivos. Mas por que eles teriam esses cantos cortantes feito gumes de faca, em vez de lisos e próprios para mastigar? E a curva do dente... é demais, a senhora não acha?

Madelene assentiu com a cabeça.

— Essa curva é impensável num macaco. É humanóide. Vou lhe dizer uma coisa. Estão zombando da senhora. Aproveitando-se de sua ingenuidade. A senhora recebeu o diagrama dentário de uma criatura que não existe.

Madelene se recostou na cadeira, pegou sua garrafinha e sugou.

— Xarope — ela disse. — Asma. Sou superalérgica.

Levantou-se, devagar.

— Há algum registro de animais roubados ou seqüestrados?

— As circulares diárias. Todos os jardins zoológicos de grande porte trocam circulares diariamente. Todos os roubos são comunicados.

O médico ia se petrificando na posição em que ela o tinha encontrado.

— Doutor — disse ela —, o que o senhor diria se, apesar de tudo isso, deparasse com um animal que tivesse exatamente essa conformação dentária?

— Eu comprovaria que se trata de um equívoco.

— Mesmo se ele estivesse com a boca aberta como no diagrama?

A testa na escrivaninha se enrugou, contrariada e irritada por ter que abandonar seu fundamento empírico.

— Até prova em contrário eu, com certeza, suporia tratar-se de uma falsificação.

Madelene ajeitou a saia e deu um sorriso largo, de borracha.

— Doutor, quantos dentes tem um homem?

— Trinta e dois.

— Então eu vou voltar para o centro e olhar os meus dentes para ter certeza de que não se trata de uma falsificação.

O médico desviou o olhar.

— A senhora pode usar o espelho do banheiro aqui da sala. Mas eu já observei sua conformação dentária e sua oclusão. São perfeitamente normais.

No corredor, Madelene parou e sentiu o edifício. Tinha a mesma dinâmica de Adam. Era jovem, profissionalmente intenso, ambicioso e competente. O tipo de lugar onde todo aquele que não tivesse uma função relevante se sentiria supérfluo. Para acalmar esse sentimento ela bebeu mais da garrafinha. Quando enxugou as lágrimas avistou o nome e o título de Adam numa porta. Tinha parado em frente à sala dele.

Recolocou os óculos escuros e entrou.

Penetrou na ante-sala. Uma mulher virou-se na cadeira giratória e encarou-a.

Madelene tinha visto a secretária de Adam umas cinco ou seis vezes. E sentiu-se, por um momento, em queda livre. Então representou seu papel com as entranhas.

— Tenho uma hora marcada com Adam Burden.

A secretária sorriu cordialmente, impessoal e ágil. O suficiente para expressar que era absolutamente impossível haver tal hora marcada, porque se houvesse teria sido marcada por ela, o que não era o caso, e tratando-se de um equívoco, não seria de sua parte, o que lhe dava altivez suficiente para ignorá-lo.

— Infelizmente — ela disse — ele está numa reunião longa e importante na cidade.

— Pode-se telefonar para lá?

O rosto esfriou. Esgotara-se a cordialidade que desde o início já era racionada.

— Fora de questão. Qual é seu nome?

Madelene fixou os olhos, fascinada, na mulher à sua frente, na perfeição de seu vestido, na autoridade distanciada. Adam uma vez lhe havia dito que um grande chefe deve cuidar para que as pessoas ao seu redor jamais falhem. A mulher parecia infalível. Depois se lembrou da fuga de Adam, de madrugada, de sua aversão à proximidade, das barreiras que ele colocava entre si mesmo e o mundo. A mulher à sua frente era uma dessas barreiras. Inclinou-se sobre ela.

— Vim aqui para saber por onde ele andou ontem à noite — ela sussurrou.

A secretária tentou recuar, arrastando a cadeira para trás, mas Madelene a acompanhou, aproximando-se até que a mulher pudesse ver o próprio reflexo nas lentes de seus óculos escuros e sentir o cheiro de etanol.

— Enquanto isso, eu esperava, no Mercado de Carnes — continuou Madelene. — O que é que a senhora acha disso?

A secretária estava de costas para o computador. Não havia possibilidade de fuga. Ela apertava os braços da cadeira.

— Diga-lhe, por favor — insistiu Madelene —, que se

ele não me der uma boa explicação eu vou telefonar para a mulher dele.

A mão da mulher tateou, em cima da escrivaninha, um pedaço de papel amarelo com a letra de Adam. Ofereceu-o a Madelene.

— Talvez a senhora queira ligar e falar pessoalmente com ele — ela disse.

Madelene tomou-lhe o papelzinho e recuou.

— Quatro horas — ela disse. — No meio de galinhas congeladas e tripas. Pode dizer isso a ele.

Mesmo sob aquela pressão descomunal a secretária ainda encontrou forças para um novo ataque.

— É da parte de quem?

Madelene refletiu.

— De Priscila — ela disse. — Priscila, do Centro de Pesquisa Odontológica dos Matadouros.

E fechou a porta atrás de si.

No corredor Madelene parou por um instante com o olhar distraído. Alimentava os mais variados tipos de sentimentos pelo marido e nem todos eram assim tão puros. Porém sua confiança nele era cristalina. Havia aspectos de Adam e de sua vida que ela não conseguia entender, mas sempre soube que a maior parte deles ela acabaria compreendendo e aceitando. Agora deparava com a primeira mentira, concreta, em seu casamento. Sabia que Adam estava em casa, no jardim-de-inverno, entretanto ele tinha deixado com a secretária um bilhete que dizia *Earp. Vet. Institut.*

Madelene sugou a garrafa. E voltou para o corredor.

O odontoveterinário estava exatamente como ela o tinha deixado. Madelene pôs o bilhete de Adam sobre a mesa, bem à frente dele.

— Doutor, esqueci de lhe dizer uma coisa. O centro está estudando uma colaboração com esta instituição. Será que o senhor poderia, confidencialmente, é claro, me dizer duas ou três palavrinhas sobre este lugar?

O médico olhou pela janela, para as obras cobertas que em breve seriam o Novo Jardim Zoológico de Londres/Regent's Park.

— Para mim já é suficiente ter que administrar as pessoas aqui dentro.

— Eu tinha tantas expectativas — disse Madelene. — Todo mundo comenta que o senhor é um grande conhecedor da alma humana.

O médico lançou os olhos sobre o bilhete e tornou a olhar pela janela.

— Nunca ouvi falar. De toda forma, não é em Londres.

Madelene ficou quieta. O médico se recostou e pegou um grosso catálogo de consulta.

— *Royal College of Veterinary Surgeons Annual Registers and Directory*. Todos os veterinários e escolas superiores estão listados aqui. É completo, apesar dos abomináveis erros tipográficos.

Ele abriu, fechou o livro e guardou-o de volta.

— Enganaram a senhora de novo. Não há, na Inglaterra, nenhuma instituição com esse nome.

Olhou para Madelene por cima dos óculos bifocais.

— É a mesma coisa em todo lugar. Estamos, todos, chafurdando no meio da incapacidade e da incompetência. Até uma moça simpática e gentil como a senhora.

Madelene tentou, cuidadosamente, se desgrudar da escrivaninha para ver se conseguia se equilibrar sem apoio.

— Doutor — ela disse devagar —, nós lhe seremos eternamente agradecidos. Tanto eu quanto o Centro de Pesquisa.

Madelene andou a pé por Londres, sozinha, durante

quase uma hora, até pegar um táxi, andando com o máximo de cuidado e prudência que sua condição permitia.

Mas não estava preocupada consigo mesma, nem com o fato de poder ter cometido uma fraude e testemunhado outra. O que mais lhe chamava a atenção era uma sensação nova, que a invadia, de orgulho íntimo. Não se lembrava de antes ter dado um passo sequer para fora de si mesma, para se tornar outra pessoa. E agora via que deixara de ser apenas Madelene. Nos limites de sua própria alma ela vislumbrava os contornos de outra mulher que também era ela, e era essa outra mulher que ela protegia ao atravessar Londres, a caminho de casa.

De volta ao seu quarto ela desmanchou aquela cara com um paninho de algodão e se deitou de costas na cama. Tinha saído de Mombasa Manor sem dar satisfações e ninguém tinha percebido nada. Enquanto isso, do outro lado da cidade três pessoas tinham deparado com uma mulher estranha, diferente de Madelene, porém idêntica a ela: Priscila, do Centro de Pesquisa Odontológica dos Matadouros.

5

Quando ela acordou, o relógio marcava meia-noite. O calor que fazia no quarto era pesado e úmido. Ela apanhou a garrafa debaixo da cama. Estava vazia. Vestiu um roupão e mesmo aquele leve contato com o tecido lhe machucava a pele. Tonta e ainda sem forças, começou, então, a viagem em direção às fontes do Nilo.

A casa tentava bloquear seu caminho com suas sombras escuras e ameaçadoras e com a evocação da respiração dos outros habitantes. As pedras lisas do pátio queimavam sob seus pés descalços e o céu estava negro. Mas o ar tinha uma sugestão de frescor. Ela saiu pisando no cascalho e abriu a porta da oficina. Estava trancada.

Primeiro ela se contraiu diante desse novo e estranho mistério. O perímetro exterior de Mombasa Manor e todo o resto da rua era guardado pela mesma companhia de segurança, por isso as portas da casa, em geral, nunca eram trancadas. Mas em seguida ela sorriu, porque, como todos os chefes de expedição providentes, ela, em suas viagens solitárias, tinha tido o cuidado de manter algumas provisões.

O grande tanque de água doce do quarto de trabalho saía do muro como uma pia e ali havia um conjunto de frascos com testes de água. Madelene fechou os olhos, enfiou a mão e tateou entre plantas aquáticas e peixes dourados até encontrar um frasco aparentemente igual aos outros. Pegou-o, desarrolhou a tampa, bebeu com cuidado e respirou fundo. Nesse líquido os girinos jamais cresceriam. Era etanol cristalino a 55 por cento.

Ela se sentou na pia de pedra. As nuvens se abriram sobre ela e surgiu a Via Láctea. Ouviu um barulho de riacho vindo da pia semelhante ao das fontes e dos canais de Copenhague. Brindou consigo mesma. Ela se mimava, aquela era uma noite de mimos, tipicamente dinamarquesa, um final excelente para um dia excelente.

Ela pensava no macaco. Em como ele deveria estar se sentindo só sem aqueles pequenos recursos que adoçavam a solidão. Será que alguma vez se ouviu falar de animais que bebiam? Não. Por outro lado, tampouco se tinha ouvido falar do arco dentário em forma de curva, de Erasmus. E, com certeza, nunca era tarde demais para aprender a beber, sobretudo agora que já se ensinava aos chimpanzés até mesmo a linguagem dos surdos.

Madelene entrou na pia. De joelhos, mantendo seu frasco acima do risco de diluição, chegou à oficina engatinhando. Pisou na ante-sala do jardim e acendeu a luz. As janelas haviam sido vedadas com cortinas. A jaula era exatamente como ela se lembrava. Mas o macaco não estava lá.

Ela ficou parada diante da parede de vidro até ter certeza absoluta. Então destrancou a porta e entrou.

No momento preciso em que sofremos uma perda, quando a ausência sangra e a consciência ainda não começou a coagular é que o sentido daquilo que perdemos nos aparece mais claramente. Enquanto avançava pela jaula vazia, Madelene se deu conta de que sentiria falta do macaco.

Ela nunca possuíra um animal de estimação. Contemplava sem a menor inveja os Shetland Poneys de suas amigas, os Golden Retrievers e hamsters sem nunca querer nada parecido para si mesma, sabendo, desde o início, que o cavalo entre as pernas, o cachorrinho no colo e o coelhinho-da-índia na cama substituíam outra coisa. Em silêncio, sem sentir nada além de compaixão, ela várias vezes testemunhara o fracasso daquela ilusão emocional quando os animais cresciam deixando para trás a infantilidade de filhote para se tornarem grandes, sexuados e inoportunos, sendo por isso expulsos do quarto das crianças para o pátio externo. Lá, evidentemente, desenvolviam aquela ferocidade psicopata de animal solitário que culminava quando mordiam o carteiro e isso custava à família cinqüenta mil coroas dinamarquesas de indenização e em seguida mais setecentas coroas para a execução.

Agora, na jaula, ela se dava conta de que se os animais, naquela fase, serviam como evocações de outras coisas — crianças, pais, bonecos, homens —, aquele macaco, em sua paciente impotência, servira para fazê-la lembrar-se de si mesma.

O abandono desceu sobre ela. Bebeu do frasco como num ritual de despedida, como num brinde de funeral, numa íntima e pequena festa de despedida para um amigo que partia. Enquanto bebia, atravessou lentamente a jaula e assim chegou ao único lugar no quarto de onde se podia ver o macaco.

Afastou os galhos. Primeiro parecia que a vegetação tinha crescido, formando uma cama sob o animal. Depois reparou que ele estava deitado sobre um estrado. Juntara galhos e folhas sem quebrar nem forçar, tecera um estrado escondido atrás da vegetação marrom e cinza, murcha, confundindo-se com seu pêlo e tornando-o invisível para quem olhasse pela parede de vidro e impedindo-o, também, de ver a construção, do lado de fora. Havia só um ponto naquele espaço onde a vegetação se adensava a ponto de escondê-lo e ali o macaco dava a impressão de flutuar, na altura dos ombros, como numa caprichada camuflagem.

Madelene sentou-se num galho.

— Você é mais invisível do que pensa. Você nem sequer existe.

Ela apontava para os dentes dele.

— Como o zangão. Está provado que ele não pode voar. Mas como ele não sabe disso, voa.

Ela bebeu em homenagem ao zangão.

— Você pode abrir a boca?

Escancarou demonstrativamente sua própria boca.

Os lábios do macaco se separaram vacilantes. Abriu a boca.

Madelene olhou para dentro da boca vermelha e branca, as gengivas grossas estriadas como areia no fundo da água, o espelho de saliva sob a língua. Viu os dois pequenos molares de cada lado, os cantos dos incisivos, as facas cônicas dos caninos e o arco dentário, curvo e humanóide. Viu o original exato do diagrama dentário desenhado por Adam. Mas viu-o *en passant,* apenas como um detalhe de alguma coisa muito mais importante.

No momento em que o macaco abriu a boca, não só o seu arco dentário era humanóide, mas todo o seu rosto foi por um breve instante humano, não num sentido abstrato, mas humano como o dela mesma. Ele imitava seus movimentos não como uma caricatura, porque uma caricatura é sempre irreal no seu exagero, mas de maneira absolutamente fiel.

A experiência durou uma fração de segundo. Era como olhar para uma superfície líquida, por exemplo, álcool puro, e de repente, naquela imobilidade absoluta, ver sua própria imagem refletida, com um abismo por trás, e sentir-se sugado por aquilo, confundindo delirantemente a imagem refletida com seu eu real.

Mas o reflexo se apagou, o animal se recostou, Madelene terminou seu copo e serviu-se novamente com as duas mãos. Bebeu a metade e precisou deixar o copo de lado para recobrar o fôlego, já querendo apanhá-lo novamente. Mas não pôde. Havia como que uma tampa sobre ele. Olhou para a tampa e prosseguiu até encontrar os olhos do macaco. Ele tinha posto a mão sobre o copo.

Madelene recuou.

— Não — ela disse. — Você tem razão.

As folhas e trepadeiras se reergueram à sua frente como águas que se encontram. De repente, só os olhos do macaco ainda eram visíveis. Depois a vegetação se fechou e o animal sumiu.

6

Seis meses depois que Adam e Madelene se casaram, Andrea Burden organizou uma festa em sua casa em Mayfair para dar oficialmente as boas-vindas a Madelene, por parte da família. Um minuto depois de chegar, Madelene já tentava escapulir, mas Adam a deteve.

Estavam presentes vinte e poucos membros da família, uma boa parte da elite inglesa, poderosa naquele momento e no futuro. Homens que ganharam suas primeiras casacas aos cinco anos de idade e mulheres que, mesmo antes de nascer, já tinham empregados para comandar. Todos ficavam tensos ao lado de Andrea Burden como peixinhos que percebessem a sombra de um lúcio — desde os adultos mais jovens até o setuagenário sir Toby, consultor do governo em questões veterinárias.

A festa, mergulhada em champanhe, se espalhava ao longo de diversos cômodos que se abriam para o interior da casa, acabando na sala de jantar, que parecia um viveiro de peixes dourado, iluminado apenas pelos candelabros que se multiplicavam nos metais nobres e polidos dos talheres. E com tantos e imensos quadros a óleo sobre as paredes, só se conseguia ver as partes empapeladas nos espaços de onde se removera um quadro e onde havia um papel branco — uma cartinha posta ali por Lloyd's Underwriters, informando para qual sofisticada exposição aquele quadro tinha sido temporariamente emprestado.

Foi nesse ambiente que Andrea Burden fez seu pequeno discurso de agradecimento aos presentes — gente que Madelene nunca tinha visto antes. Agradecimento pelo apoio aos estabelecimentos de Primerose Hill, Gloucester Gate e Albert Terrasse — lugares de que Madelene nunca tinha ouvido falar —, pela *development corporation* — expressão que Madelene escutava ali pela primeira vez. Madelene não entendeu absolutamente nada da parte verbal desse discurso de boas-vindas, mas enquanto Andrea Burden falava, pôs-se a observá-la. Foi assim que notou que a irmã de Adam não era nenhuma abelha-rainha graúda, nem uma aranha fêmea forte e demolidora, mas um tipo delgado, liso, angelical e letal que tinha se proposto a reunir ali todas aquelas pessoas com a única finalidade de abater o maior número delas com um só golpe. O discurso era o golpe. Depois dele a festa minguou. Os convidados escutavam sentados, eretos, de olhos baixos para a toalha da mesa, sem ter como fugir, presos ali apenas por uma união semelhante àquela que, debaixo de uma superfície aparentemente caótica, mantém o controle rigoroso da disciplina de um formigueiro. Depois, todos comeram a sobremesa e, apesar dos pesares, ainda surgiu uma conversinha frágil. Madelene pensou que os convidados deveriam ter sido surrados muitas vezes, antes, para terem desenvolvido tamanha resistência à dor. Mas a festa em seu conjunto já estava zonza e os casais foram escapulindo, um por um, conduzidos até a porta e beijados na bochecha por Andrea Burden, que ia engolindo, condescendentemente, as desculpas esfarrapadas.

Quando só restaram Adam e Madelene, a anfitriã afundou numa poltrona macia, de frente para eles, e reparou que o copo de vinho de Madelene estava cheio de conhaque.

— Ela é dura na queda — ela disse a Adam.

Naquele momento Madelene pressentiu que a irmã de

Adam era movida por razões mais complexas do que a malícia simples e pura. E sentiu uma ponta de curiosidade em decifrar aquela mulher.

Logo em seguida Andrea Burden os levou à porta. Eles já haviam descido três degraus quando ela voltou ao encontro deles.

— Sinto muito ter que lhe dizer isso, Adam, mas, na cozinha, fizeram a recontagem dos talheres e notaram a falta de um garfo.

Adam estacou e olhou, mudo e fixamente, para dentro da noite.

— Vocês, naturalmente, estão acima de qualquer suspeita. Eu só achei que devia avisar. Afinal de contas, é um C. J. Wanda.

— Eu lhe mando um novo — disse Adam, com os lábios contraídos.

Então ele e Madelene se apoiaram um no outro, ela amolecida pelo álcool como uma medusa e ele tenso pela raiva reprimida, e juntos os dois cambalearam noite adentro.

Madelene só voltou a ver Andrea Burden, muito fugaz e rapidamente, quando ela foi à sua casa entregar o macaco, três dias antes. Mas agora se encontrava a caminho para vê-la de novo. Estava sentada, pela segunda vez em dois dias, no metrô, indo para Tower Hamlets, e tentava avaliar detalhadamente a imagem ambígua que tinha da irmã de Adam.

Madelene começou o dia mudando de vida.

Despertou duas horas antes do habitual, de um sono breve e profundo, convicta de que os últimos dias tinham sido só uma fantasia, um sonho mau, e que ela agora recomeçaria de zero. Já entendera, mesmo sem estar totalmente acordada, que o verdadeiro objetivo da vida era o amor e, portanto, doravante se dedicaria somente a Adam, seguindo o modelo de sua mãe, talvez até parando de beber.

Logo após ter tomado essa decisão firme e objetiva diante do espelho, ela correu para a cozinha, ainda de roupão, para convencer a sra. Clapham a deixá-la cuidar de Adam sozinha.

Preparou o chá para ele e fez sua torrada. Acompanhou-o até a garagem e quando o carro fez a curva e ela já ia perdendo-o de vista, correu num impulso através da horta e atravessou a portinhola do muro que dava para a calçada. Queria surpreendê-lo quando passasse por ali, acenando, linda, para ele. Ouviu o zunido do portão elétrico e já ia erguendo as mãos para o aceno quando viu o Astor Martin de Adam se afastando. Então se deu conta de que, ao contrário do que fazia todas as manhãs, ele tinha dobrado à direita, e não à esquerda.

Ir para a direita era ir para leste, direção errada, sentido oposto a Regent's Park e ao instituto. Por isso, a princípio Madelene ficou ali parada. Mas logo depois descalçou os chinelos e começou a correr.

Dobrou a esquina a tempo de ver o último reflexo da traseira do carro. E enquanto ainda acenava e gritava, outro carro deslocou-se do meio-fio, cem metros adiante. Foi aí que Madelene percebeu que era o mesmo carro branco levando o mesmo homem cinza dispensado por Clapham. Então, um caminhão com a imagem de um cachorro na porta, que ela também já tinha visto antes, foi atrás do carro branco que seguia Adam e nenhum dos motoristas dos dois carros perseguidores percebeu que Madelene ficara para trás, abandonada, sem ninguém para acenar, testemunha de uma combinação de fatos que não conseguia compreender.

De volta ao quarto, à cama, com as mãos trêmulas, pescou sua garrafa, olhou em volta assustada, como uma corça na beira do rio, e bebeu rapidamente dois copos quase cheios, um atrás do outro.

Acalmou-se instantaneamente. De modo geral, o álcool ativava em Madelene um Tívoli Park interno com uma montanha-russa cujo trajeto, uma vez sentada, era impossível prever. Desta vez, porém, ela não foi a lugar algum. Desta vez o líquido levou-a a mergulhar numa sentimentalidade suave e voluptuosa. Pensou em Adam e em sua ambição firme e determinada. Começou a chorar e as lágrimas molharam o cetim rosa, fazendo crescer um imenso desejo de reconciliação. Precisava vê-lo agora, precisava dele imediatamente, fisicamente, dentro de seu corpo. Em qualquer lugar, se preciso até mesmo no escritório.

Pegou o telefone e discou o número direto. Seu desejo de ouvir a voz dele era tão forte que ela não teve tempo nem de se surpreender quando a secretária respondeu.

— Posso falar com Adam?

Pela voz da mulher e por sua resposta, Madelene entendeu três coisas: que a secretária pensava que era Priscila quem estava ligando, que já tinha desistido de qualquer resistência e que Adam, mais uma vez, enganara todo mundo apagando totalmente os próprios rastros.

— O senhor Burden está trabalhando em casa — ela disse. — Quer que eu anote seu recado?

Madelene se encostou à parede. Se estivesse sozinha a conversa certamente teria acabado ali. Mas não estava. A secretária, sem saber, invocara um espírito que agora se materializava. Priscila tomou o telefone da mão de Madelene.

— Escreva: "Seu corpo significa mais para mim do que todo o toucinho da Feira de Carnes de Smithfield".

Desligou o telefone e se levantou.

Saiu para o corredor, desceu a escada e atravessou a casa sem o menor objetivo, apenas porque estava exaltada demais para ficar parada. Na porta do terraço, viu Clapham.

— Posso lhe oferecer uma xícara de café bem quente que acabei de fazer? — ele disse.

Madelene aceitou a rosa que ele lhe estendeu.

— Só se estiver bem forte — ela disse.

* * *

Estava forte, preto e viscoso feito tinta a óleo e enquanto Madelene bebia seus olhos pousavam, pensativos, em Clapham. Ele estava à vontade, tudo parecia normal. E era nessa posição confortável que ele, ao mesmo tempo, cumpria o seu dever e exercia o controle autoritário de um mordomo sobre alguém que só formalmente é seu superior.

Clapham achava que, como sempre, estavam os dois sozinhos no terraço. Só Madelene pressentia a sombra de outra mulher avançando sobre a mesa.

— Aquele carro que o senhor dispensou ontem — ela disse docemente —, será que posso saber por quê?

Clapham esvaziou sua xícara e colocou-a sobre a mesa num gesto definitivo e profissional.

— O dever me chama — ele disse.

Os olhos de Madelene ensombreceram. Justamente agora, mais do que nunca, ela precisava que ele ficasse. Que ele — em sentido figurado — pousasse a cabeça em seu colo e expressasse um pouco de compaixão e um mínimo de respeito. Mas, ao contrário, ele se juntara à caravana que esta manhã tinha partido e a deixara, solitária, no Saara inglês.

— Sente-se! — ela disse.

Clapham endureceu.

— Não se levante quando eu estiver lhe falando.

O homem curvou a cabeça. Sentiu a ferida, mas não conseguia ver de onde vinham as chicotadas. A própria Madelene não sabia. Só Priscila sabia perfeitamente que aquela ordem que ela atirava sobre a cabeça de Clapham vinha de Adam. Que era à voz do patrão que o homem à sua frente obedecia.

— O carro branco, Clapham!

— Autoridades veterinárias.

Aquele nome era desconhecido para as duas mulheres, mas elas sabiam que estavam no alto de uma onda que podia quebrar a qualquer momento e, portanto, não havia tempo de olhar para trás.

— Qual era o propósito?

— Encontrar o senhor Burden.

— E o que você respondeu?

— Que o senhor Burden não estava em casa.

Madelene parou por um instante e deixou a situação amadurecer para uma última questão.

— Onde está o senhor Burden?

A figura de Clapham se fechou. Madelene e Priscila se levantaram lentamente.

— Onde está o senhor Burden?

— Em Tower Hamlets. Na Fundação do Bem-Estar Animal.

Madelene continuou seu movimento e Clapham cedeu como se de fato esperasse pelo chicote.

Mas Madelene não bateu. Cuidadosamente, acariciou a cabeça daquela figura sisuda, reservada e incompreensível à sua frente.

— Obrigada pelo café — ela disse.

7

Há em todas as metrópoles européias, nos bairros incolores de subúrbio, pequenos escritórios onde senhoras idosas oferecem de graça seu tempo para associações privadas que defendem discreta e dedicadamente a preservação do porco-espinho, do leucocarpo ou do camundongo-do-mato. Madelene esperava encontrar Andrea Burden num lugar como esses, mas não foi bem isso que aconteceu.

O vestíbulo do décimo terceiro andar na Casa dos Animais, em Tower Hamlets, não era incolor mas de um cinza profundo, e em frente à pedra tumular polida estava gravada a lista de escritórios. Dois seguranças cinza-chumbo lhe abriram a porta e chamaram um senhor de smoking cinza, e ela começou uma viagem a pé atrás do smoking. Foi então que Madelene intuiu o que mais tarde seria confirmado: a Fundação do Bem-Estar Animal não era apenas uma sala, ou uma pequena seção dentro daquele cenário de escritórios, mas um continente flutuante que ocupava um andar inteiro da construção mais cara do mundo.

No final da viagem havia duas secretárias sentadas num quartinho semelhante a uma antecâmara de mausoléu, e em outras circunstâncias Madelene ficaria angustiada com o peso daquela arquitetura. Mas não naquele dia. Durante os vinte minutos que passara no metrô ela encontrara forças. Não só no que tinha bebido, mas sobretudo na firmeza de seus objetivos.

Ela repassou seus encontros anteriores com a irmã de Adam. Lembrança de difícil reconstituição, porque se ela não estava sóbria agora, muito menos naquelas ocasiões. Mesmo assim se acalmou, concluindo que por trás das atitudes frias de Andrea Burden se escondia um ser humano caloroso e tudo o que Madelene agora buscava era calor humano e aconchego. Seu objetivo era enfrentar Adam, com Andrea a seu lado, como a intermediária decidida e carinhosa que cuidaria para que tudo acabasse bem. Madelene tomara o metrô como um grande animal fugindo do incêndio florestal que queimou sua caverna e agora chegava ao seu destino feito um pintinho perdido procurando abrigo sob as asas da galinha.

Havia de fato algo de maternal no sorriso de Andrea Burden quando Madelene entrou na ante-sala do escritório. Havia calor no beijo que ela deu na bochecha de Madelene. E havia algo de protetor na maneira como se desculpou com o resto do escritório e fechou a porta atrás.

Foi ali, atrás da porta fechada, que ela desferiu, em palavras suaves, o primeiro direto no queixo.

— Madelene, querida, que posso lhe oferecer assim tão cedo? Que tal um gim duplo?

O álcool era o segredo mais íntimo de Madelene. Era um nicho privativo que ela até agora supunha manter indevassável para o mundo exterior.

Naquele vácuo suspenso de realidade que se instalou Madelene concluiu que os animais se distinguem dos homens principalmente pela regularidade de sua consciência. O que mais a assustava naquela insegurança premente que a torturava vinha de sua própria dinâmica pessoal. Havia dias em que ela duvidava de seu corpo, em outros era ameaçada por sua razão, em outros lhe faltava segurança no casamento, no penteado, nas economias, nos próprios movimentos, em seu cheiro, em suas sensações.

E a lista era infinita. E quando ela pensava que a lista já estava suficientemente longa e abrangente, com tantas maneiras de odiar a si mesma, eis que aparecia um item inteiramente novo.

E diante desse desequilíbrio interior havia um rosto à sua frente, aguçando o contraste. Andrea Burden olhava para ela com a curiosidade insensível e inquisidora de um réptil.

A sala estava vazia, não havia sinal de Adam. Madelene deixou-se afundar numa cadeira e avaliou o local.

— Eu só queria conhecer o lugar.

— Para uma pessoa que não faz nada, um local de trabalho deve ser altamente estimulante.

Madelene sabia que seu tempo se esgotara. Ela agora queria achar um cemitério de elefantes para onde pudesse se arrastar e morrer. Só lhe faltava força para se levantar da cadeira.

— Eu aceitaria um copinho — ela disse.

Um copo foi colocado à sua frente.

— Por que existe este lugar? — ela perguntou.

— As espécies ameaçadas de extinção e os animais de estimação mais populares atraem somas altíssimas de dinheiro. Nós cuidamos da distribuição desse dinheiro.

— Parece uma cripta.

— A morte é confiável. Todo banco é decorado como uma tumba.

— Onde está Adam?

Andrea Burden não respondeu. Parou, em pé, atrás de Madelene. Ela sentiu as mãos da outra no encosto da cadeira.

— Você precisa ver a vista — Andrea disse. — Antes de ir embora.

A cadeira tremeu sob Madelene. A outra mulher a fizera girar cento e oitenta graus.

Os olhos de Madelene se apertaram com aquela surpreendente manifestação de força, e também porque ela sentia o gim queimando-a. Mas tornou a abri-los.

Três paredes da sala eram de vidro espelhado. Diante delas, lá embaixo, se descortinava Londres, remota e irreal.

Andrea Burden ficou parada como uma enfermeira atrás de seu paciente na cadeira de rodas.

— Que é que você acha? — ela disse.

Madelene reparou que Londres não era uma cidade. Porque uma cidade sempre termina em algum lugar. Mas a planície irregular e ondulante de pedras diante dela parecia não ter limites. Lá onde a curva da terra cria o horizonte, até as fronteiras visíveis do universo, ainda havia construções.

E era grande demais para um único clima. Então, em volta delas, sobre St. Katharine Docks e o Tâmisa havia sol, mas na City o tempo estava cinza, e a leste chovia sobre Docklands, enquanto ao sul do rio caía uma cortina amarela de fumaça industrial.

— Não sei como alguém agüenta viver aqui.

— A gente se acostuma. Até com uma vida como esta. O homem é conhecido por sua capacidade de adaptação.

Andrea Burden ficou sob a luz, junto à cadeira.

— Vinte mil e quinhentos frangos por dia — ela disse — para alimentar Londres. Cinco mil e oitocentos porcos, mil quinhentos e vinte bois, seis mil cordeiros. Segundo a Meat and Lifestock Comission, a cidade engole diariamente dois milhões de quilos de proteína animal. Pode-se considerar Londres uma espécie de máquina monstruosa de processamento de animais de corte. Entretanto, eu não a vejo assim. Os matadouros são só uma parte menor do fenômeno. Se formos além da alimentação pura e simples, chegaremos primeiro aos animais de trabalho. Há, na Grande Londres, no mínimo cinco mil cães de guarda agregados às companhias de segurança, cinco mil cavalos para tração ou montaria, quatro mil cavalos de corrida espalhados por cinqüenta estábulos, dois mil cavalos de polícia e cavalaria, três mil greyhounds, três mil pombos-correios, além de outros animais com diversas funções. O serviço de estatística de Londres estima que vivam, ao nosso lado, um milhão de cachorros, um milhão e meio de gatos, cinco milhões de passarinhos em gaiolas, dois milhões de pequenos roedores como porquinhos-da-índia e uma quantidade de répteis e peixes que podemos apenas supor. Sem esquecer dos animais nos laboratórios científicos, nas fábricas de remédios privadas e públicas, animais domésticos dos *city farms*, dos institutos veterinários e assim por diante — um grupo estimado, para Londres e arredores, em dez milhões de animais, desde camundongos até almiscareiros. E tudo isso junto, esses mais de vinte milhões de seres vivos, é só a metade. O resto, a outra metade, é o que chamamos de "o proletariado animal mais miserável da metrópole" — os cachorros sem dono, os gatos de rua e o grupo de animais semi-selvagens que tentam se adaptar ao biótipo das metrópoles: raposas, pombos, camundongos, gaivotas, ratazanas e insetos. Sem falar dos jardins zoológicos e dos aquários.

Andrea Burden avançara até a janela de vidro de costas para Madelene. Agora voltava a encará-la.

— Londres não é apenas um organismo que processa animais. É muito mais que isso. Nossos biólogos avaliam que há mais de trinta milhões de seres não humanos na cidade, distribuídos em dez mil espécies. Estimam a biomassa animal por quilômetro quadrado em setenta e cinco mil quilos. Você sabe o que isso quer dizer?

Madelene fez que não com a cabeça.

— Significa não só que há mais animais em Londres do que em qualquer floresta inglesa ou em qualquer outro lugar da Inglaterra. Significa que há mais animais aqui do que, por exemplo, em Mato Grosso, na estação seca. Londres é um dos maiores hábitats para seres não humanos em todo o globo terrestre.

Madelene olhou para a cidade, para dentro de seu copo já vazio e novamente para a cidade.

— E daí? — ela disse.

Não era propriamente uma grosseria, mas a cordialidade explícita requisitava um superávit e Madelene já estava no tanque de reserva.

— Agora vou levar você até a saída — disse Andrea Burden.

Ela ajudou Madelene a se levantar da cadeira. O carpete parecia lodo sob seus pés.

— Nós, seres humanos — disse Madelene —, também somos importantes, não?

— Nós podemos escolher. Os animais são trazidos para cá. Só as vítimas me interessam.

Andrea Burden colocou a garrafa de gim numa sacola de papel marrom e estendeu-a para Madelene.

— Leve a garrafa para a viagem. Adorei ver você. Mas, por gentileza, da próxima vez telefone antes de vir.

Madelene se apoiou no batente da porta e investigou o rosto que via à sua frente. A realidade é que a outra a tinha testado e ela fora reprovada sem nem sequer saber em qual aspecto tinha sido avaliada.

— Você se esqueceu de um item. Aqueles animais com que os behavioristas trabalham.

A irmã de Adam pegou-a pelo braço para empurrá-la para fora. Seu olhar já estava distante.

No interior de Madelene cinco imagens se misturavam: Londres, o macaco, Adam, Priscila e o gelo naquele rosto diante dela. Elas se fundiram e se incendiaram.

— Na realidade, eu vim aqui para dizer que recebi uma educação muito severa. Qualquer contravenção me provoca mal-estar. Não consigo dormir de noite, minha garganta se inflama. Trata-se do macaco em nossa casa, entregue por você, que é diretora deste lugar respeitado. E a atitude de Adam, evitando as autoridades veterinárias. Talvez eu precise ir à polícia. Foi isso que vim dizer.

Os movimentos de Andrea Burden eram sempre ágeis e farfalhantes, o que Madelene interpretava — desde a primeira vez em que a vira — como um sinal de distração, mas que depois aprendeu a ver como a dança do lutador em volta do adversário. Agora, entretanto, ela ficara quieta. Não tivera tempo de recuperar o equilíbrio antes de Madelene voltar ao ataque.

— Talvez eu devesse ir diretamente aos jornais. Há dias não consigo comer. Tenho esperado, o tempo todo, que alguém me dê uma explicação.

Foram até a janela e ali pararam, à beira do abismo da cidade.

Andrea Burden baixou a cabeça.

— Eu gostaria de convidar você para ir ao zôo de Londres — ela disse. — Amanhã. Antes que os empregados cheguem para trabalhar. Às sete horas está bom para você?

— Eu não vou ao jardim zoológico desde criança — disse Madelene.

Foram até a porta. Andrea Burden abriu-a. Na antesala, o smoking já estava à espera.

— E quanto aos jornais e à polícia? — perguntou Andrea Burden.

Madelene a deixou esperando um tempo antes de responder.

— Conversamos sobre isso amanhã — ela disse. — No jardim zoológico.

8

À primeira vista, Adam Burden, sentado à mesa do jantar, não chamava a atenção. Mas quem o visse mais de perto perceberia nele, a olho nu, um conjunto de regras, resultado da evolução de quatrocentos anos de etiqueta nas classes superiores. Ele dividia a comida carinhosamente, introduzia os bocados quentes dentro de sua boca discretamente aberta, fazia com que as rolhas saíssem de estreitíssimos gargalos com extrema delicadeza. Roçava suavemente os lábios com um guardanapo que aparecia e desaparecia, sem rastro, em seu colo, de modo que nenhuma gota de caldo de carne marcava os copos polidos, seguros apenas pela haste, a fim de que os batimentos do pulso não afetassem a temperatura do vinho. Quando a refeição terminava e a sra. Clapham recolhia os talheres e a toalha da mesa, não havia no linho branco um único vestígio do tinha acontecido ali.

Desde o início Madelene soubera que não poderia acompanhá-lo nesse equilibrismo diário. Ela só comia quando tinha fome, em geral muita fome, e por isso a comida absorvia quase toda a sua atenção, e o pouco que sobrava dela se concentrava em derramar o mínimo possível e — agora cada vez mais — evitar que caísse da cadeira. Portanto, poucas forças lhe sobravam para acompanhar a conversa espirituosa de Adam. Tempos antes ela aprendera —

como uma platéia atenciosa — a aplaudir nas ocasiões certas, enquanto sua atenção viajava.

Mas não naquela noite. Naquela noite, apesar de cansada, ela estava interessada. Não no que Adam dizia, mas nas pausas que, em meio àquela correnteza de palavras, possibilitariam sua intervenção. Naquela noite Madelene tinha uma personagem a representar.

— Esteve aqui um senhor — ela dissse. — Das Autoridades veterinárias. Ficou aborrecido porque Clapham o dispensou. Queria falar com você.

A serenidade sumiu do rosto de Adam. A princípio ficou vazio, coberto apenas por um fino véu de medo.

— Também ligou uma senhora.

Adam levantou-se e avançou em direção à lareira vazia. Era um gesto de inverno. Inútil. A lareira estava fria desde abril.

— O nome era... Priscila qualquer coisa. Queria saber se aqui havia algum animal.

Adam congelou diante da lareira.

— Eu disse que havia os pássaros a quem damos de comer, no jardim. E os peixes dourados de Clapham. Além desses, mais nenhum.

Adam encostou a fronte na prateleira da lareira.

— Achei melhor não mencionar o macaco. Porque talvez ele não estivesse... como é que se diz? Identificado? Se é que animais precisam disso. Ou como seria? Por que é que você não me explica isso direito, querido?

Demorou um tempo até que Adam respondesse e sua voz veio rouca.

— A Convenção de Washington divide os animais silvestres em três grupos, segundo o grau de ameaça de extinção. Os animais que estão nessas listas precisam ser registrados no Bureau CITES do Ministério da Agricultura, que, aqui no país, garante o respeito à Convenção.

— O que, entretanto, não aconteceu neste caso — disse Madelene.

— Normalmente, o ministério nos consultaria. Eu represento, de certa forma, a autoridade de fiscalização.

— Foi por isso que fiquei surpresa — disse Madelene. — Por isso quase me abri com a tal Priscila, para que ela ponderasse que, se as próprias — como é mesmo? — autoridades fiscalizadoras, estavam infringindo a lei, o que é que haveria de mais?

O que ocupou os pensamentos de Adam durante o longo silêncio que se fez não eram considerações sobre o que Madelene havia dito. Nem o embaraço da situação. Era a própria Madelene que ele fitava, tentando enxergar atrás da mulher à sua frente o ser humano com o qual se casara havia apenas dezessete meses.

— Cinco dias — ele disse. — Ele vai ficar aqui só mais cinco dias. Depois vai embora.

Quem bebe não sente o cansaço natural orgânico. Madelene, ao longo dos últimos meses, tinha cada vez mais dificuldade para dormir. Ainda assim, naquela noite tomou dois comprimidos de cafeína e três xícaras de café preto, para assegurar-se de que ficaria acordada. Depois esperou.

Às dez da noite um carro entrou no pátio. Da janela ela viu Adam receber dois homens, em seguida viu-os transportar caixas dos mais diversos tamanhos, do carro para o jardim-de-inverno. Clapham os ajudava e essa operação durou quase duas horas. Depois o carro partiu. Às duas horas da madrugada Adam subiu para seus aposentos. Madelene deixou passar cinco minutos e foi atrás dele.

Quando entrou, o quarto estava vazio. Adam estava no banheiro. A mesa comprida, encostada à parede, estava coberta com grandes folhas de papel e sobre elas havia um vidro de laboratório com um grande cérebro dentro, conservado em álcool.

Madelene, horas antes, se desvencilhara da razão e suas atitudes resultavam agora de decisões tomadas durante o dia; sendo assim, sem pensar, ela tirou a rolha de borracha e cheirou o líquido com a curiosidade instintiva com que os alcoólatras sondam todo terreno que se assemelhe a um novo reservatório.

O buquê que ela aspirou tinha o cheiro doce e repugnante da formalina.

Ela pôs a rolha de volta no lugar. Estava decepcionada. Mas não por não ter encontrado álcool naquele vidro. Temia que se tratasse do cérebro do macaco, que depois de terminar o exame tivessem aberto o seu crânio e extraído o cérebro.

A porta do banheiro se abriu e Adam saiu. Seu rosto estava cinzento de cansaço, os olhos vermelhos como os de um coelho albino.

Ele estacou. Vendo a mão de Madelene no vidro, lembrou-se do jantar e adivinhou seus pensamentos.

— É um cérebro de chimpanzé. Da coleção do instituto.

Madelene lembrou-se de sua missão, aproximou-se do marido e o abraçou.

— Não estou me sentindo bem — ela disse. — Mas antes de ir para a cama eu queria sentir você um pouco.

Fora até ali somente para dar nele um abraço apertado e convincente. Assim apagou o cansaço daquele rosto, assim desfez a má impressão da noite e assim, com as pontas dos dedos deslizando sobre a bunda de Adam, roubou as chaves que ficavam penduradas no fecho do cinto.

Já em seu quarto, esperou durante vinte minutos, depois deslizou através das salas escuras, pegou, no chaveiro de Adam, a chave do quarto de trabalho do jardineiro e a do jardim-de-inverno e saiu.

Em frente da jaula, do lado de fora, erguia-se agora uma floresta de caixas, lâmpadas e instrumentos através da qual ela, displicentemente, foi abrindo passagem. Sabia que eram coisas destinadas ao macaco, mas que jamais cumpririam sua função.

Destrancou a jaula e ficou parada na porta por um instante, olhando o animal. Nunca mais o veria e tentava gravar sua figura, imprimir uma imagem mental de despedida.

O macaco estava comendo concentrado, egoisticamente, como ela sempre tinha sonhado comer, com todos os outros sentidos, exceto o do paladar e do olfato, desligados, sem cordialidade, com aquela coragem que desde o início propusera a ela uma pergunta. Agora ela sabia que a pergunta era: Como você quer ser? E a resposta que sua alma teria dado a essa pergunta era: Acho que, de uma certa forma, quero ser como você.

— Vim libertar você — ela disse.

O macaco se levantou. Fincou os nós dos dedos contra o chão e se forçou para uma posição mais ereta, embora ainda de quatro. Depois, abandonou o chão, esticou as costas, levantou a cabeça e entrelaçou os dedos diante do peito.

Madelene viu que ele, de alguma maneira que ela não sabia explicar, havia aprendido com o ambiente ao seu redor. Mas assim mesmo ficou assombrada. Por um breve instante ficaram totalmente quietos, ela e o macaco, um de frente para o outro. Então ela se moveu primeiro, em direção à grade, abriu-a e depois abriu a porta do jardim-de-inverno. Os dois saíram para o jardim.

O vento soprava num céu frio e azul quase negro, empurrando as nuvens sobre a cara de pierrô da lua cheia. O macaco jogou a cabeça para trás como se se embriagasse com o vento e com o luar.

Madelene avançou para o muro, colocou sua garrafa no chão e escalou. O macaco se materializou a seu lado.

Até ali Madelene tinha tudo planejado. Agora queria indicar uma direção de fuga para o macaco. Ele partiria em sua viagem de volta para casa e ela ficaria ali ao luar, sorrindo, desvanecida e derramando uma lágrima, num brinde de despedida.

Nesse momento ela estava a uma altura de dois metros. Mas, quando ergueu a mão, subitamente ficou sessenta metros mais alta. Crescera até atingir a altura em que contemplara Londres, na Casa dos Animais. Via a cidade não com os olhos de um ser humano, mas da perspectiva de um pássaro.

Não era uma imagem serena. Era um clarão. Ela entendeu que o lugar livre que ela queria apontar para o macaco não existia mais.

O que ela avistara de Tower Hamlets era uma cidade imensa, que ia até o fim do mundo. E mesmo sabendo que isso não era possível, que até esse deserto de pedra edificada teria de terminar em algum lugar, ele tinha, como proposta, ser infinito. A questão não era a cidade em si, mesmo porque ela era apenas um pontinho na superfície da Terra. A questão era a idéia da cidade, o moderno, a própria civilização. E Madelene viu que não havia mais fim para aquilo, era um tecido que já tinha se estendido por todo o planeta. Para o macaco ali a seu lado, não havia mais nenhum *lado de fora*. Qualquer jardim zoológico, qualquer reserva, qualquer parque animal estava agora dentro das fronteiras da civilização. Todo ser humano — até um ser humano que lia tão pouco quanto Madelene — sonha com a *terra incognita* — um mundo desconhecido e inexplorado. Mas, num átimo, esse sonho fora devorado pela realidade e logo dissolvido. Madelene entendeu que ele se tornara inatingível para ela agora e para sempre. Que não haveria mais viagens à procura da Pele de Asno, nem às Pedras Preciosas de Opar, nem ao Centro da Terra, nem à Terra Prometida, aos Horizontes Perdidos, Eldorado, Atlântida, Ilha das Hespérides, nem mesmo à simples Terra do Leite e do Mel.

Ela virou-se para o macaco.

— Não há mais nada que se possa chamar de *lado de fora*. Se existe alguma liberdade, ela deve existir por dentro.

Nos últimos dias ela se lembrara, com saudade, de sua

infância, não como uma recordação feliz, mas como a própria felicidade. Mas não fazia isso para si mesma — seu forte senso de realidade era por demais sóbrio —, e sim para o macaco. Tinha cada vez mais certeza de que podia salvá-lo, se o ajudasse a alcançar a liberdade.

Mas desistiu dessa última ilusão.

Não é nada agradável ter que abrir mão da proteção que as esperanças e os sonhos diurnos nos oferecem. E Madelene se queixava como um caramujo que tem que sair da concha. Havia, em toda aquela situação, um desespero, que poderia levar mesmo uma pessoa mais forte que ela a procurar uma forma mais rápida de suicídio do que o álcool. E, por um momento, Madelene foi tocada pela idéia de pular para a morte.

Foi uma idéia superada numa fração de segundo. Não só porque ela se lembrou de que não estava no décimo terceiro andar, e sim a apenas dois metros do chão, mas, sobretudo, por outro motivo. A possibilidade de eliminação imediata era inaceitável para os *alter egos* que haviam estado a seu lado nos últimos dias.

Sentia como se outra figura feminina estivesse sentada ao seu lado, no muro. Madelene virou-se, então, para ela e viu que era a Responsabilidade. Uma figura ao mesmo tempo neutra e enfaticamente presente como o luar, o vento e o cheiro da terra.

Madelene se deixou escorregar do muro. A mulher a acompanhou e, atrás delas, o macaco. Voltavam por onde tinham vindo. Na jaula, depois que entraram, Madelene trancou a porta.

— Não é como quando éramos pequenos. Não se pode simplesmente fugir de casa. Ficou complicado demais. Leva mais tempo.

Ela olhou através do vidro para a paisagem de instrumentos. Viu um aparelho de anestesia, uma mesa com rodas, instrumentos de medição, uma caixa branca semelhante a um enorme caixão, uma cadeira hidráulica conectada com uma extensa aparelhagem que, por sua disposição eletrônica, se assemelhava a uma cadeira elétrica produzida para uso doméstico.

— Eles vêm buscar você, e vai ser pior do que foi até agora.

Ela estendeu a mão e o macaco a segurou. A mão do macaco era grande como uma pá, mas, ao contrário do que ela imaginava, suave como seda.

— Tenho que ir agora — ela disse. — Mas volto para buscar você.

Não era uma promessa ritual, como o seria uma proposta de casamento ou votos de feliz Ano-Novo. Era uma espécie de juramento, do tipo que Madelene não se sentia motivada a fazer havia pelo menos vinte anos. Uma declaração de fidelidade que desafiava o futuro, destemida, como aquela que uma criança faz ao seu insubstituível amigo de infância.

9

Em criança, Madelene era obrigada a ir zoológico de Copenhague com adultos que julgavam, com isso, estar praticando uma boa ação. Lá, ela via águias do mar em gaiolas de sala de estar, animais ferozes acuados em currais, rinocerontes mergulhados em banheiros de azulejo e gorilas que, num protesto mudo, atiravam as próprias fezes e depois o próprio corpo contra as grades que os cercavam. Desde então ela jamais voltara a pôr os pés em qualquer lugar onde os animais fossem guardados em cativeiro. Agora, acompanhava Andrea Burden através do zôo de Londres, atravessando uma portinha de arame na parede de madeira e tela de sete metros de altura que durante dois anos cercara o trabalho de fundação e construção do lugar. Era ao lado de Gloucester Gate, que, assim como Primerose Hill e Albert Terrace, devia ser anexado, em menos de dois meses, ao zôo de Londres, que em seguida seria inaugurado como o Novo Jardim Zoológico de Londres/Regent's Park.

Madelene esperava pelo pior. Levava consigo um canudo de cartolina que podia e devia parecer o depositário dos esforços de uma estudante ou talvez de uma arquiteta — o que não era totalmente errado —, mas que além disso continha uma frasco de vidro que ela enchera logo que se levantara e do qual agora só restavam dois terços. Fechou os olhos ao passar pela porta. Agora tornava a abri-los, lentamente.

A luz era dourada, as sombras compridas e verdes, o ar tão fresco e frio quanto uma nuvem de gotas de água mineral vaporizada. À frente, estendia-se uma estepe de grama em cuja margem Madelene viu um grande lago onde, na beira, um lhama pastava. Dentro do lago havia uma ilha na qual um antílope bebia água. Atrás do lago se erguia uma floresta com uma das árvores chacoalhando, ocupada por um grupo de gorilas que pareciam uma colônia de pássaros grandes, lentos e pretos. A oeste da floresta havia uma formação rochosa e no topo dela um grupo de leões despertava, espreguiçando-se à luz do sol.

A imagem que Madelene tinha dos zoológicos de sua infância era a de cárceres construídos para animais. E o que ela via agora era um cenário tropical, um lugar onde a savana se encontrava com a floresta.

Se não fosse um distante *skyline*, uma única barreira de concreto, uma discreta parede de vidro e uma trilha asfaltada, não se diria que à sua frente estava uma paisagem edificada.

— Nesta hora — disse Andrea Burden — acho que entendo como Deus deve ter se sentido na manhã do sétimo dia, quando atravessou o jardim.

Madelene tentou, inutilmente, se lembrar da cronologia da Criação.

— Como ele se sentia? — ela perguntou.

— Há uma paz enorme no amanhecer. Que permite que se pense claramente. Portanto, ele teve tranqüilidade suficiente para fazer o orçamento do dia seguinte.

As duas se sentaram num parapeito de pedra. Embaixo havia um vão de dez metros com um fosso de água.

— Mas ele não tinha os problemas que nós temos com a propriedade privada da terra e a livre concorrência. Nem ele nem sir Stamford Raffles, que fundou o zôo de Londres no século passado para um pequeno público aristocrático, mostrando seus exemplares de animais da terra e pássaros do céu. Agora a situação é outra. O solo de Londres, este lote onde estamos sentadas, é propriedade da família real. Você não pode imaginar — ninguém de fora imaginaria — o quanto lutamos para arrendar esta área. Até assumir o atual governo, as negociações eram feitas através do Grande Conselho de Londres. Depois virou um caos. No final tivemos que negociar com os agentes municipais dos condados de Marylebone e Camden, da Associação do Condado de Londres e da Corporação da Associação de Londres. E também com a administração do castelo que arrenda a terra para a Casa Real. E ainda com o Ministério do Interior. E havia as empreiteiras que tinham contrato com Albert Terrace, além dos representantes dos moradores que precisavam ser indenizados para sair do local.

Ela respirou fundo.

— Agora tudo se encaixou. Ganhamos o primeiro turno. Agora vamos para as semifinais. Após a inauguração, passaremos a competir com os parques de safári e as atrações turísticas da cidade, tanto em relação ao público quanto às verbas. Temos que nos destacar entre os seiscentos jardins zoológicos dos Estados Unidos e da Europa. E mais oitocentos no resto do mundo. Vamos ter que documentar diariamente as marcas alcançadas em reprodução, pesquisa e divulgação, para nos mantermos dentro do Programa Europeu de Espécies Ameaçadas e nos CBSGS responsáveis pela distribuição das feras mais valiosas em cativeiros. São eles que decidem qual jardim administrará o livro genealógico de determinada espécie e estamos nos preparando para ser, em dois anos, no máximo, os *studbookkeepers* de dez espécies. E de mais outras dez, nos próximos dez anos. Queremos chegar a quinze milhões de visitas por ano. Destinamos quinze milhões de libras para pesquisa. Há dois anos ocupamos Saint Francis Forest como centro de criação e para administrá-lo, junto com o Whipsnade, gastaremos dez milhões de libras por ano.

Um jaguar caminhou sobre as rochas, logo abaixo de onde elas estavam, em câmera lenta, e desceu até a água para beber.

— Talvez vocês convençam os animais a pagar por casa e comida — disse Madelene.

— São as regras do jogo, se se quer construir um jardim dessas dimensões. Se Deus refizesse a Criação, não começaria do zero, nem o faria para dois hóspedes sem roupa. Hoje em dia ele, primeiro, teria que conseguir financiamento, depois teria que conseguir um público maciço e depois...

— Depois talvez jogasse tudo para o alto e deixasse os animais em paz — disse Madelene.

Ela podia ter ficado quieta. Uma semana antes teria ficado calada. Mas atrás dela, no parapeito de pedra, Priscila acabara de sentar-se. Só o jaguar tinha reparado e olhava com atenção para a terceira participante da conversa.

Andrea Burden se levantou e se aproximou com movimentos miúdos e deslizantes, em semicírculo, que Madelene agora já conhecia.

— Quer dizer que amamos a liberdade — ela disse. — Amamos os grandes espaços. A natureza verdadeira, paradisíaca, das histórias de fadas de nossa infância, das que nos contaram e das que nós mesmos lemos. E também dos desenhos animados.

Ela apontou o jaguar.

— Você sabe o que espera por ele nos pântanos do Oeste do Brasil? Você sabe qual é o destino dos grandes felinos? Deles e de todos os outros animais selvagens? Eles estão fadados a um sofrimento que só pode ser avaliado estatisticamente. Três em cada quatro filhotes morrem ao nascer. Dos que sobrevivem ao primeiro ano de vida, metade chega até a puberdade, a outra metade sucumbe. Somente um em cada oito chega a se reproduzir, raramente mais do que uma vez. Depois morrem de fome ou de sede, ou são comidos por outro jaguar, ou chifrados por um gnu e depois sua ferida infectada é atacada por larvas de mosquito que sobem pelos nervos até o cérebro e depois...

— Pare — disse Madelene.

— Deus ainda não sabia disso na manhã do sétimo dia. Ele deve ter pensado que estava tudo muito bem. Mas aos poucos deve ter percebido — lentamente, como a maior parte dos behavioristas — que tinha criado uma fábrica de produção de sofrimento. Que a razão de ser daquele jaguar é se esforçar até o colapso, para sobreviver a uma série de dores que o mantêm vivo o suficiente apenas para se reproduzir.

— Pelo menos ele conhece o amor antes de morrer.

Andrea Burden arreganhou os lábios numa espécie de sorriso.

— Com certeza. Deixe-me contar-lhe como é. O jaguar vive só, como você sabe. Mas um dia encontra a pista de um cheiro que vai seguindo, guiado por uma força química interior que não consegue compreender. Vai atrás daquilo e de repente depara com outra fera. Não a reconhece como seu semelhante porque não tem consciência. Reconhece-a apenas como uma ameaça mortal. Quer fugir — ambos querem fugir, mas não podem. Um pelourinho genético os fixa no lugar. Ela lhe vira as costas, se comprime no chão, ele pula em cima dela e a mantém presa mordendo sua nuca. E sabe por que ele faz isso? Seria uma expressão da paixão? De amor? Vou lhe dizer por quê. Por uma razão tão óbvia que mesmo os zoólogos tiveram que admitir. É porque, se não a mantiver presa, ela, em seu pavor alucinado, se virará e o matará. Depois ele se encaixa nela. E quando sai de dentro dela e finalmente a libera, a fêmea do jaguar, assim como a do leopardo, a do tigre, as dos felinos do mundo inteiro, faz o mesmo movimento instintivo. Sabe qual é? Sabe como elas agradecem pela cópula? Viram a cabeça e esticam o pescoço para trás, tentando rasgar as veias da garganta deles com os seus afiados caninos.

As duas mulheres circularam em volta uma da outra. Priscila e o jaguar as acompanharam com os olhos.

— Vocês nunca perguntaram a um jaguar? — disse Madelene. — É possível aparentar sofrimento, mesmo que se esteja bem.

— Todos os felinos têm o pênis cheio de anzóis. Quando ele sai de dentro da fêmea, os anzóis rasgam a vagina. Essa dor é que provoca a ovulação. Dessa maneira, pela dor, é que a natureza garante a fecundação e a reprodução da espécie.

Madelene afastou o olhar.

— Mesmo assim — ela disse — ninguém pode saber... Como...

Andrea Burden se encostou ao parapeito de pedras e olhou para o jaguar. Seu rosto se iluminava com a sensação de plenitude com que uma mãe olha para seu filho.

— Eu acredito piamente que os melhores jardins zoológicos podem dar aos animais quase tudo o que a natureza lhes daria, como alimento, luz, condições para a reprodução, e ao mesmo tempo, em certo grau, diminuir os seus sofrimentos.

Priscila fez um sinal para Madelene.

— E o macaco? — ela perguntou.

Andrea Burden não respondeu diretamente.

— Até poucos anos atrás — ela disse calmamente — pensava-se que o fosso dos ursos polares era o lugar mais perigoso dos jardins zoológicos. O pêlo espesso e os olhos marrons faziam as pessoas enfiarem as mãos para coçar as costas deles. Então eles, com um único golpe, arrancavam o braço do visitante na altura do cotovelo. Agora, acho que os lugares mais perigosos são aqueles ali.

Madelene acompanhou seu olhar. Depois da floresta dos macacos, para além de Prince Albert Road, erguia-se o perfil cinza do Instituto de Pesquisa do Comportamento Animal.

— O viveiro acadêmico.

Ela apontou para além do jardim.

— Albany Street, onde as elites dos funcionários públicos moram, ao lado da burguesia financeira. O galinheiro do poder político e econômico que tem a hierarquia mais rígida em todo o reino animal, a relação mais contrastante entre o tamanho do corpo e o do cérebro. Verdadeiros pavões que, após seu rito de passagem sangrento, vivem naquela paz equilibrada regida pelo vencedor, ainda que ali seja a morada da infinita imbecilidade. Ali, uma das mãos apóia a Fundação da Vida Selvagem, e a outra vende armas e madeira das florestas tropicais. Ali suspenderam as verbas do zôo de Londres e mataram o zoológico de fome, com os animais morrendo à míngua nas jaulas. Até que nós começamos nossa... cruzada. Os participantes dessas reuniões tão bem articuladas é que escolherão o novo diretor do zoológico quando os dois zôos de Londres se fundirem, daqui a dois meses, num só.

Andrea Burden fez uma pausa. Em algum lugar ali perto um pássaro soltou um dos sons agudos e abruptos da selva.

— Será um dos cargos mais poderosos do mundo zoológico. Eu acho que vão escolher o seu marido. O macaco vai garantir sua eleição, guiar os últimos indecisos para o curral. Porque não basta que Adam seja mais inteligente que os outros nem que tenha escrito quarenta artigos e três livros em cinco línguas. Vem gente do mundo inteiro disputar o cargo. O voto é secreto e totalmente corrompido. Mas se ele, antes de os outros chegarem, puder ter três semanas sozinho com o macaco, ninguém conseguirá vencê-lo. É por essa razão que o macaco está com vocês e, diga-se de passagem, em condições totalmente controladas. E é por isso que precisamos infringir discretamente a Convenção — para que, no futuro, ela possa ser ainda mais respeitada.

— Adam diz que é uma espécie de chimpanzé anão — disse Madelene. — O que é que você acha?

Andrea Burden hesitou por um momento.

— Não sou zoóloga — ela disse.

Tomou Madelene pelo braço e levou-a consigo. Madelene parou. Alguém — ela mesma ou Priscila — apertou o braço da outra.

— E por que é que Adam...?

Andrea Burden tentou se soltar. Mas, com a mão de Madelene, Priscila apertava seu braço com a força de quem manobra ganchos de açougue e peças de bois estripados de quinhentos quilos.

— Adam é simpático aos animais — disse Madelene — porque... porque está acima deles e porque eles não podem lhe fazer nenhum mal. Só que não confia neles, nem em nenhum ser vivo, nem sequer em si mesmo.

Uma terceira mulher se juntou a Madelene e Priscila, invisível, ainda sem nome, mas totalmente diferente de Madelene. Foi uma criatura sábia, franca e direta quem, então, falou.

— Mesmo nos momentos em que estamos bem próximos um do outro e penso que tudo pode ser diferente, nem mesmo nesses momentos ele baixa a guarda. Acho que ele tem medo... que eu vire minha cabeça para trás e morda sua carótida. E está piorando. Acho que tem a ver com o macaco. Ele está com medo e perigoso.

Andrea Burden ergueu o rosto, que se fez sincero por um brevíssimo instante.

— A gente entra nos internatos — ela disse — entre quatro e sete anos de idade. Isso é comum em nossa classe social e é considerado a melhor iniciação que pode haver na vida. Esportes, artes e literatura, quatro línguas estrangeiras. Para as meninas, aulas sofisticadas de economia doméstica e contabilidade. Tem-se de tudo. Exceto amor. Isso dura dez anos. E depois já é tarde demais. Leva-se o resto da vida como um soldado no campo de batalha, tentando se proteger ao máximo, já que ninguém mais o fará. Como nas memórias de Churchill, na carta para sua mãe, do Afeganistão, num intervalo da destruição de obras de irrigação, no tempo de Sandhurst. Ele escreve dizendo que se sente como uma árvore inválida. Mas jamais tivera coragem de dizer isso diretamente. É por essas e outras que se decide não ter filhos. Porque se sabe tudo o que eles vão ter de passar.

As duas mulheres se sentiram próximas por um momento. Como acontece quando momentaneamente deixa-se cair as máscaras individuais. Mas logo Andrea Burden desvencilhou-se da própria fraqueza.

— Você é estrangeira — ela disse. — Nunca vai entender. Mas não importa. Adam é um leão. Tem estilo, ambição e liderança para a universidade, para ministérios e administrações. É o indicado para dirigir o zoológico sem conflitos internos. E pode disciplinar os inimigos externos. Já pôs na linha os grupos ambientais locais e o Instituto Real de Arquitetos Britânicos. Merece respeito. Tanto o meu quanto o seu.

— Sou casada com ele — disse Madelene. — E um casamento não é um jardim zoológico.

As duas mulheres se olharam nos olhos. Em outras circunstâncias, Madelene baixaria o olhar. Mas ela já olhara dentro dos olhos do macaco Erasmus. Então foi Andrea Burden quem baixou os olhos.

Chegaram à porta da cerca. Entraram no zôo de Londres. O jardim estava aberto, iam chegando os primeiros visitantes.

— Vou ficar mais um pouco — disse Madelene. — Para ver se consigo experimentar o que Deus sentiu mais tarde, naquele dia.

Andrea Burden ficou parada.

— E quanto àquela história de ir para os jornais...? — ela disse.

Havia em Madelene — como em todas as fêmeas — um desejo e uma nostalgia profunda dos finais felizes e das despedidas calorosas, sinceras e sentimentais. E tudo indicava que esta seria assim. Madelene preparou-se para estabelecer a paz. Mas atrás dela havia duas outras mulheres, e Madelene tinha que responder por todas elas.

— Vou adiar. Por tempo indeterminado. Mas não vou eliminar a possibilidade.

Quando se viu sozinha, andou pelo jardim até encontrar um telefone público. Sentou-se no parapeito do fosso dos tamanduás, dos coelhos dos pampas e dos guanacos. Pegou seu frasco, brindou com os animais e bebeu. Depois olhou para as janelas do instituto e tentou localizar o escritório de Adam.

Sabia que tinha de se apressar. Parecia-se com uma Eva no Paraíso que, em meio à Criação, verificava que Deus estava exagerando e por isso decidia detê-lo. Era nessa situação confusa e apressada que Madelene agora estava. Adam e Andrea Burden preparavam alguma coisa e, fosse o que fosse, já estavam prestes a terminar.

No telefone público, discou o número direto da antesala.

A secretária se identificou.

— Sou eu — disse Madelene. — Posso falar com ele?

— Vou lhe passar.

Madelene olhou para o edifício cinza. Estava tonta. Tinha certeza de que ele não estava lá, que hoje, também, estaria em casa, no jardim-de-inverno.

— Sim?

— Sou eu — disse Madelene.

Mesmo sem conhecer a secretária profundamente, Madelene apostava que ela estava escutando na linha. O etanol e a madrugada fizeram com que sua voz arrulhasse como cascalho à beira-mar. Adam reconheceu, sob esse ruído, a voz de sua esposa. Mas o que a secretária ouviu foi Priscila dos Matadouros.

— Eu queria ouvir a sua voz.

Adam rosnou carinhosamente, lisonjeado. Madelene tentou pensar rápido. Precisava entrar no instituto. E ter a certeza de que não iria encontrá-lo. Ter certeza absoluta de que ele ficaria preso dentro do escritório até ela sair de novo.

— Eu queria tocar você — ela disse.

— Hummmmm.

Ela conhecia os sons de Adam. Sabia que neste exato momento ele estava tendo uma ereção.

Olhou à sua volta. Um grupo de aposentados passou por ela com amendoins para os macacos.

— Eu queria lhe dizer umas coisas indecentes... — ela arrulhou. — Posso ligar de novo daqui a quinze minutos?

Ela percebeu que a respiração dele se tornava mais pesada. O desejo é sempre superior à lógica. Não ocorreu a Adam perguntar por que a conversa seria interrompida naquele instante.

— Vou ficar mordendo o telefone — ele disse.

Madelene desligou.

Correndo para a entrada principal, aos tropeções, ela arrumou o cabelo, pôs os óculos e jogou o casaco às costas. Na rua estava parado um caminhão com um cachorro desenhado na porta. Dentro não havia ninguém. Quando ela entrou no *foyer* do instituto, viu o motorista do caminhão parado na recepção, recebendo uma negativa arreganhada do "terrier". Madelene subiu pelo elevador e passou rapidamente pela porta atrás da qual a secretária e Adam esperavam que ela voltasse a ligar.

A sala do veterinário estava vazia. Madelene se sentou para esperar. Tinha dez minutos.

Ele chegou cinco minutos depois. Com uma xícara de chá e um *muffin*.

— Desculpe — disse Madelene.

O médico se sentou.

— Por que a senhora não se muda para cá? Posso lhe arranjar uma cama.

— Não tenho mais ninguém para consultar além do senhor.

Por trás da rouquidão de sua própria voz, ela sentiu um aspecto razoavelmente sincero no qual ainda não confiava.

O médico sacudiu a cabeça.

— Bem, eu gosto de tomar o chá da manhã acompanhado. E já que não há mais ninguém aqui com quem conversar...

— Por que não?

Ele considerava a pergunta.

— Pode ser que eu esteja ficando senil. Pode ser que estejamos entrando numa nova era e que eu seja da antiga. Isso e outras coisas também. Mas vejamos. O que é que eu posso lhe oferecer?

Madelene tirou os óculos de sol.

— O senhor teria uma cerveja forte?

O médico virou-se para trás, para uma pequena geladeira, e em seguida pôs uma garrafa e um copo à sua frente.

Madelene serviu-se e bebeu. Abriu o canudo de cartolina, primeiro tirou o frasco e colocou-o sobre a mesa, depois sacudiu-o até sair um maço enrolado de folhas brancas. Colocou-as sobre a mesa. Eram desenhos do equipamento que ela vira diante da jaula do macaco, no dia anterior. Feitos de memória, mas não mais com o delineador. Com nanquim preto, naquela mesma manhã, enquanto ela ainda estava sóbria.

Estendeu o primeiro desenho para o médico. Ali estava o caixão duplo sobre rodas e a cadeira elétrica.

— *Scanning* de cérebro — disse o médico. — Aparelhagem para *scanning* de cérebros.

— Como funciona?

Ele sacudiu a cabeça.

— Pertence a uma nova era.

Madelene passou-lhe o próximo desenho.

— Um medidor de sono. A senhora vai encontrar um igual exatamente abaixo deste lugar onde estamos sentados. No Instituto de Pesquisa do Sono. Este aqui é para animais grandes. Imobiliza-se o animal e ligam-se os fios na corrente elétrica. Assim que ele dormir, a força gravitacional fará um membro de seu corpo, um braço, uma tromba, o pescoço, ceder. Então essa parte leva um choque e ele acorda. Com isso se mede quanto tempo é possível mantê-lo acordado. Tem sido muito usado. E tem comprovado que os animais não precisam de sono. Embora até agora ninguém tenha conseguido convencê-los disso.

Madelene estendeu-lhe mais dois desenhos.

— Estas caixas dobráveis são parte do equipamento de uma pista de obstáculos. Aqueles ali, se não me engano, são tabuleiros de damas.

Ele pegou mais uma folha.

— Um simulador de estímulos. Iguais aos do Instituto de Neuro-etologia, aqui dois andares abaixo de nós. Eles é que levantaram a dúvida sobre se os animais podem ou não sentir dor. E chegaram a sugerir que até que os animais expressassem seu próprio sofrimento em inglês claro não se poderia presumir que estivessem sendo maltratados.

Olhou para Madelene.

— Isto aqui é equipamento de testes mais abrangentes em animais maiores. Já começou a pesquisa behaviorista nos matadouros?

— Teste de quê? Para que tipo de comportamento?

— Inteligência, eu diria. Solução de problemas. Mas

são métodos bem pesados. A máquina do sono, por exemplo, quase não foi aprovada pelo Comitê de Procedimentos com Animais. A não ser que haja pressa para essa experiência?

Madelene recolheu os papéis.

— Posso usar o telefone? — ela disse.

O médico fez um gesto largo com a mão.

— É todo seu. Pode até levá-lo se quiser. Vou me aposentar ano que vem. E ninguém mais liga para mim, mesmo.

Madelene discou o número de Adam. Um minuto se passou antes de a secretária perceber o suficiente para passar a ligação.

— Você está sozinha? — perguntou Adam.

— Completamente.

— Está vestida?

Madelene olhou para o médico.

— Não — ela disse. — Absolutamente.

Adam chiava baixo.

— Está duro feito madeira — ele disse.

Madelene olhou para a sala em busca de inspiração. A situação estava complicada. Ela olhava para uma série de diagramas dentários na parede atrás do médico.

— Dá pra sentir com a língua? — ela disse em voz baixa.

Houve um mugido no telefone.

— Eu... estou quase — disse Madelene. — Preciso desligar.

Ela desligou e recolheu seus desenhos.

— Como vai a alergia? — disse o médico.

— Melhor, obrigada.

— Liguei para o Centro de Pesquisa dos Matadouros. Eles nunca ouviram falar da senhora.

Madelene respirou fundo.

— Eles me esqueceram. As pessoas me esquecem assim que eu atravesso a porta.

— Verifiquei todos os boletins. Não houve nenhum

registro de roubo de macacos grandes ou animais semelhantes a macacos no último semestre.

— O senhor é um amor — disse Madelene.

— Mas sempre há boatos, é claro. Nesses últimos dez anos, mais de uma vez houve um rumor sobre um macaco desconhecido. Uma espécie de primata que teria sido posto à venda. Evidentemente, não negociamos com o mercado negro. Além de isso ser totalmente impossível. Todos os mamíferos grandes descobertos, desde o boi Vu Quang, já foram descritos. Deve se tratar de um cruzamento entre espécies já conhecidas de macacos.

Madelene saiu para o corredor. Tentou correr, cambaleante, para ultrapassar depressa a sala de Adam.

A porta do escritório se abriu e a secretária saiu. Era visível, até para Madelene, que, se aquela mulher normalmente tinha razões definidas e racionais para suas atitudes, daquela vez estava sendo conduzida unicamente pelo desejo forte de sair dali e expressar sua indignação. Mas quando deu com Priscila à sua frente se comprimiu contra a parede.

Madelene lhe deu um sorriso largo, aliviada pelo fato de que ao menos não era com Adam que ela deparava e como que a confirmar que, apesar das desavenças temporárias, seriam boas uma com a outra. E seguiu em frente.

No elevador, o primeiro botão que apertou foi o do porão. Mas logo depois, de primeira, marcou o *foyer*. Sentiu que ainda tinha reserva para ligar mais um fio solto. Avançou para a recepção.

— Estou esperando um carro — ela disse. — Aquele senhor que estava aqui antes seria o motorista?

O terrier trincou os dentes.

Madelene colocou seu canudo de cartolina sobre o balcão. A mulher olhou para aquilo com indiferença.

— Isto aqui são *scannings* cerebrais de urgência. Estão sendo esperados por ministros e príncipes. É caso de vida ou morte. Se a senhora permitiu que aquele carro fosse embora me deixando aqui, amanhã vai estar tão desempregada que não vai achar vaga nem para limpar a sujeira das vacas-marinhas.

A mulher considerou as vantagens e desvantagens de continuar insolente.

— Era o gari. Veio limpar a rua — ela disse, finalmente. — Queria mudar o carro do diretor de lugar e queria saber a quem pertencia. Para varrer embaixo dele. Dispensei-o, naturalmente.

Madelene se aprumou, cambaleou e piscou um olho.

— É o que eles merecem — ela disse.

Saiu para o sol e para a fase extática e final da embriaguez. Partiu, cantarolando e sem nenhuma direção, para seu passeio através de um mundo alegre e de bom coração. Dentro dela fervilhavam a obra zoológica, Andrea Burden, os sonhos possíveis e os abandonados, as amigas inesperadas e desconhecidas, a idéia da ereção de Adam, o rascunho de uma máquina de sono e uma capacidade de ação que não podia ser explicada quimicamente.

Parou diante do caminhão com o cachorro desenhado na porta. Sentado ao volante, o gari dispensado olhava para a frente, triste, deprimido e impotente como o príncipe do conto de fadas, na hora em que a bruxa entra em cena.

Madelene abriu a porta do caminhão e entrou na cabine. Acomodou-se ao lado de Johnny, abriu o canudo de cartolina, tirou o frasco que continha os últimos centilitros de combustível e arrancou a rolha.

Johnny estava totalmente paralisado.

— O que você quer? — ele disse.

— É uma rua que eu gostaria de varrer — disse Madelene.

Bebeu do frasco e passou-o para Johnny. Ele cheirou

e provou um pouquinho. Seus olhos se encheram de lágrimas e logo depois de respeito.

— É álcool puro — ele disse.

Madelene tirou os óculos escuros. Só então ela viu Samson engessado no beliche atrás do banco do motorista.

— Você é a mulher dele? — disse Johnny.

Madelene sorriu. No meio do sorriso começou a despencar.

Era uma queda iminente. Os depósitos estavam vazios. O foguete desacelerou, parou e se desprendeu dos tanques vazios. Depois, caiu verticalmente, como uma pedra ao chão.

Madelene abriu a porta por onde entrou e debruçou-se para fora. As pessoas na calçada notaram a expressão em seu rosto e recuaram. Menos uma. A secretária de Adam, provavelmente a caminho do almoço, estacou, pálida e chocada. Madelene vomitou. Então a secretária deu alguns passos para trás.

Madelene teria caído no chão se um braço que já sustentara gnus e hipopótamos não a tivesse agarrado e puxado para dentro do caminhão. Johnny estendeu para ela um lenço azul grande, dobrado e passado a ferro, e uma garrafa térmica.

— Beba — ele disse. — É água.

Madelene bebeu sofregamente. Procurou no bolso do casaco as vitaminas B. Encheu a mão, jogou-as dentro da boca e bebeu mais água.

Johnny ligou o caminhão e arrancou, afastando-se do meio-fio.

Em seu íntimo, Madelene despencava em velocidade crescente. O que tinha pela frente era o nojo a si mesma e, mais abaixo, as catacumbas cheias de cadáveres que o mundo, num eufemismo irresponsável, chama de ressaca. E nem sempre podia se cobrir de luto. Ainda assim conseguia ver tudo com aquela clareza histérica que antecede o cataclismo.

— O cachorro — ela disse. — Bowen falou sobre isso. Você estava levando o macaco nesse caminhão.

— Mas ele fugiu — disse Johnny. — E foi a primeira vez que isso aconteceu. Eu não sabia que ele estava aqui.

— E como foi que você veio dar aqui?

Johnny bateu no rádio.

— A polícia emite em 148 MHZ — ele disse. — E a Polícia Veterinária em 146.

Madelene nunca tinha lidado com profissionais e especialistas senão em condições muito específicas. Eles serviam ao lado material de sua vida e depois limpavam os detritos. Ela os chamava, recebia, deixava entrar e sair e os tratava com aquela gentileza exagerada que vinha do medo que sentia deles, porque não conseguia entendê-los e porque sabia que dependia inteiramente deles já que era incapaz de trocar um fusível, cavar uma fossa ou fazer um bolo de amêndoas. No táxi ela sempre se sentava atrás. Mas agora estava sentada ao lado de Johnny. Num passeio que ela mesma tinha provocado. E sobre o qual não haviam combinado um preço antecipadamente. Em caso de dúvida, todos os seres vivos recorrem aos padrões de comportamento conhecidos.

— Você quer uma indenização? — ela disse.

Johnny fez que não com a cabeça.

— Quanto?

De novo Johnny acenou negativamente.

— Não é dinheiro — ele disse.

Madelene olhou-o com novos olhos, como se olha para um animal raro, um pássaro-rinoceronte ou uma anta anã. Um ser humano que não quer dinheiro.

— E o que é que você quer?

Uma procissão de emoções atravessou o corpo e o rosto de Johnny, mas nenhuma delas encontrou as palavras. Madelene viu que estava sentada com outra pessoa que, assim como ela, não tinha a menor idéia de para onde estava indo, mas que — ainda como ela — estava convencida de estar seguindo a pista certa.

— Eu só quero vê-lo de novo — ele disse.

Ficaram um tempo em silêncio. Ambos sentiam a presença do macaco, ali, naquela cabine onde agora estavam sentados.

— Eu prometi ajudá-lo — disse Madelene.

Johnny assentiu.

— É claro.

— Mas não sei como.

— Eu já transportei todo tipo de animal. Girafas no cio, impalas que podem morrer só se desconfiarem que não estão mais na África.

Ele parou o caminhão. Só agora Madelene reconhecia o bairro. Mombasa Manor estava ali, à distância de uma pedrada. Desceu do veículo cuidadosamente.

— Eu podia ajudar você — disse Johnny.

Madelene olhou para a cara dele. Confiar numa pessoa desconhecida, de uma classe social desconhecida, até então era impossível para ela. Mas acontece que não estava sozinha. Em sua clareza atormentada, sentia que suas amigas etéreas gostavam de Johnny.

— De agora em diante vou ficar parado aqui — ele disse. — Eu moro neste caminhão.

Ele devolveu a ela o canudo de cartolina.

— Diga a ele... diga a ele que eu e Samson o perdoamos pelo que aconteceu com o cachorro. Ele não tinha escolha.

Madelene fechou a porta do caminhão, virou-se e deu início a sua batalha da volta a casa sem olhar para trás.

10

Despertou com a luz, o barulho de motor e a sensação de estar devendo alguma coisa a alguém.

Eram duas horas da manhã, mas aquele barulho não lhe era estranho. Durante os últimos meses abrira-se em seu crânio uma auto-estrada de seis pistas onde o trânsito mais pesado se dava justamente à noite, quando era também iluminada por holofotes que varriam, intermitentemente, o avesso de sua córnea. Mas ela já se acostumara a esse inferno de som e luz. O que a perturbava, no momento, era que as impressões vinham de fora.

Foi até a janela. No pátio, uma dezena de homens trabalhava sob o clarão da luz rebatida de holofotes, cercando e isolando, definitivamente, o jardim-de-inverno. Durante as duas horas em que ela ficou ali, parada, colocaram grades de aço nas janelas, trocaram as portas e construíram, a partir do anexo pátio adentro, uma pequena cerca de tela de arame de cinco metros de altura que, na parte de cima, era ligada a três cabos elétricos com isoladores. Feito isso, entraram num carro e partiram.

Madelene se deitou, mas não conseguiu dormir e por isso tornou a levantar. Quando amanheceu, viu Adam receber três homens. Depois de vestir aventais, eles entraram no jardim-de-inverno. Em seguida, Clapham foi juntar-se a eles.

Enquanto o dia clareava lentamente, Madelene neutralizava com mais álcool as conseqüências do envenenamento por álcool do dia anterior. A princípio parecia dar certo.

Durante os três dias seguintes, Adam e seus quatro ajudantes só saíam para comer, ir ao banheiro ou para dormir uma hora ou duas num sofá ou numa poltrona. E durante esses três dias, Madelene bebeu sem parar. Primeiro para acalmar suas dúvidas, depois, quando não o conseguia, para tentar dormir, e quando isso também falhava bebia para manter a ressaca a distância e para não ficar sóbria.

Algo de animal se instalou nos habitantes da casa no decorrer desses três dias. Não só em Madelene, mas também nos cinco homens. Na primeira vez que saíram, tomaram banho e trocaram de roupa. Já da segunda vez, depois de doze horas, se sentaram com seus aventais cinza em volta da mesa da cozinha e comeram em silêncio. Depois as refeições escassearam. Os homens se esqueciam delas e pediam um sanduíche, ou dois ou três vinham à cozinha de cada vez, pegavam um pedaço de carne com a mão, sentavam-se numa cadeira e depois dormiam. Ficavam assim, desmaiados, um par de horas e depois voltavam ao trabalho. Vinte e quatro horas depois as diferenças sociais entre eles já tinham se apagado. Quando bufavam um para o outro ou desabavam sobre os móveis, ninguém de fora poderia mais dizer quem era trabalhador, quem era mordomo e quem era o próximo diretor do jardim mais prestigiado de todos os tempos no mundo zoológico.

Tinham começado aquele trabalho iluminados pelo otimismo científico. Mas durante esses três dias Madelene testemunhara, em sua crescente embriaguez, como esse otimismo primeiro foi excitante, depois obstinado, a seguir depressivo, para finalmente transformar-se em pânico.

Quando Adam, a cada vinte horas, cambaleava até seu quarto, Madelene ia atrás, copulava com ele e às vezes dormia por algumas horas. Na noite do terceiro dia ela despertou, numa pausa entre dois pesadelos, para certificar-se do colapso ecológico de seu próprio organismo.

O álcool secara suas reservas de líquido. Extraíra o que restava do sérum das células para fazer seu metabolismo. Paralisara a função hídrico-reguladora dos rins. E poluíra os poucos canais restantes com os compostos de amônia de sua combustão. Ela sentia claramente os espasmos de seu próprio coração, a sobrecarga de seu fígado e a disfunção terminal de suas vísceras. E sobre essa catástrofe interna, voavam os répteis de seus sonhos. Os batráquios grandes, brancos e venéreos dos pesadelos do álcool.

Ela lutou para sair da cama e chegar à janela. À luz da lua minguante, ela viu o macaco. Ele saíra de dentro da cerca de tela de arame e dava uma volta em círculo, andando lentamente e vigiado por Clapham. Estava coberto com uma manta. Seu rosto estava na sombra. Mancava e sua exaustão era maior que a dos cinco homens juntos.

Mesmo assim Madelene percebeu que, não importava o que houvessem tentado extrair dele, o fato é que não tinham conseguido.

O animal deu uma única volta, sumiu novamente dentro do edifício e Clapham, atrás dele, fechou a porta.

Madelene olhou para a moldura da janela, para o jardim e depois, mais além, para a cidade. Lembrava-se vagamente dos relatos desagradáveis, ouvidos em criança, em sua casa, sobre as condições dos animais domésticos dentro da produção industrial. Conhecia bem o significado de coisas como fratura óssea espontânea, enrolamento de língua, somatotropia, ingestão de urina, mordidas na baia, ataques ao vizinho e monotonização da conduta reprodutiva. Agora via a si mesma em todas essas palavras. Cambaleante, era um espelho de si mesma e da maneira como a cidade grande lá fora tratava os animais. No íntimo, sentia-se deserdada, como se tivesse engolido o vazio. O vazio que Adam tinha injetado nela. Pensava nas queixas que tinha calado. Nas oportunidades que perdera. A sensação de culpa a invadia. Não era consciência pesada, não era sensação de estar em débito, não era coisa pequena, mas um débito suicida. Em sua derrota voluntária, ela se via atingindo o ponto mais baixo, onde fica o remorso.

Pensava no macaco. Desde seu próprio jardim natural, alcoolizado, íntimo, até os répteis de suas alucinações, passando pelos porcos, vacas e galinhas de sua família, tudo aquilo se relacionava ao macaco preso.

Então Madelene reconheceu que não era mais somente uma viajante de paisagens curiosas reveladas pelo álcool. Ela era — e havia já muito tempo — uma moradora trancada numa prisão química. O luar que um momento antes parecia suave agora iluminava o quarto com a clareza de um raio X. Foi nessa luz que Madelene observou sua própria impotência. Viu-a claramente. Da mesma forma que o macaco a tinha visto, ela viu a si mesma e então renunciou. Renunciou à esperança, renunciou ao seu papel de alcoólatra, renunciou ao vento suave e favorável que batera nela através dos acontecimentos da última semana. Renunciou ao seu martírio do álcool, à sua identidade alcoólica. Renunciou à bebida.

11

Quando despertou, não estava sozinha. Ali a seu lado — no lugar que Adam abandonara, em fuga, durante a noite — estava a consciência de sua própria fraqueza no dia anterior.

Madelene olhou-a de perto. Era assustadoramente persistente, apesar de desconhecida.

Levantou-se. Deu os primeiros passos, tremendo, através do quarto, virou-se e voltou.

Achou que estava caminhando de volta para a cama e para o conforto de sua garrafa. Mas seguiu até a mesa de trabalho de Adam. Lá, selecionou uma centena de folhas grandes impressas que ele trouxera do jardim-de-inverno, enrolou-as e enfiou-as em seu canudo de cartolina. Tirou dois maços de cédulas da gaveta superior da escrivaninha. Depois atravessou o quarto e saiu. E com esse movimento, fisicamente modesto, deixou para trás uma parte de sua vida.

No hall, olhou para o telefone por um momento, mas todos as extensões da casa passavam pela central que havia no escritório de Clapham. Seguiu para o jardim e cruzou a portinhola do muro, indo dar na calçada.

Johnny já abrira a porta traseira do caminhão, antes mesmo que ela chegasse.

* * *

Madelene nunca tinha morado num lugar com menos de oitocentos metros quadrados habitáveis, mais um porão inteiro, mais um jardim. No *sleeper* de Johnny havia uma cama, uma escrivaninha, uma televisão, um armário-bar, um telefone, um fogão, um aparelho de som, paredes atapetadas, abajures e armários embutidos, tudo em dois metros e meio por três. No meio minuto que demorou para entrar engatinhando, afundar numa cadeira e beber o copo de água que Johnny lhe ofereceu, ela fez uma série de considerações vitais sobre a relação entre classe social e tamanho de aposentos.

— Parei de beber — ela disse.

Johnny já conhecia, por sua infância e por si mesmo, o enorme poder de sucção do álcool. Olhou Madelene com respeito.

Ela tirou as folhas do canudo de cartolina e desenrolou-as sobre a mesa.

— Você sabe o que é isso? — ela perguntou.

Johnny ficou paralisado diante daqueles símbolos.

— Só fiz cinco anos de escola.

Madelene assentiu com a cabeça. Ela também. Descontadas as ausências.

Ela foi até o telefone e discou um número.

A secretária de Adam já não resistia mais. Sua voz era baixa e resignada.

— Ele viajou. Chega depois de amanhã. Quer deixar recado?

Madelene desligou. Johnny a contemplava inocentemente. Ela tornou a ligar. Foi transferida duas vezes até chegar a Andrea Burden.

— Agora que somos confidentes — disse Madelene — e não temos segredos uma para a outra, faça a gentileza de me dizer quanto tempo ele vai ficar em nossa casa.

— Adam não disse?

— Ele está tentando me proteger.

— Eles terminam amanhã.

— E para onde vão levá-lo depois?

A resposta veio rápida e fácil demais.

— O instituto, como você sabe, é dono de Saint Francis Forest, um lugar distante e deliciosamente isolado.

— Parece maravilhoso — disse Madelene. — Então fico totalmente tranqüila.

Desligou.

— Temos um dia — ela disse. — Depois vão transferi-lo. Como é que se transfere um animal?

— Vão precisar de uma jaula de macaco.

— E onde é que se consegue isso?

— Bowen fabrica. Sempre ouvi Bally dizer que Bowen era um dos melhores do mundo em jaulas.

— Bowen? — disse Madelene. — E quem é Bally?

— O que trouxe o macaco.

Madelene olhou para Johnny. Para o canudo de cartolina. Para os gráficos. Para Samson e seus curativos. Olhou para a janela. Para a luz da manhã. Para o homem de terno cinza que vagava na calçada com um pequeno e inquieto fox terrier de pêlo curto cor de *cappuccino*, seguro pela coleira, esse homem que ela agora revia pela terceira vez em frente a Mombasa Manor. Sentiu em seu corpo, além das abstinências, uma vibração diferente. Que logo se tornou um tremor invadindo todo o seu corpo como se ela tivesse bebido o primeiro copo da manhã. Mas não tinha nada a ver com bebida. O que ela sentia era outra coisa. Era a aparição repentina das possibilidades embriagadoras que se abrem para aquele que decidiu agir e deixou todas as coisas em aberto.

Tirou a coleira de Samson de um cabide, colocou-a no cachorro, abriu a porta do *sleeper* e desceu com o animal na calçada.

Quando o homem cinza viu Madelene, retesou-se discretamente, deu as costas e começou a se afastar.

Madelene poderia tê-lo deixado ir-se. Mas uma enxaqueca maligna começara a se estender por seu corpo, nuca abaixo. A bebida sempre lhe dera uma energia fugaz que se inflamava para logo depois se extinguir, mas agora vinha-lhe a força devastadora e impertinente da sobriedade. Ela e Samson alcançaram o homem e seu terrier.

— Como vão as coisas na Polícia Veterinária? — ela perguntou.

Até agora ela apenas o vira sentado dentro do carro branco, no portão, sendo despachado por Clapham, e das outras vezes estacionado em frente à mansão. Percebeu que, de perto e em pé, ele era alto, magro, vigoroso e totalmente nascido, crescido e educado para não se deixar enganar.

Não teve pressa e deixou os cachorros cheirarem um ao outro antes de responder.

— Ela se expandiu muito. No início éramos apenas quatro ou cinco homens. Agora também cuidamos de corridas esportivas e de todos os casos de *doping* e seqüestros de animais domésticos. Há vinte homens só para controlar o comércio de animais. Com veterinários destacados e mandados judiciais em branco.

A educação de Madelene e seu interesse pelos homens a haviam ensinado a distinguir com grande precisão entre aqueles que, como Adam, ocupavam a posição para a qual haviam nascido e aqueles que, como o homem à sua frente, tinham começado de baixo.

— Por que — ela disse — um homem que possui mandados judiciais se deixa despachar por um porteiro?

O homem parou de olhar para os cachorros. Agora olhava somente para Madelene.

— Mandados judiciais servem para revendedores de animais e para pequenos apartamentos onde se guardam répteis em caixas de sapatos. Para as camadas superiores da sociedade é papel de risco.

Madelene sabia que entre os que vêm de baixo existem dois subgrupos. Aqueles que, como seu pai, trabalhavam a vida inteira para se distanciar de sua origem. E os que, como aquele homem, tinham carro branco, terno e bigode por circunstância, mas continuavam proletários.

— O senhor não quer saber do macaco?

O homem não respondeu.

— Poderíamos negociar — disse Madelene. — Eu lhe digo onde ele está e o senhor me diz o que é que ele tem de tão interessante.

O homem não respondeu.

— Ele está num dos anexos — disse Madelene. — Com um caminhão cheio de máquinas. Está sendo examinado. Estão à procura de alguma coisa. Que ainda não encontraram. Ele está exausto, porém vivo. Agora, a sua parte do trato.

No tempo que transcorreu antes de ele responder Madelene sentiu um raro vislumbre de empatia intuitiva inexplicável pelo caráter dele. Subitamente, compreendeu que o homem à sua frente tinha chegado aonde estava por ser duro e inteligente. E além disso possuía um forte sentido de justiça, razão pela qual não tinha ido mais longe.

— Na realidade, não nos interessa o animal. Interessa-nos, principalmente, o capitão do barco que o transportou.

— Bally — disse Madelene.

O homem assentiu.

— Se existe um inferno para animais, Bally será o demônio supremo do lugar.

— Um subchefe — disse Madelene. — O demônio supremo é meu pai.

O homem estendeu seu braço. Madelene pensou que ele ia apertar sua mão. Mas era um cartão que ele lhe estendia.

— Smailes — ele disse. — Pescamos o senhor Bally no Tâmisa e no momento ele se encontra detido. Mas não temos provas. E, por isso, em breve seremos obrigados a soltá-lo. Então pensamos que poderíamos conseguir um mandado de busca e exigir uma explicação.

— Dê-me um dia.

— E o que ganharíamos em troca?

— Provas contra Bally.

Smailes começou a se afastar com o terrier.

— De onde vinha o barco? — perguntou Madelene.

— Da Dinamarca. Assim como a senhora.

— Veja quanta coisa o senhor sabe! E pensar que nem conseguiu ultrapassar o portão.

— Tenho passeado pelo bairro com o cachorro.

Madelene olhou para Samson.

— Este é um hábito que conheço bem — ela disse em voz baixa. Smailes quase não podia mais ser ouvido quando, pela última vez, se voltou.

— Um dia — ele disse suavemente. — E nem mais um minuto.

12

A Clínica Veterinária Kensington Holland Park era um convite à rendição incondicional. Não só era o hospital veterinário particular mais caro e mais moderno de Londres como, além disso, era conhecido como "A Clínica Sorriso", porque todos os seus empregados sorriam. O porteiro amigável sorria, a enfermeira atenta da recepção sorria, o assistente de enfermagem prestimoso sorria e o gerente da clínica que pôs Samson sobre a mesa baixa para exame sorria calorosa e solicitamente.

— Gostaria de falar com Alexander Bowen — disse Madelene.

O sorriso da mulher tornou-se lamentoso.

— É preciso, antes, marcar uma hora.

Madelene apanhou um pedaço de cartolina branca e uma esferográfica sobre a mesa. Escreveu uma linha no cartão, embrulhou-o numa nota de cinqüenta libras que pegara de Adam e entregou-o ao porteiro.

— Foi uma operação grave — ela disse. — Alex insistiu que eu o procurasse. Para ele ver Samson pessoalmente.

Três minutos mais tarde Alexander Bowen entrava, de avental branco e sorrindo.

Era um sorriso magro. Apesar de seu poder, a vida do veterinário era feita de incertezas. E a situação que ele enfrentava agora era mais incerta do que as de rotina.

Sobre a folhinha branca de cartolina Madelene escrevera: "Mil libras conforme combinado. Lady Mortensen".

Alexander Bowen conhecia todo o Debretts Peerage e se lembrava de todos os animais de que cuidara e da maior parte dos recibos emitidos nesses tratamentos. E sabia que vira uma certa lady Mortensen ou ouvira falar daquela mulher de guarda-pó e óculos escuros à sua frente. Por outro lado, sabia que o cachorro era aquele tal dobermann que ele não ousara liquidar por medo do motorista, como era o nome dele? Aquele que trabalhava para Bally.

O que o fez vir até ali foi a referência às mil libras. O que o fez ficar era, por um lado, medo e, por outro, curiosidade.

Escolheu, num vácuo repentino de conduta, uma atitude eficiente e que não o comprometeria. Rápido e cauteloso, foi até o cachorro.

— Como é que ele está? — perguntou.

— Melhor — disse Madelene.

Ela estendeu para ele as grandes folhas do seu canudo de cartolina. No mesmo movimento, pôs dez notas de cem libras, do maço, em cima da mesa.

— Trouxe as radiografias — ela disse.

Madelene crescera numa casa onde as mulheres compravam os homens com erotismo. Os adultos subornavam as crianças com brinquedos. As crianças obtinham favores com histeria ou carinhos. E toda a família comprara uma posição nos melhores círculos e um lugar na história da Dinamarca. Fora criada, desde pequena, na habilidade virtuosa da arte do suborno. Se o rosto do médico tivesse mostrado o menor sinal de desconforto ela poderia simplesmente tapar as notas com a mão e ocultar aquele pequeno deslize. Mas o rosto dele não exibia a menor desconfiança. Pelo contrário, calmamente, se iluminava.

— Não é uma radiografia — ele disse. — É um MRI *scanning*. E não é de um cachorro.

— É do nosso chimpanzé — disse Madelene. — Devo ter me enganado.

O médico balançou a cabeça.

— Veja o lóbulo frontal — ele disse. — Com as funções cognitivas mais altas. É um homem. E, certamente, um homem grande.

Seu dedo deslizou para uma tabela de cifras do lado direito da imagem.

— Um volume de dois mil e setecentos centímetros cúbicos é anormal.

Folheou os papéis e parou numa imagem de monitor. As cores eram fosforescentes, vermelho-rubi, amarelo-ouro e azul-rei.

— É ele de novo. Eletroencefalograma introduzido no PET. Não há muitos na Europa que saibam fazer isso. De onde foi que a senhora disse que isso vem?

— Que é PET? — perguntou Madelene.

— *Positron emission tomography.* Injetaram água radioativa dentro dele. O cérebro, quando em atividade, se abre para a circulação do sangue. Depois é só medir a radioatividade.

Madelene pegou o maço cuidadosamente e fez deslizar mais uma das notas de Adam para a mesa.

— O senhor deve permitir que eu pague seu tempo — ela disse.

Os olhos do médico se embaçaram. Fora apanhado e arrastado por uma corrente traiçoeira de distração, lembranças juvenis e vaidade estimulada.

— PET — ele disse. — Excelentes parâmetros espaciais. De três a cinco milímetros de precisão. Mas o tempo é fraco. Noventa segundos. É por isso que se introduz numa encefalografia. Aí se pode enxergar tudo o que acontece no cérebro com a precisão de um milésimo de segundo. É fantástico. E é equipamento portátil. Puseram um capacete nele. É a última palavra. Eu não sabia que outros, além de nós, fossem capazes de fazer.

Seu dedo deslizou até a coluna de cifras.

— Eles o mandaram para uma pista de obstáculos. Alguma coisa errada com a sua capacidade motora? Teste de língua, teste de visão, diversos métodos funcionais. Localização anatômica muito cuidadosa, trinta cortes em todos os quatro planos.

— O que é que estavam procurando? — Madelene perguntou.

Deixou cair mais uma nota. O rosto do médico estava distante como quem se encontra hipnotizado. Madelene sabia que ela o havia dopado. Agora tinha que anestesiar a desconfiança mantendo a capacidade mental intata.

— Sim. O que estamos procurando? — ele disse. — Alguém pode responder?

— Estamos?

— Eu também procurei.

— E encontrou?

O médico olhou para um lugar distante, só visível para ele mesmo.

— Será que é possível?

— Estas imagens foram feitas pelo senhor?

Ele balançou a cabeça.

— Elas me fazem lembrar os velhos tempos. Os anos dourados. Já se vão uns dez anos. Quando ainda se ousava ter esperança.

Madelene alisou a manga do avental do médico, interrogativa.

— Eu me lembro — ele disse. — Mas prefiro não falar sobre isso. É melhor assim. Deixar as coisas como estão.

— Pode falar — disse Madelene suavemente. — De toda forma o cachorro não vai entender.

Alexander Bowen sentia uma agradável nebulosidade. O ambiente lhe recordava seu próprio hospital, as imagens de *scanning* o jogavam como palestrante num colóquio científico, a mulher ali, escutando, parecia uma reunião de gerência, o dinheiro lembrava um acordo com o seu advogado. Era como se a situação ajustasse confortavelmente os papéis inconciliáveis em sua vida.

— Massachusetts — ele disse. — A questão da essência da inteligência. Pesquisa de ponta sem concorrência. Tão na frente que não se podia nem enxergar os aspirantes que vinham atrás. Parecia que estávamos tão perto. Entenda: estávamos dentro do próprio cérebro, o mais próximo que se pode chegar. Não havia nada mais próximo. Era tão... Imensamente profundo. Mesmo que fossem só macacos. Estávamos tão perto. De nos fundir com uma consciência alheia. Imagine a decepção. Quando de repente tudo evapora. Vira nada. E ali fica. O vazio terrível. Quando todos à sua volta ainda têm esperanças. Mas você sabe que acabou. *Horror vacui.*

— Como numa relação amorosa — disse Madelene.

O médico fitou-a.

— A senhora também estava lá?

— Eu sei como o senhor se sente.

— Era assim — disse o médico. — Como um casamento. Era exatamente assim. Como ser traído. Porque, na realidade, mesmo que eu nunca tenha confessado a ninguém, nem mesmo para a senhora... Se tivéssemos conseguido entender a mente, a alma, a consciência, decodificar o cérebro. E se pudéssemos deitar uma mulher numa mesa de exame. E se a levássemos para a bobina...

— A bobina?

— MRI é um grande campo magnético. As pessoas são deitadas numa maca e depois levadas para dentro de uma bobina. Não sentem nada. Ela não sentiria nada. Lá dentro há um ventilador de ar quente. E um espelho. E podem-se levar fones de ouvidos. E ouvir música suave. *Cavalleria rusticana* ou alguma outra coisa maravilhosa. E depois fala-se nos fones e pode-se dizer: "Alexander", que é que você pensa a respeito do nome Alexander? E então, de fora, seria possível observar diretamente os pensamentos, eles sairiam como arquivos de computador, como pixels. Estaria mais dentro de uma mulher do que nenhum homem jamais esteve. Dentro da própria alma feminina. Ela não teria a menor possibilidade de mentir. E se houvesse outro, se ela tivesse outro ou apenas pensasse em outro, isso seria imediatamente descoberto.

Madelene ofereceu-lhe seu lenço.

— O senhor está suando — ela disse.

O médico secou a testa.

— Então, quem sabe, seria possível salvar o casamento.

Madelene olhou para ele e compadeceu-se.

— Talvez fosse preciso algo mais que um *scanning* magnético.

— Sim. Sempre há esperança. Acho que é humano. Sempre tivemos esperanças. Mas no final já não era mais possível. O que se mede é o consumo de oxigênio. E não há nenhum modelo que relacione consumo de oxigênio e atividade cerebral. E jamais haverá. Nenhuma medida objetiva para a inteligência. Nenhuma possibilidade de localizar a atividade do pensamento. Então voltamos aos velhos métodos. Só em equipamento tínhamos mais de oitenta milhões de dólares. E os patrocinadores queriam resultados. Então voltamos às agulhas.

— As agulhas?

— A senhora sabe, como se fazia até aquele momento. Eles são amarrados. Quer dizer, os macacos. Então levanta-se a calota. A parte superior do crânio. Para deixar o cérebro descoberto. E então se tem essas agulhas. Maravilhosamente exatas. *Single neuron recording*. Pode-se captar um único neurônio, olhar a freqüência de sua pulsação. Ver exatamente o momento em que ele passa determinado sinal. Evidentemente, também há complexos de agulhas. *Multiple neuron recording*. Nunca deveríamos tê-lo abandonado. Apesar de também causar problemas. Para alcançar um lugar mais profundo, a agulha tem de ser enfiada através dos tecidos superficiais. E também ficou mais difícil conseguir chimpanzés...

Madelene não disse nada. O médico percebeu nela uma mudança inexplicável de humor, mas não conseguia decifrar sua posição, nem intuir o que ela pensava a respeito dele.

— Também havia um problema com a pouca resistência dos macacos grandes. Não se podia contar com eles mais que três semanas. Iam ficando defeituosos e pouco a pouco parando de funcionar.

— O senhor ainda... — disse Madelene. — Quero dizer, com essas agulhas...

Em algum lugar dentro de sua sonolência, o médico viu piscar uma luz de aviso forte e persistente. Então, se calou.

Madelene pegou-o pela gola do avental e atirou-o contra a parede.

— Continue — ela disse.

— Já respondi a sua pergunta.

Uma mesa baixa de rodinhas acertou Alexander Bowen nas pernas e ele caiu para trás. Madelene montou com seus joelhos sobre ele.

— Ainda tenho uma última pergunta — ela disse.

O médico olhou-a fixamente. Como todo despertar de uma anestesia, este também nauseava e maltratava. Mesmo assim, aquele momento ocultava um certo prazer proibido.

Na sua remota infância, no campo, em Jersey, Alexander amara sinceramente os animais. Crescera aconchegado pela presença de um gato e de um cachorro. O cheiro do estábulo e a proximidade do gado o encantavam e lhe davam uma segurança inexplicável, e foi por isso que decidiu entrar para a universidade e ser veterinário. Lá, ele aprendeu que os animais são máquinas. Máquinas sofisticadíssimas, é claro, com uma mecânica biológica cheia de artifícios, engenhosa, porém, afinal, mecânica. E, tendo que aceitar esse fato, sua consciência dividiu-se pela primeira vez. Junto ao Alexander original, ele desenvolveu um *alter ego* científico. Então, quando passava a mão sobre a cabeça de um cachorro, esse novo observador refletia sobre aquilo, concluindo que o que estava experimentando como calor e amizade não passava de ilusões mentais, fenômenos compostos de milhões de processos banais e perfeitamente explicáveis. Quando terminou seu curso, o desenvolvimento desse simplificador interno também se completara. E agora carregava consigo esse monstro de proveta, esse homúnculo interior, como uma carga que pesava cada vez mais. Voltou dos Estados Unidos deprimido, mas com as melhores recomendações. Já sabia que todos os movimentos, tanto físicos como psíquicos, eram, no fundo, químicos e portanto *quanta* elétricos, e portanto causais e previsíveis e predeterminados (ou casuais e aleatórios), sendo, por isso, o livre-arbítrio uma grande ilusão, e sendo todo esforço, por isso, insignificante, porque, no final das contas, qualquer coisa que acontecesse com sua vida se daria única e exclusivamente por obra de uma força autônoma. E foi exatamente o que ocorreu.

Numa manhã cinzenta ele despertou para a compreensão de que se atrás do universo físico havia apenas algumas partículas elementares e modelos padronizados que explicavam o intercâmbio entre as forças então seria melhor pagar para ver, e foi o que ele fez, saindo para um mundo um pouco mais simples que o da física, o mundo do dinheiro, construído por algumas moedas fundamentais e as quatro operações. E nesse ambiente ele ficou, desde então.

Agora, deitado no chão, ele sentiu-se arrancado daquele mundo por um momento, o que o encheu de alívio. Como todos os que vivem num universo só científico ou só econômico, Alexander Bowen sonhava com a liberdade, e nesse momento o rosto de Madelene lhe falou a uma segunda natureza.

— A última pergunta — ela disse — é quanto custaria levantar a sua calota para ver se ainda existe lá dentro.

um resto de compaixão. Se é que isso já existiu alguma vez por lá.

Por um momento o veterinário se viu em Jersey, deitado nos prados de seu pai, sob o céu azul.

— Mais forte — ele disse. — Faça de novo.

Madelene largou o homem e tirou um cartão do bolso do guarda-pó. A mistura de abstinência, decisão definitiva, ódio a si mesma e desconforto físico amolaram o fio de suas palavras e atitudes.

— Leia isto — ela disse. — Depois prometo chutar sua barriga com toda a força.

Era o cartão do inspetor Smailes. O médico leu devagar e ainda com alguma dificuldade. Depois o prazer, a dor e a névoa sumiram do seu rosto e ele voltou à sobriedade.

— Ele está lá fora esperando — disse Madelene.

Ela tirou os óculos escuros.

— Senhora Burden — disse o médico.

Até esse momento ele tinha certeza de que aquela situação, como tudo em sua vida, no final estaria sob controle. Que, de repente, dois assistentes de enfermagem chegariam esbaforidos para expulsar aquela louca da clínica, garantindo inclusive que ela pagasse uma polpuda indenização por perdas e danos — contanto que o hospital não a denunciasse à polícia. E ele voltaria, então, à reunião que havia deixado quinze minutos mais cedo e a única lembrança daquele evento seria o hematoma que ele acabava de adquirir depois de ser apertado contra o chão de linóleo. Entretanto, via que a situação estava fora de seu controle. Madelene apontou os *scannings*.

— É o macaco? — ela disse.

— É um homem.

— É aqui que vocês vão levantar a calota? Depois que Adam também desistir?

O rosto de Alexander Bowen ficou branco. Só levemente mais escuro que os azulejos da parede.

— A Convenção de Washington — disse Madelene. —

O senhor vai ser preso. E vai pagar uma multa imensa. E vai ser proibido de clinicar.

O médico molhou os lábios.

— É uma pequena cirurgia. As coisas evoluíram muito de dez anos para cá. Ele não vai sentir nada. Vai sobreviver sem seqüelas.

— O senhor examina todos os animais de Bally?

O médico não respondeu. Madelene juntou todas as notas e colocou-as de volta no bolso do casaco.

— Vou ficar devendo por Samson — ela disse.

O cachorro pulou para fora da mesa de exame.

— O senhor me ligaria se mudasse de idéia?

O médico olhou para ela com os olhos vazios.

— Quero dizer: depois de pensar melhor, talvez o senhor me deixe abrir a parte superior do seu crânio. Será uma pequena cirurgia. Depois o senhor voltará a funcionar normalmente.

O caminhão de Johnny estava estacionado no meio-fio. Madelene e Samson entraram.

— Os animais pensam? — disse Madelene.

Já estavam na metade do caminho para South Hill Park quando Johnny respondeu.

— Os pôneis das minas — ele disse. — Eu cuidava deles quando garoto. Em Morton. As escavações iam a dez quilômetros adentro do Atlântico. Chegava-se lá num trem movido a diesel. Mas, no lugar da extração, os corredores eram tão estreitos que só homens e cavalos eram capazes de avançar. No último trecho, nem mesmo os pôneis. Os homens se arrastavam de bruços. Com uma lanterna de mão e uma furadeira hidráulica. Dez quilômetros adentro e um quilômetro abaixo do fundo do mar. Era impossível não pensar nos suportes que sustentavam o teto. Tão frágeis. Mas ao pensar nisso olhava-se para trás, para os cavalos. Eles sentem os movimentos muito antes dos homens.

Sentem se o abastecimento de ar falha. Se a água começa a invadir. E podem dar um sinal. Como os homens, só que bem mais sensíveis. Se os cavalos estivessem calmos é porque estava tudo bem.

— Por que você não foi embora?

— Para onde?

Com um gesto vago Madelene apontou a luz, as árvores, o bem-estar à sua volta.

Johnny olhou pelo pára-brisa. Para os muros, cercando as casas. Para os portões de grade vigiados. Para a cerca que envolvia Parliament Hill.

— Teria sido melhor?

Pela terceira vez em poucos dias as idéias de Madelene sobre liberdade se curvavam, depois capotavam e começavam a se dissolver.

— A gente se acostuma ao calor. A trabalhar deitado. Ao ar. A não ter muito espaço. O difícil era a solidão. Não se ouvia um ruído, nada. Era um silêncio absoluto. E de repente a gente se sentia abandonado. Como o último sobrevivente na Terra. Um quilômetro para baixo. Era então que se empurrava a lanterna para trás para olhar o cavalo. Estava com o focinho preto. Como o próprio rosto da gente. Os olhos luzidios como os da gente. O cavalo era como a gente. Só que totalmente calmo. Não porque fosse estúpido, mas porque não pensava em coisas supérfluas. Não pensava em ontem, não pensava em amanhã. Não pensava no fim do expediente. Nem na Terceira Guerra Mundial. Pensava no aqui e agora. E ao olhar para ele era possível sentir como ele. E isso dava uma tranqüilidade total. Às vezes, dava para ser quase feliz. Como quando eu transportava os animais. Em geral meus pensamentos estavam sempre no dia anterior, no amanhã, problemas, problemas. Mas quando eu transportava os animais para Bally, só pensava na viagem. Nada de solidão. E atrás, na escuridão, podia senti-los, com olhos luzidios, fortes, estranhos, incríveis. E tinham de ser protegidos. Nenhum erro podia ser cometido. Seria um desastre. Era preciso cem por cento de atenção e lá na estrada eu era... Eu ficava...

— Quase feliz — disse Madelene.

Ficaram ali sentados em silêncio.

Finalmente Madelene abriu a porta.

— Amanhã — ela disse. — Precisamos tirá-lo de lá a tempo. Se ele ainda tiver um cérebro capaz de não pensar em coisas supérfluas.

Ela olhou para Johnny e para o cachorro.

— Vocês virão esta noite? — ela disse. — Sim ou não? Ou será que, de repente, você volta para Morton?

— Fecharam a mina em 1985. Morton era só a mina. Não há mais nada lá.

13

Naquela noite Adam jantou com Madelene pela primeira vez em cinco dias. E, visto de longe, pareceria carinhoso e atento.

Mas Madelene não o via de longe. Ela o via de perto e, mais que isso, ela o via de dentro, com o olhar de uma amante. E o que notava era ausência, alheamento. Mesmo sentado à sua frente, Adam, em pessoa, não estava presente àquela mesa. Sua consciência estava no laboratório e no macaco.

Não era uma situação nova para Madelene. A novidade era a insatisfação que ela sentia. Depois de alguns minutos já não era mais capaz de comer nem de falar e por isso não disse uma palavra até o momento em que subiram juntos a escada até seus aposentos, onde ele fez menção de abraçá-la e ela desviou sua mão.

— Nem pensar — ela disse.

Nesse momento Adam Burden retornou ao próprio corpo.

Antes de conhecer Madelene ele tivera uma série de relações amorosas que não quis ou não pôde registrar na memória. Parecia-lhe que todas aquelas moças — apesar de terem entre seus vinte e trinta anos — eram apenas vozes infantis ternas e pueris, com seus quartos cheios de bichinhos de pelúcia, imaginando que ele também era um ursinho de estimação, e que se lhes mostrasse a mera sombra de seu desejo elas ficariam paralisadas de pânico.

Madelene era o contrário. Uma periculosidade molenga e preguiçosa despertara nela desde a primeira vez em que ele a abraçara. Ela o vigiava, com o rabo do olho, enquanto ele se aproximava dançando, e quando finalmente lhe deu a resposta, esta veio incondicional. Adam não tinha nenhum anticorpo contra esses arroubos de desejo feminino, mais tarde extintos sem deixar vestígio. Madelene entrou por suas veias, instantaneamente, envenenando seu sangue. Depois do primeiro dia em que ficaram juntos, ele se tornou um homem doente. Quando ela o rejeitou pela primeira vez, a doença tornou-se incurável.

Agora, os dois na escada, o rosto dele se iluminou por um momento com aquela espécie de ódio que transforma homens em assassinos. Um ódio que não chegou a se expressar. Foi um sentimento que ardeu e se extinguiu em fração de segundos, e cuja silhueta se ressecou num encapsulamento doloroso da situação.

Então Madelene teve, pela primeira vez, a idéia de que ela era demais para seu marido. Para sobreviver à infecção de saudade que o atingia, Adam não tinha outro remédio senão tolerar a rejeição. Para cada sim que Madelene lhe dava, três outras vezes ela lhe virava as costas, mas desta vez ela pressentiu que ele não suportaria mais aquilo. Ele era um vencedor, um vencedor nato, e ela o fizera conhecer a derrota. E não uma única, mas uma derrota que se repetia incessantemente como uma aniquilação que se renova em ciclos.

Adam parou por um momento. Depois, rígido, se virou e lentamente entrou em seu quarto.

Quando fechou a porta atrás de si, foi até a janela, abriu-a e como sempre, nessas ocasiões, cometeu o primeiro de uma série de assassinatos.

Desde quando viu Madelene pela primeira vez, Adam ficou confuso e com os nervos perturbados pelo ciúme. Estava convencido de que ela era perigosa não somente para ele, mas que representava uma verdadeira ameaça à humanidade, uma vez que qualquer homem daria a própria vida para possuí-la. Conseqüentemente, transformou-se não apenas em seu marido, mas também em seu guarda-costas e vigia, e se pudesse entrar em sua alma teria sido também sua polícia mental.

Agora, parado à janela, pensava que tinha se descuidado na vigilância e que ela contrabandeara um amante para dentro do quarto. Dava asas à sua fantasia lentamente, imaginando o desnudamento e o início da relação, ele entrando no quarto com o Purdy de dois canos de seu pai e disparando as duas cargas — trezentos e cinqüenta chumbos — a uma distância de três metros e, em seguida, debruçado em desespero sobre os restos de Madelene.

Esse primeiro assassinato o acalmou um pouco. Então cometeu outro e mais outro. E aos poucos foi melhorando. Poderia descrever a si mesmo, orgulhosamente, em condições normais e sóbrias, como alguém despido de fantasias, mas naquela meia hora em que ficou na janela como um carrasco solitário suas fantasias tomaram tal vivacidade gráfica que era difícil distingui-las da realidade. Quando viu Madelene deslizar pelo jardim, rápida como uma ninfa, pensou primeiro que estivesse assistindo a seu próprio teatro interior. Só quando ela abriu a portinhola no muro da casa e deixou um homem entrar é que Adam percebeu que não se tratava de uma fantasia catártica como as outras.

Era lua minguante e o céu estava ligeiramente nublado. Não era iluminação adequada para se distinguir detalhes. Mas mesmo a própria luz do dia seria insuficiente, no estado em que ele se encontrava. Não viu Johnny claramente. Nem a cadeira de rodas dobrável que ele carregava. O que viu foi apenas a silhueta de um gnomo baixo, maciço e corcunda.

Nas fantasias de Adam, os amantes de Madelene seriam membros da Casa Real ou figuras divinas, a infidelidade apontando para o alto e indiretamente representando uma ascensão social também para ele. Mas agora ele avistava, naquela luz enganadora, o vulto de um tipo de homem que se encontraria nos esgotos de Londres.

Ficou parado sem se mexer e demorou um quarto de hora até conseguir voltar a pensar. Só depois de meia hora pôde tomar uma decisão. Iria diretamente ao quarto de Madelene, abriria a porta com um chute e derrubaria o amante. Depois, quando Madelene se ajoelhasse a seus pés, gritando, ele veria o que fazer.

Estava prestes a se virar quando desfilou por sua janela o último ato da tragédia daquela noite.

O corcunda vinha na frente. Depois, intimamente entrelaçados, vinham Madelene e outra figura masculina.

Adam jamais vira o macaco andando sobre os dois pés. E, naturalmente, também nunca o vira com um casaco comprido e chapéu. Por isso não podia ter a mais remota idéia do efeito humanizador que a roupa e o andar ereto têm sobre um animal. Ainda assim, se seu juízo estivesse ao menos parcialmente intato ele poderia pensar em Erasmus. Mas não lhe sobrava juízo algum. Estava desligado da realidade cotidiana. Estava num lugar onde o macaco nem sequer existia. Estava dentro da paisagem demoníaca do ciúme. Tudo o que viu foi a mulher e os dois amantes, dois seres que exalavam uma total falta de classe, e através de seu cérebro vagava uma quantidade monstruosa de submissões eróticas possibilitadas por essa terceira pessoa.

Recuou dois passos para dentro do quarto para não enxergar mais nada e por isso não viu Erasmus, Madelene e Johnny saírem do jardim pela portinhola do muro. Já não via mais nada fora de si mesmo. Sua atenção fora impelida para dentro e ali sentiu que o Adam Burden que ele pensava conhecer tinha sido dispensado. Por cima dele, através dele e para dentro da noite ribombavam manadas de elefantes desgovernadas e porcos amaldiçoados. Ele não conseguia sequer se mexer e só quando amanheceu e seu mugido interior se acalmou, substituído por uma espécie de amortecimento, é que ele pôde se mover e erguer o telefone.

14

A Sociedade Dinamarquesa em Londres fica em Knightsbridge, perto de Hyde Park. Madelene chegou lá às onze da manhã. Não estava sozinha. Empurrava uma cadeira de rodas com uma senhora idosa envolta num grande xale com um chapeuzinho negro, de véu, protegendo-a do sol.

O fato de Madelene se encontrar ali explicava-se da seguinte maneira: naquela mesma manhã, um pouco mais cedo, depois de passar a noite no *sleeper* de Johnny, num estacionamento do longínquo subúrbio de Hemel Hempstead — de onde se via toda Londres — Madelene ouviu pelo rádio que estava sendo procurada.

Nenhum dos quatro passageiros do caminhão dormira durante a noite. Sem trocar uma palavra, ou fazer qualquer outro movimento além das duas vezes em que Johnny se levantou para fazer o chá, sentiam, silenciosos, a noite flutuar, como se eles fossem a tripulação e o *sleeper* um navio que cruzava o oceano certo de, pela manhã, avistar a terra. Pela manhã, Johnny, como sempre, ajustou o receptor de seu rádio na faixa da polícia. Quando ouviu mencionarem o nome de Madelene, enrodilhou-se no canto da cama como a caça que pressente o cerco de caçadores se fechando.

Madelene, ao contrário, não mostrava o menor sinal de medo ou surpresa. Enquanto divulgavam a busca, ela se ocupava em barbear Erasmus. E assim ficou enquanto ouvia toda a notícia. Naquela manhã ela estava cheia de fé.

Não era a fé na justiça comum porque ela não tinha razão para acreditar que isso existisse. Era em algo melhor. Era na lei da selva que Madelene confiava. Nas paisagens onde crescera, na família, nas escolas e em seu casamento. Que eram regulados por uma convenção social que, longe de ser uma briga de foice, como nem mesmo o era a lei da selva, indicavam o contrário, uma hierarquia sutil que mantinha os indivíduos em seus lugares estruturais, com um mínimo de conflitos. As leis também faziam parte dessa estrutura. E a Convenção de Washington era parte dessas leis e o plano de Madelene consistia, simplesmente, em obrigar um veterinário a atestar que o macaco era parte dessa convenção e, de posse do atestado, procurar o inspetor Smailes. Depois a convenção entraria em vigor e a velha ordem seria restabelecida.

Ela não sabia o que poderia lhe acontecer. Mas não tinha ilusões. Sua vida até agora transcorrera num nicho, num cotidiano biológico altamente especializado, uma vida de ócio e formalidade matrimonial. Essa maneira de viver dos especializados, tanto animais quanto homens, era, no entanto, muito sensível às mudanças.

A fé que ela viu surgir naquela madrugada era boa para os que estavam à sua volta. Quanto a ela mesma, não tinha nenhuma expectativa. Acabou de ouvir a notícia da busca sem a menor reação. Depois estendeu o braço para o telefone.

O odontoveterinário nem sequer se identificou. Grunhiu, apenas, no bocal do telefone e por esse ruído Madelene imediatamente sentiu que havia alguma coisa errada.

— O macaco está aqui comigo — ela disse.

— A senhora está sendo procurada.

— O senhor é o único que pode me ajudar...

— Há vinte veterinários em Londres que podem fazer isso, quase tão bem quanto eu.

— Sua coragem já virou lenda nos Matadouros.

O outro lado da linha emudeceu. Quando o médico respondeu, sua voz veio tão fraca que por um instante Madelene pensou estar falando com outra pessoa.

— É meu emprego que está em jogo.

Madelene fora educada para respeitar um "não". Apenas algumas semanas antes ela teria se despedido educadamente, reconhecido a derrota e se sentado ao lado de Johnny, deixando a inevitável catástrofe seguir seu curso. Ou melhor: duas semanas antes essa conversa nem sequer teria acontecido. Mas a Madelene que falava agora ao telefone não se lembrava nem remotamente de duas semanas antes. E não cogitava, nem de longe, da idéia de desistir.

— De toda forma o senhor só fica mais um ano aí.

O silêncio do médico estava carregado de incerteza. Madelene sentiu que ele balançava no limbo. Então avançou e deu o último empurrão.

— E o seu legado científico?

— O que é que tem?

— Quando souberem que o senhor se recusou a ajudar mesmo depois de ter visto os diagramas dentários. Não sei o que o instituto vai dizer. Mas, nos Matadouros, o fato vai ser comentado durante anos.

— A senhora não trabalha nos Matadouros. A senhora é a esposa de Burden.

Madelene não disse nada. Ela sabia que tinha penetrado e atingido o alvo.

— Senhora Burden — o médico disse —, cá entre nós: a senhora nunca tem medo?

— Sempre.

— A senhora sabe que foi seu esposo quem ordenou sua busca?

— É um mal-entendido. Acontece nas melhores famílias. O senhor não quer me chamar de Madelene?

— Obrigado. Meu nome é Firkin. Onde é que vai ser?

Madelene acostumara-se a ver Londres como um deserto pobre e despido de possibilidades. Agora que perdera sua rotina e seus direitos, que deixara de ser sentinela do cotidiano da cidade, ela lhe parecia riquíssima de possibilidades caóticas. Fechou os olhos e virou o rosto para o alto. Abriu sua consciência em direção às camadas de idéias que sempre estão à mão para quem as procura e num instante sentiu o cheiro da água.

— O senhor conhece a Sociedade Dinamarquesa — ela disse —, em Knightsbridge?

15

Para os dinamarqueses que vivem no exterior, é terrível pensar que a Dinamarca pode mudar durante sua ausência. Desejamos, ao voltar, encontrar o país não só como quando o deixamos, mas como sempre deveria ter sido. Para atender a esse desejo, a Sociedade Dinamarquesa foi criada, em Londres, e desde sua fundação, no início do século, sempre foi mais retrógrada e sentimental do que a própria Dinamarca em qualquer tempo. E, pouco a pouco, foi piorando. Conforme a lei que afirma que em todas as associações patrióticas o tempo sempre anda para trás.

Madelene estivera lá uma única vez. Para inscrevê-los, a pedido de Adam. Depois nunca mais voltou. Nessa única visita, ficou instantaneamente apavorada no minuto exato em que entrou pela porta, ou melhor, antes disso, quando viu o edifício de fora. E o que a apavorou foi o fascínio irresistível que sentiu. Amava os leões do brasão dinamarquês naquela porta. Amava as vacas vermelhas ao pôr-do-sol de Philipsen — o pintor de animais. Amava o elefante da Ordem do Elefante no colar de Carolina Mathilde, a esposa inglesa do soberano rei Christian VII. Amava as gaivotas na louça da biblioteca. E os ramos de ameixa estilizados na louça do restaurante. Amava os ursos polares de porcelana na prateleira sobre a lareira, o cartaz com o trânsito da cidade parando porque a mãe pata e os patinhos feios cruzam a rua. E as ampliações fotográficas do eterno casamento do casal de cisnes de Ribe. Amava os gorros de pele de urso na cabeça da guarda real desfilando em frente à estátua do homem a cavalo na praça do castelo de Amalienborg. Amava as imagens dos urugalos nos prados de ericáceas que não existem mais. Sentia-se indefesa, sem salvação, diante de toda a *Gestalt* da Dinamarca, como num cenário idílico social e zoológico que ela sabia que, na verdade, nunca tinha existido.

Se fosse possível, se houvesse uma mínima chance, Madelene teria, naquela primeira visita, subido ao painel que mostrava as borboletas dinamarquesas mais conhecidas e procurado um lugar para ocupar entre as mais modestas, por exemplo, entre a mariposa couve-flor e a do tipo raposinha, e ali teria se fixado com um alfinete no peito e, por fim, antes da rendição definitiva, escreveria embaixo na sua melhor caligrafia: "Madelene Burden, nascida Mortensen. Espécie difundida e absolutamente comum".

Infelizmente, sabia que isso também seria inútil. Porque havia muito vinha tentando. Tentara ser a boa filha, a boa aluna, a moça exuberante, e todas as tentativas haviam falhado. Era como se ela tivesse nascido não para borboletear elegantemente, mas para provocar desastres. Sua primeira lembrança consciente era um som pesado e ao mesmo tempo farfalhante de louça se quebrando e em seguida a palavra "estabanada" articulada de maneira precisa e dura por uma voz adulta que talvez fosse de sua mãe, talvez da rainha, talvez de Nosso Senhor.

Mesmo assim, ela nunca se rendera totalmente. Ainda que baixasse a cabeça e escapasse da família para dentro do casamento e para fora da Dinamarca, sentia, bem no íntimo, que apesar de tudo talvez chegasse a uma conciliação. Por isso, agora, enquanto empurrava a cadeira de rodas para fora da escada da Sociedade e a porta se abria e dois homens acorriam a seu encontro parecia, de repente, que seu passado lhe estendia a mão para lhe dar outra chance.

O porteiro e o inspetor da Sociedade desceram para alcançá-la. O último pegou sua mão, apertou-a e olhou para a senhora na cadeira de rodas com um olhar de quem não pede, mas espera alguma informação.

— Minha avó — disse Madelene. — Senhora Mortensen.

O inspetor tentou olhar por baixo da aba do chapéu, mas tudo o que viu através do véu foi o perfil de um rosto grande e escuro.

— Muito prazer — ele disse.

Os dois homens seguraram a cadeira de rodas, um de cada lado, e tentaram levantá-la. Nada aconteceu.

Ainda sorrindo, sem se dar por achado, o inspetor olhou por trás da cadeira para ver se, porventura, ela estaria presa ao cimento ou se seria elétrica, por isso sobrecarregada com o peso do motor e das baterias. Não era o caso. Tratava-se de uma cadeira simples e dobrável. Os dois homens tentaram mais uma vez. Só conseguiram elevar a cadeira dez centímetros. Então largaram-na novamente.

Era uma situação difícil de enfrentar, por isso Madelene não disse nada. Mas foi assaltada por vários estímulos fortes, como a habitual tentação de ir embora correndo. Só que ficou parada. Não podia abandonar a cadeira de rodas. E durante as últimas semanas, tendo se achado várias vezes no meio de situações embaraçosas, começou a descobrir que se ficasse apenas esperando certamente alguma coisa aconteceria.

E aconteceu, naquele exato momento, com a entrada de uma terceira pessoa. Sir Toby, irmão do falecido sogro de Madelene que veio se juntar ao grupo.

Madelene não se traiu. Obediente, estendeu sua mão para que fosse beijada. Mas, em seu íntimo, soou um sinal de alarme ainda suave e distante, assim que ela viu o consultor do governo inglês para questões veterinárias.

Os três homens agarraram a cadeira de rodas, subiram

as escadas e atravessaram o portão, para colocá-la dentro do elevador, que subiu logo que as portas se fecharam.

Estavam sem fôlego. Madelene percebeu que esperavam uma explicação.

— Comida como compensação afetiva — ela sussurrou. — Depois que vovô morreu. Está com mais de cento e cinqüenta quilos.

Os três homens olharam para o vulto atrás do chapéu e do xale com fascinada compaixão. Só o inspetor sentiu uma vaga inquietação. Todo profissional desenvolve uma memória específica de sua área e depois de quarenta anos à frente da Sociedade Dinamarquesa ele aperfeiçoara uma memória chauvinista de mordomo nacional na qual guardava uma ficha para cada dinamarquês que conhecera na Inglaterra. O desejo de inserir aquela velha senhora nesse registro era nesse momento mais forte do que o seu déficit de oxigênio e por isso ele se curvou para Madelene.

— Os pés — gemeu.

Madelene olhou para baixo. Os pés do macaco tinham deslizado para a frente e saído da manta. E mesmo cobertos com as meias de lã de Johnny, ali naquele pequeno elevador, e sobre o apoio de pés da cadeira de rodas, pareciam incrivelmente grandes.

— Água — ela disse —, água nos pés.

O rosto do inspetor entristeceu-se impertinentemente.

— E a cabeça? — ele sussurrou.

Madelene tivera que recortar o chapéu da srta. Clapham para cobrir a cabeça de Erasmus. Mas a copa tinha se deslocado, revelando o crânio marrom do macaco, raspado e colossal.

— Água — disse Madelene. — Na cabeça também.

O elevador parou, as portas se abriram e Madelene empurrou a cadeira para a frente. Do lado oposto do corredor, em sua direção, vinha Susan.

Para Madelene, encontrar a amiga naquele lugar não era nada extraordinário. Ela sabia que tinha entrado numa espécie de frasco. Não um frasco aberto, refratário, como aquele em que misturava seu álcool, mas um frasco fechado de laboratório, um frasco que encerrava uma parte substancial das matérias-primas de sua vida. Sabia também que tinha acendido o fogo sob aquele recipiente e, que, além disso, acrescentara o macaco àquela mistura e ansiava agora que, se dali não surgisse ouro, ao menos resultasse uma nova forma de equilíbrio.

E Susan, naturalmente, fazia parte dessa liga. E Madelene lhe deu as boas-vindas com um sorriso caloroso. Mas, em seu íntimo, o volume do sinal de alarme aumentou.

Susan julgou compreender a situação com um único olhar. Mas apesar de enxergar mais claramente do que os três homens do elevador, ela, como acontece com todos os seres humanos que deparam com o desconhecido, viu primeiro a si mesma.

— Madelene...! — ela disse.

— Não é o que você está pensando — disse Madelene.

Susan passou a língua nos lábios. Depois seu rosto mostrou preocupação.

— Estamos numa reunião — ela disse. — Da Real Sociedade Protetora dos Animais. Os almoços são sempre aqui. Por causa dos doces. Adam deve chegar a qualquer momento.

Madelene se apoiou na cadeira de rodas. Susan a agarrou pelo braço.

— Deixe-me ajudar vocês — ela disse. — Tenho uma pequena sala disponível. Exatamente para esses casos.

Madelene balançou a cabeça. Uma porta se abriu atrás de Susan e o dr. Firkin pôs a cabeça para fora. Madelene andou mais à frente com a cadeira de rodas. Susan apertou seu braço.

— De toda maneira, vou segurá-lo no pátio — ela disse. — Aproveite!

* * *

O dr. Firkin estava com medo. Não somente vestia um casaco de lã peluda com ombreiras como também, por cima dele, um sobretudo, e na cabeça um chapéu. E quando tirou chapéu e sobretudo dava para notar que ele sentia frio, apesar do calor do verão. Seus olhos estavam baixos e assim ficaram, enquanto Madelene empurrava a cadeira de rodas para dentro do quarto. Só quando ela estacou e arrancou o xale, o chapéu, o véu, as luvas e as meias é que o médico levantou a cabeça e olhou para o vulto na cadeira. Aproximou-se, lentamente, sem tirar os olhos do rosto do macaco. Passou a mão cuidadosamente sobre o pêlo do braço, mediu com palmos o comprimento do antebraço, virou e desvirou várias vezes a mão do macaco, andou à sua volta e inspecionou suas orelhas de todos os ângulos. Deslizou os dedos sobre o crânio raspado contemplando longamente a superfície da pele, separou os lábios com cuidado, deixando os dentes à mostra. Por fim ajoelhou-se, tomou um dos pés, levantou-o, olhou demoradamente a sola, fazendo tudo isso enquanto murmurava para o macaco um tatibitate tranqüilizador. Depois levantou-se e voltou devagar e pesadamente para seu sobretudo.

— Ele está dopado? — perguntou.

Madelene balançou a cabeça.

— Lamento — disse ele. — Mas não há nada que eu possa fazer.

Evitou olhar diretamente para Madelene.

— Não é nenhuma espécie conhecida. Portanto, deve ser um cruzamento. Muitos foram feitos nos anos 30. Hoje em dia é mais raro. E expressamente proibido. Há cento e cinqüenta espécies de macacos. Cento e oitenta se incluirmos os meio-macacos. É impossível determinar quais são as espécies que foram cruzadas aqui. Sugiro que o entreguem à Faculdade de Veterinária de Londres, onde se pode obter uma descrição precisa. E mandar testes de tecidos para o laboratório genético do Instituto de Biologia Populacional.

Madelene e o macaco não se moveram. O médico lentamente ergueu o rosto e olhou para Madelene. Sua voz estava bastante rouca.

— Está tudo fora de lugar — ele disse. — O corpo lembra vagamente um chimpanzé anão. Mas ele é muito alto e pesado e a pele do rosto, clara demais. O crânio é grande como o de um gorila, mas o gorila tem um pente sagital no alto da cabeça que prende os músculos da mastigação e este aqui é liso. O pêlo é um pêlo de verão com traços de pêlo de inverno, mas não se conhece nenhum primata de clima temperado. As mãos e os pés têm agarra de precisão como a dos seres humanos, mas a musculatura de agarrar é desenvolvida como a de um gibão. Mas se fosse só isso eu ainda poderia admitir. Poderia assinar um laudo e denunciar Burden, pensando que, já que vamos para o inferno, que seja, então, com estilo. Mas isso não é tudo.

Vestiu o sobretudo.

— Podem-se ensinar as coisas mais incríveis aos macacos. Se forem criados com carinho. Naturalmente, ficam mimados. Exibem conduta anormal, ficam incapazes de se reproduzir. Mas pode-se adestrá-los. Vamos supor que este aqui tenha sido criado junto a seres humanos. Nesse caso estaria explicada a sua tranqüilidade. E, desprezando alguns detalhes científicos, poderíamos até justificar sua aparência como decorrente de um ou outro cruzamento. A única coisa que não podemos explicar é o olhar. Nem mesmo o macaco de circo mais desarticulado mentalmente pode resistir a um olhar direto. No mundo animal, o olhar direto é um sinal de que vai haver luta. Nós não somos diferentes dos animais por causa da linguagem ou da inteligência. Somos diferentes porque podemos nos olhar diretamente nos olhos.

Ele colocou o chapéu.

— É demais para mim. Quem começou tudo isso foi seu marido. E a irmã dele.

Madelene não disse nada.

— Minha aposentadoria — disse o médico. — A senhora sabe como é ter setenta anos na Inglaterra sem aposentadoria?

— E a Polícia Veterinária?

— Eles entregam animais selvagens para o zôo de Londres. O que quer dizer Burden. Escreve-se um relatório que é assinado pelo Ministério do Interior assim que é liberado pelo Comitê de Procedimentos com Animais. Quer dizer, seu marido, também. E a irmã dele.

Ele baixou a cabeça.

— Sinto muito — ele disse. — É por isso que sempre me senti melhor entre os animais. Sempre tive tanto medo quanto eles.

— Vou me lembrar de contar isso a Erasmus — disse Madelene. — Vai ser um consolo quando começarem a desmontá-lo, aos pedaços.

O médico se virou, abriu a porta e desapareceu.

Madelene foi até a janela. Viu Adam, na rua, ao lado de um carro branco. Dali saíram o inspetor Smailes e mais três homens. Saíram, também, calmamente, de mais quatro carros brancos, duas dúzias de homens vestidos com roupas leves e claras de verão. Mais adiante, na rua, parou um caminhão blindado. De ambos os lados, estavam pintadas as letras SRPCA. Era um carro de coleta da Sociedade Real de Prevenção à Crueldade contra os Animais. Era um cenário tenso, banhado pela luz do sol. Sem dúvida, a fase final do cerco de uma caçada.

Os homens se dispersaram em volta do edifício. Madelene virou-se para dentro da sala. O macaco e a cadeira de rodas tinham sumido. Ela se precipitou para o corredor. O macaco estava logo adiante, junto a uma janela, olhando para fora. No pátio fechado que dava para o Hyde Park, a diretoria da Real Sociedade Protetora dos Animais reunia-se em volta de uma mesa de doces dinamarqueses e essa visão paralisou Madelene.

A mesa parecia um parto. Cheirava a leite integral, jorrava nata batida, glacê marmorizado de cerejas e creme de manteiga com ovos. Era uma perfeição. Ninguém diria que nas últimas oito horas ela já fora cancelada e encomendada novamente.

O principal objetivo dessa mesa era servir de cenário para o comunicado de Adam à diretoria sobre um assunto zoológico extraordinário que caíra em suas mãos, seguido de um pedido de apoio para protegê-lo algumas semanas da imprensa e do Comitê de Procedimentos com Animais.

A encomenda da mesa fora suspensa quando ele, às quatro horas da manhã, telefonara para a irmã informando que sua esposa sumira junto com o macaco. Depois fora novamente feita na mesma manhã quando ele voltou a ligar, garantindo que o inspetor Smailes já localizara o caminhão e que ele já estava sendo cercado.

Vinte minutos mais tarde ele ligava outra vez para contar que o caminhão fora invadido e o motorista, detido. Mas Madelene e o macaco não estavam lá.

Durante os últimos dez dias, Adam perdera um quilo por dia e isso se refletia até em sua voz. Não só perdera a mulher e o macaco e via a reta final de sua carreira ser interditada. Por baixo de tudo aquilo havia um esgotamento mais profundo: ele passara três dias sem dormir, enfrentando, pela primeira vez na vida, um fenômeno zoológico impermeável à investigação.

E essa situação gerou a seguinte conversa entre ele e Andrea.

— Os jornais — disse Adam. — Ela vai para os jornais. E depois para a polícia. O motorista é o tal que dirigia para Bally. Está tudo perdido. Cheguei a pensar em suicídio.

— Os jornais — disse Andrea Burden — não sabem nada sobre macacos. Mas sabem tudo sobre processos por calúnia. Portanto antes de imprimir uma única linha eles vão consultar o saber notório. Isto é, o instituto. Isto é, você, meu irmãozinho. Você vai examinar o macaco e constatar que é um chimpanzé. De uma espécie rara, mas não desconhecida.

— Eles vão me confrontar com Madelene.

— E você vai, contra a sua vontade mas forçado pelas circunstâncias, dizer a eles que sua mulher é uma alcoólatra. Das primeiras páginas você não escapa. Mas as manchetes vão ser: "Espôsa bêbada de diretor do zoológico rouba chimpanzé raro".

— Isso vai arruinar o meu futuro.

— Não. Isso vai ajudar você. Você não vai ter apenas o apoio científico e político. Vai ser contemplado com a compaixão pública.

Andrea Burden fez uma pausa.

— O que você vai fazer com o seu casamento é outra história — disse ela, casualmente.

Adam fechou os olhos e tomou uma decisão. Não era uma decisão pessoal, nem subjetiva, nem impertinente. Montou uma balança de laboratório imaginária. Num dos pratos colocou Madelene, sua bebida, suas charadas e a atração às vezes exaltada, às vezes depressiva, que ela exercia sobre ele. Noutro prato pôs o seu futuro. E suas infinitas possibilidades profissionais e eróticas.

Não que ele descartasse Madelene. Era a lei da gravidade.

— Então, à noite — ele disse — você e Bowen vão juntos para o *News Night* e me dão reforço.

Foi assim que a mesa de doces ressuscitou e olhar para ela fazia Madelene lembrar que estava sem comer havia mais de dezesseis horas.

Nem ela nem o macaco haviam comido e foi talvez por isso que ele, naquele mesmo instante, pôs a cadeira de rodas debaixo do braço, foi até a escada e desceu, ágil como um bailarino. Madelene imediatamente pensou que deveria ter previsto os acontecimentos e que, por não ter feito isso, seria obrigada agora a uma última e desesperada tentativa de fuga. Mas o macaco parou no final da escada, se enrolou no xale, apertou o chapéu sobre a cabeça, deixando o véu cair no lugar certo, e voltou sentar-se na cadeira, fazendo-a rodar através da porta, em direção ao círculo de pessoas.

Como a reunião ainda não tinha sido formalmente iniciada, o círculo se abriu, flexível, porém surpreso com aquela senhora idosa numa cadeira de rodas. Todos emudeceram até sir Toby quebrar o gelo. Ele pertencia à família da recém-chegada. Tinha subido no elevador junto com ela e as costas ainda lhe doíam por tê-la carregado.

— Senhora Mortensen — ele disse. — Avó da senhora Burden.

Todos se curvaram gentilmente para o rosto atrás do véu. Ali estavam doze membros da diretoria e sir Toby começou a apresentá-los um a um.

Já estava na metade do círculo ao redor da mesa quando a velha senhora se mexeu. Um braço se projetou para fora do xale. Um braço irracionalmente comprido dentro de uma manga de quimono. Como um guincho em cuja ponta houvesse uma garra calçando uma luva de borracha. Com precisão e cuidado, essa mão inseriu-se sob uma torta de Othelo inteira, levantou-a e trouxe-a para baixo do véu.

Sir Toby conhecia a difícil luta e o enorme problema da velha dama, de forma que terminou as apresentações imperturbável. A outra mão da velha dama se projetou no ar, voando, por um momento e aterrissando rapidamente sobre três jarrinhas de creme de leite, uma atrás da outra.

Madelene saiu da escada. Cruzou o pátio devagar e dignamente, sem cumprimentar a diretoria, apenas fazendo um movimento de cabeça para Susan, que percebeu o rosto da amiga cético e sereno. Madelene pegou a cadeira de rodas, virou-a e empurrou-a uns poucos metros até o muro alto onde acabava o jardim, que dava para o Hyde

Park. Ela só queria desfrutar a presença física de Erasmus por um último momento, longe dos outros seres humanos.

Pôs as duas mãos sobre os ombros do macaco e depois fechou os olhos, medindo a extensão de sua derrota.

Acreditara que as leis da sociedade protegeriam o macaco e se enganara. Confiara que as convenções sociais lhe dariam algum tempo para agir e também se enganara. Pusera toda a sua fé numa sensação pessoal de triunfo, de estar na pista certa, e agora via que tinha se iludido. E, fazendo as contas com o universo, não encontrava naquela experiência o menor sinal de justiça superior. Vencida, era obrigada a reconhecer que o mundo era uma máquina onde homens e animais eram apenas mecanismos ou mesmo pequenas máquinas independentes, mas sem vida, ou, pior que isso, ausências de vida que se mexiam como se fossem vida. Pequenas *perpetua mobilia* da morte.

A porta do jardim se abriu e Adam entrou no pátio junto com o inspetor Smailes e dois veterinários da SRPCA, além do grupo de homens brancos e calmos. Dividiram-se em duas alas que se bifurcaram ao redor da mesa.

Madelene baixou a cabeça.

— Sinto não ter feito melhor — disse ela em voz baixa.

Alguns metros à frente da cadeira de rodas, os homens pararam por um momento. Um dos veterinários destravou o rifle. O outro desdobrou uma rede. Madelene olhou para trás. O muro atrás deles era amarelo e ali o sol e as sombras pareciam impiedosos. Era como o muro de um pelotão de execução. Mais que isso, um muro metafísico, um bloqueio definitivo de toda e qualquer expectativa de sentido para a vida.

Foi então que o macaco se levantou. Tirou o chapéu, o xale, o quimono e os deixou cair. Ficou parado sob o sol, de frente para os homens, alto, com suas pernas curtas, grotesco, com braços que iam até o chão, com uma boca de palhaço feita de creme de leite sobre o rosto depilado.

Instintivamente, os homens deram um passo para trás. O macaco, com um braço, envolveu a cintura de Madelene.

— Vamos — ele disse.

Pulou como um gato, virou-se no ar cento e oitenta graus e correu com Madelene por cima do muro vertical.

No canto do muro sentou-se por um segundo. Depois ergueu-se num impulso e, para as pessoas no pátio, pareceu que ele tinha pulado com Madelene diretamente para o céu azul. E desapareceu.

III

1

Londres é uma cidade tensa. Sua Bolsa e seus bancos são o coração financeiro mundial. Sua mídia de massa são os olhos e as orelhas do mundo de língua inglesa. Suas bibliotecas, museus e arquivos vigiam nervosamente a maior memória histórica da Europa. Além disso, é a sede do governo, que compreende a Câmara dos Lordes e a Casa Real, e com ela o maior depósito de material genético aristocrático em todo o planeta. E por intermédio da Universidade de Londres, conectada neurologicamente com Oxford e Cambridge, a cidade é responsável pelo maior cérebro do globo terrestre, pelo maior acervo de inteligência civilizatória do mundo habitado. A cidade é, por isso, hipocondríaca, preocupada até as raias da loucura com a própria saúde, e possui um dos sistemas imunológicos mais paranóicos do planeta. Poucos minutos depois que Madelene e o macaco desapareceram, esse sistema de vigilância medroso e monstruoso foi posto em ação.

Assim que Erasmus pulou o muro, Andrea Burden girou nos calcanhares e sumiu. Ausentou-se por poucos minutos e para os que ficaram no pátio o intervalo foi tão curto que passou despercebido. O tempo parecia ter parado quando se olhava o canto do muro e ali se pressentia o infinito. Mas, para Andrea Burden, ele foi suficiente para chegar ao telefone mais próximo e discar um número que não levava a subordinados de plantão, mas diretamente à cúpula.

O homem, do outro lado da linha, anotou os detalhes.

— Devemos tentar pegá-lo vivo? — ele perguntou.

Andrea Burden demorou menos de um segundo para pesar uma série de complicadas considerações.

— Não há razão para corrermos riscos. Foi considerado uma ameaça à vida, pelos especialistas.

Depois voltou ao pátio, de onde o inspetor Smailes e seus homens de branco já haviam sumido. Sussurrou alguma coisa para Adam, pediu aos membros da diretoria que se sentassem e expôs seu primeiro relatório, parcialmente conhecido e não de todo inverídico, sobre o macaco Erasmus.

Cinco minutos depois de seu telefonema, cercaram o Hyde Park. Mais cinco minutos e o primeiro helicóptero saído do heliporto da Scotland Yard, perto de Thornhill Road, sobrevoava o jardim. Cinco minutos depois chegaram as primeiras patrulhas de cães. Mais cinco minutos e foram formados postos de vigilância a intervalos de cinqüenta metros ao longo do perímetro externo do jardim.

Quem quer que soubesse ou estivesse envolvido naquela busca apostaria que os desaparecidos seriam encontrados em menos de uma hora. Um ser humano, em certas circunstâncias, pode até tentar se esconder em Londres. Mas não um macaco humanóide com uma mulher como refém. E que, de antemão, já foi localizado.

Na copa de uma limeira ao lado do Speke's Monument, em Long Water, ao norte do Hyde Park, Madelene e o macaco assistiam à operação que os isolaria do mundo. Era impossível vê-los diretamente porque o macaco juntara ramos e folhas, numa abóbada que se fechava sobre eles. Mesmo assim, Madelene não tinha a menor esperança. Havia policiais em todas as direções. A patrulha de cachorros já estava a menos de trinta metros de distância da árvore em que se encontravam. Em todas as direções havia homens com rádios, câmeras de televisão, telescópios e fuzis de longo alcance. Ela não sabia do telefonema de Andrea Burden. Mas pressentia que o mundo à sua volta preparava — ao menos para o macaco — não uma captura, mas uma execução.

No entanto, seu principal sentimento não era o terror. O que ela sentia, nessa situação de total desespero, era aquela curiosidade incontrolável que cresce, involuntária, em todo ser vivo, como crescem os cabelos e as unhas após a morte. Ela via aquilo à sua volta com uma nova clareza, sem se importar como tudo começara ou como ia terminar, mas com uma nitidez igual à que vinha depois do primeiro copo ou nervosamente aguda como a que vinha no centro de uma ressaca diabólica mas milagrosamente indolor.

Ela olhou o macaco. Ele também acompanhava a busca, concentrado e imóvel, exceto, vez por outra, quando vedava um buraco, aperfeiçoando a abóbada verde. Madelene então percebeu que ele parecia um garotinho.

E, de repente, sentiu-se em casa. Reconheceu o universo verde à sua volta como as cavernas de sua infância sobre as árvores de sua meninice entre coleguinhas e brincadeiras. E, na realidade, era mais do que aquilo, porque não houvera, de fato, em sua infância, nenhuma árvore de verdade. Suas babás a impediam de subir temendo que ela caísse e causasse o desemprego delas; sua mãe, estendendo aos outros sua fobia de altura, suplicava-lhe que não subisse. Seu pai proibia sem maiores explicações, pelo simples fato de que não queria ver a filha sair de seu campo de visão acompanhada de um garoto, para entrar no céu. Portanto, essa gruta que agora se curvava sobre ela não era propriamente uma lembrança vivida. Era um sonho que só agora se realizava. Ela e o macaco eram os ladrões e no chão, embaixo deles, não havia só soldados mas uma concentração de bandos de garotos de ruas de bairros estranhos com os quais Madelene nunca tinha lutado, e ela os via com olhos tensamente vibrantes mas em perfeita calma.

Naturalmente, ela e o macaco sabiam que quem estava lá embaixo não eram crianças de verdade. Era algo muito melhor. Era a própria Morte. E, inconscientemente, os dois sorriram ao mesmo tempo. Ao contrário do que pensam os adultos, a felicidade das crianças quando brincam não se deve ao fato de elas desconhecerem a Morte. Todos a conhecem. Deve-se a elas perceberem uma coisa que os adultos já esqueceram. Que, embora sendo um adversário difícil, a Morte não é invencível. O macaco e Madelene vibravam e sorriam em silêncio. Apoiados um no outro, porque sabiam que no dia seguinte também estariam vivos.

Ao pôr-do-sol, a vigilância sobre o muro do jardim já tinha dobrado. E ao escurecer já se erguiam postes de cem em cem metros com holofotes que iluminavam os gramados como um estádio de futebol. Patrulhas do Esquadrão Pioneiro — divisão do Corpo de Bombeiros de Londres — apoiavam escadas no portão e, junto com o esquadrão antiterrorista, se preparavam para iniciar, logo que amanhecesse, uma inspeção minuciosa nas copas das árvores.

Era uma concentração de forças considerável, mesmo para Londres. E só Andrea Burden e outros poucos sabiam que aquilo tudo se mobilizava contra um inimigo definido e bem específico.

Ao chegar a determinado tamanho crítico, todo organismo desenvolve uma série de mecanismos autodestrutivos, e no micélio gigantesco de Londres, de unidades de Polícia, Exército e Serviço Secreto, havia muito os conflitos de competência, as intrigas e os ciúmes burocráticos se apresentavam como tumores em estado avançado. O que um tumor deseja, naturalmente, não é reorganizar-se internamente, nem ser extirpado. Deseja apenas um bom inimigo exterior. O macaco Erasmus não era só bom. Era excelente, um presente dos céus. Como a guerra das Falklands tinha sido, só que em pequena escala, um dragão, um pequeno King Kong criado para desviar a atenção dos outros problemas insolúveis — o desgaste geral das metrópoles, o empobrecimento, os conflitos raciais e o crime organizado. Assim também era o macaco, totalmente apolítico e que ousara roubar uma princesa. O Hyde Park estava iluminado como uma arena para que o são Jorge do poder estatal entrasse a cavalo.

Uma hora depois que escureceu, o macaco se levantou, abraçou Madelene e, abrindo a parede de folhas num lugar sombreado, pulou para dentro do que parecia a ela um vácuo negro.

O vôo demorou tanto que ela pôde sentir o calor do corpo do macaco, sua tranqüilidade ao tomar impulso no ar, o chiado da brisa fresca da noite e os lentos preparativos de aterrissagem. Ele caiu sobre um ramo a oito metros de distância com um baque silencioso, como uma coruja que submerge no mato rasteiro. Depois começou a correr. Antes, para sair dos muros da Sociedade Dinamarquesa em direção ao centro do jardim, avançara com os braços longos em giros pendulares. Mas agora ia em movimentos verticais, projetando-se para a frente com os pés e com a mão disponível, saltando nos lugares onde havia espaços entre as árvores.

Os holofotes não os alcançaram. Chegaram ao muro do jardim como quem atravessa um túnel de sombras. O macaco parou a poucos metros de um poste de observação. Meio minuto depois aconteceu o que ele esperava: os homens lá embaixo se distraíram por alguns segundos e isso ocorreu não por falta de atenção ou desleixo, nem por nenhuma outra razão particular, mas porque é próprio da consciência humana ligar e desligar. Então, nesse mínimo instante de desligamento, quando os homens se voltaram para eles mesmos e trocaram breves comentários, o macaco pulou.

Esse pulo os jogou numa luz tão forte que era como se tivessem pulado dos bastidores para o palco do teatro. Madelene fechou os olhos. Esperava o tiro ou um grito que os flagraria, mas nada disso aconteceu. Os únicos sons que ouvia eram os do trânsito lá embaixo e o barulho do vento na fiação das luzes da rua por onde o macaco se movia. Abriu os olhos e viu que ele estava correndo. Corria horizontalmente, paralelo à rua, só que no alto, sobre ela, através de cabos, ganchos de andaimes e saliências de muros. Seu aparelho motor seguia uma trilha invisível para seres humanos, cruzando a cidade à altura de um terceiro andar.

Madelene viu os carros embaixo deles. Viu as pessoas nas calçadas. Nos carros. Via tudo, nitidamente. Viu as costas dos homens que vigiavam o jardim. Os carros com as escadas montadas e suas equipes a postos, esperando o amanhecer, e ali bem perto, sob um teto baixo, viu dois atiradores de elite da polícia, os traços de seus rostos, seus olhos, os óculos infravermelhos. Mas eles não a viram, nem ao macaco. Embora os dois estivessem totalmente visíveis naquele banho de luz.

O macaco escalou tubulações, varandas e escadas externas de incêndio, alcançou um patamar mais alto, com um urdimento altamente arriscado de mastros, cornijas e balaústres, e chegou ainda mais alto, ao patamar da colcha de retalhos dos telhados de Londres.

Ultrapassaram janelas por trás das quais as famílias se reuniam em volta da televisão. Correram sobre varandas onde as pessoas recolhiam a roupa lavada. Passaram por homens e mulheres em elevadores e escadas espirais, por gente que olhou, das varandas, diretamente, para eles e através deles. Ninguém os viu. Sua viagem não era apenas um translado no espaço. Era também uma jornada através da atenção da civilização. E pela primeira vez Madelene percebia que essa atenção não era onipresente, mas seletiva. Viu que as pessoas na rua só registravam o que acontecia no nível da rua. Viu que aqueles que os caçavam se esqueciam de si mesmos e do resto do mundo, menos do lugar preciso onde imaginavam que sua caça se escondia. Que as pessoas em frente à televisão estão fechadas para qualquer outra coisa que não seja aquele pequeno ponto de irrealidade cintilante à sua frente, que as pessoas ocupadas não se ocupam com mais nada além de seus afazeres.

Pousaram sobre um teto de vidro sob o qual se viam crianças brincando. Passaram, também, a meio metro de um banquete num terraço aberto, passaram por um jovem casal cujos olhares os atravessaram indo até as estrelas. E ninguém os viu. E Madelene, tão próxima aos seres humanos, agora entendia por quê. Era porque ninguém esperava vê-los. No torvelinho de estímulos e informações da cidade de Londres, a visão de maravilhas verdadeiras era uma possibilidade totalmente descartada para seus habitantes.

Até esse momento Madelene imaginava a grande cidade como toda grande cidade gosta de ser imaginada. Como um centro nervoso, de uma vitalidade insone, hiperativa. Mas agora ela via uma imagem mais verdadeira. Naqueles rostos céticos, ela notou que a cidade tinha se distraído. Que, apesar dos seus sete milhões de seres humanos, seus telefones, seu abastecimento incessante de energia, sua atividade febril, seus fluxos de nutrição e esgoto, a cidade simplesmente estava distraída, repousando numa ausência permanente e só espasmodicamente interrompida.

Era no meio dessa distração gigantesca da metrópole que o macaco se movia como um artista de circo sobre um público anestesiado. Os seres humanos, quando freiam repentinamente, perdem o equilíbrio. O macaco, mesmo correndo, mesmo no meio de uma curva, podia parar numa imobilidade de estátua. Quando um vulto aparecia repentinamente numa porta, quando um rosto atrás de uma janela se virava em sua direção, ele, imediatamente, congelava num silêncio pétreo e sempre encontrava, nessas situações, uma via de fuga. Um canto onde se esconder ou um cabo elétrico para se agarrar, como se criasse a própria realidade através da qual se movia. A concentração esvaziava seus olhos. Ele criava uma coreografia na qual a cidade formava o cenário e era possível, num improviso, confundir-se com um muro cinza, um poço de ventilação, a sombra de uma chaminé.

Mas toda ilusão é frágil. Mesmo aquela que o macaco inventava. Então, um pedaço de tubulação se soltava do muro ao ser agarrado e caía, provocando um estrondo no silêncio. Um sopro de brisa, inesperado, levava aquele cheiro de borracha queimada até uma mesa de jantar. Uma mulher abria rotineiramente a cortina da cozinha e avistava aquele corpo duplo, exposto e vulnerável, pendurado em três varais estendidos vinte e cinco metros acima de um pátio.

Mas ninguém fazia caso deles. Ninguém notava. Ninguém os via, ouvia ou cheirava. Madelene, até esse momento, nunca soube que houvesse outras formas de inconsciência além do sono noturno. Agora descobria que as pessoas podem dormir, mesmo estando em vigília. Dormem para o ambiente em volta, o olfato dorme, a audição, a visão, o tato. E a fantasia também dorme. Até a imaginação, que poderia ser uma antena para o desconhecido, até ela dormia.

Era hora de a cidade adormecer. Ela fechava os olhos, suas luzes se apagavam, suas ruas se esvaziavam, desistia de seu último espasmo de vigilância. Suas televisões se desligavam, seu trânsito parava. Até no longínquo Hyde Park, já tão distante de Erasmus e Madelene, os vigias mergulhavam em si mesmos. Era a hora comovente em que Londres se revelava, deixando cair sua máscara de arrogância e mostrando sua essência verdadeira: a cidade não era, de fato, um organismo superior — até porque nenhum organismo é capaz de adormecer, paralisando-se até esse ponto. Tampouco chegava a ser uma selva urbana, porque nenhuma selva, à noite, entra em tal hibernação. O que se via ali, a olho nu, era apenas uma máquina. Uma pobre máquina gasta, enguiçada, cheia de defeitos, pontos cegos e áreas mortas, atravessada por atalhos esquecidos pelos quais a mulher e o macaco viajavam.

2

O macaco depositou Madelene sobre um telhado plano, alto, acima da cidade, e depois se jogou da beirada dele num mergulho de falcão peregrino. Foi descendo pelos beirais dos andares até sumir de vista. Um segundo depois voltou com uma caixa de bananas e laranjas. Depositou a caixa a seu lado e começou a comer, rápido e metódico como uma ave de arribação que pousa para descansar sabendo que ainda tem um longo vôo pela frente.

Madelene lembrou-se de que ele ainda não sabia seu nome. Espalmou a mão sobre o peito.

— Madelene — ela disse.

— Madelene — repetiu o macaco.

Sua voz era rouca, mais rouca do que a de qualquer ser humano. Mas a pronúncia era clara, sem sotaque, perfeita.

Madelene deu-se conta de que não havia mais regras a seguir e cambaleou, a euforia subindo-lhe à cabeça como uma injeção de álcool. O macaco, antecipando seu movimento, levantou-se e apoiou-a com seu braço. Mas Madelene não estava caindo. Estava subindo. Havia apenas uma hora ela achava que seria fuzilada. Antes disso fora uma alcoólatra suicida em decadência avassaladora. E agora, em menos de meia hora, não só tinha se erguido desse poço sem fundo como continuava em ascensão progressiva.

— Eu não sei quando vocês... Quero dizer, os animais... Isto é, os macacos, se tornam adultos — ela disse. — Mas já pensei muito sobre isso nos seres humanos. E agora sei.

Desde que conhecera o macaco, ela só o ouvira falar, no máximo, quatro palavras. Entretanto, não lhe ocorrera que ele não pudesse entendê-la. Além disso, o que ela ia dizer agora era de sentido universal, compreensível para qualquer ser vivo.

— Eu sempre achei que já não era mais criança. Foi assim quando me casei com Adam. E nas festas de formatura. E com os primeiros namorados. Mas estava errada.

— Errada — repetiu o macaco, com a boca cheia de banana.

— Só se vira adulto — ela disse — quando se é livre.

— Livre — disse o macaco descascando uma laranja.

Os olhos — sobre os maxilares que se moviam metodicamente — estavam pousados nela e Madelene sentia aquela espécie de orgulho que se experimenta quando alguém nos ouve, verdadeiramente, e isso era como uma corrente de ar quente que crescia, e ela a sentia, abria as asas e decolava.

— Aconteceu outra coisa — ela disse. — Acho que agora sei quem sou. Sou uma espécie de princesa.

Essa ascensão repentina surpreendeu a própria Madelene. E por um breve e ameaçador instante ela, de pássaro, quase virou um balão. Foi quando sentiu a mão do macaco, delicada e decidida, agarrar seu braço, para fixá-la no telhado.

— Isso não significa nobreza ou realeza — ela disse. — Significa que fui escolhida para alguma coisa grandiosa.

O macaco deu alguns passos afastando-se dela e agachou-se atrás de um murinho baixo.

— Evacuação — ele explicou.

Defecava como um vegetariano, uma bosta pesada de cavalo, um deslizamento de terra num monte de húmus.

Depois voltou para perto dela. Envolveu-a com o braço, deu uma corrida para pegar impulso e pulou para dentro da noite.

Madelene já não bebia havia dois dias. E mesmo que seu fígado ainda não tivesse eliminado todo o álcool que havia em seu corpo, ela jamais se sentira tão sóbria nos últimos dois anos. Da mesma maneira, naquela noite sentia-se mais embriagada do que nunca antes em toda a vida.

Deitara a cabeça no ombro do macaco e, como os pássaros migratórios noturnos, como os patos selvagens ou os rouxinóis, olhava as estrelas para se orientar. E enxergava algo além de pequenos pontos iluminados. Acostumara-se a ver nelas as imagens das mulheres que eram seus faróis de navegação. Elas costumavam iluminar aquele céu. Refinadas e altamente voláteis — Billie Holiday, Marlene Dietrich, como Lola, no *Anjo azul*, Judy Garland, Janis Joplin, Julie Christie —, as supernovas do alcoolismo feminino. Mas agora esses pontos fixos empalideciam, substituídos por uma autoconfiança selvagem.

Dessa perspectiva, Madelene chegava a achar Londres bonita. Olhava para os arranha-céus pelos quais passava como se fossem catedrais adormecidas de lava petrificada. Não invejava as pessoas que àquela hora dormiam, em seus lares. Só ternura e compaixão pelos pobres coitados que não podiam vê-la. Madelene, a semideusa, ao luar, montada num macaco, rumo a algo extraordinário. Era como se Nosso Senhor, naquela noite, fosse um caçador de talentos que viera para descobri-la — a princesa Madelene — e os dois tivessem assinado um contrato cuja primeira cláusula estabelecia que a partir de agora Madelene nunca mais seria infeliz.

Voltou à realidade inesperadamente. Primeiro sentiu que já não iam tão alto. Depois, que atravessavam uma série de jardins, mas, no escuro do alto das copas das árvores e dos telhados, ela ainda não reconhecera a paisagem, até que o macaco deslizou cuidadosamente para a água de um telhado, aterrissando sem um único ruído e depositando-a na varanda de seu quarto em Mombasa Manor.

A princípio ficou imóvel. O macaco já se reaprumava para partir, para desaparecer num átimo daquela varanda, largando-a ali, como os homens sempre fizeram com as mulheres. Só que agora era muito mais grave porque se tratava de um macaco, ou pior, um macaco falante, isto é, nem chegava a ser um animal de verdade.

Madelene ficou rubra. Mas não de timidez. De ódio. Uma vida inteira de carências profundas, duas semanas de revolução e algumas horas de fuga dramática. Foi tudo o que ela teve que passar para chegar a se sentir generosa e simpática para com a população de Londres. Agora, num segundo, virava uma mulher-demônio.

A paralisia se dissolveu. Aprumou-se e aproximou-se do macaco, com um sorriso. Voltava a parecer-se consigo mesma. Só que já não era mais a mesma. Estava despida de sua humanidade. O macaco não podia adivinhar, mas, naquele momento, o que havia diante dele era a essência sorridente da pura crueldade feminina.

Ela pousou as mãos sobre os ombros dele.

— Fique só mais um pouco. Seja bonzinho.

O macaco olhou para ela com um olhar inquisidor.

— Bonzinho? — ele disse.

Madelene deu-lhe as costas e entrou em casa. Atravessou seus aposentos sem olhar ao redor, sem a menor saudade do tempo que passara ali. Chegou ao corredor. Desceu as escadas e cruzou as salas de um modo novo, rápido, decidido, sem sentir medo, sem sentir nada. Subiu a escada, desceu para outro corredor e entrou no quarto do marido, pela primeira vez, sem bater.

Adam Burden estava deitado de costas, no lado esquerdo da cama, com o telefone na mesinha-de-cabeceira, para atender prontamente ao chamado que lhe anunciaria a execução do macaco Erasmus e a internação de sua mulher. Quando Madelene cruzou a porta, ele estava no meio de um sonho maligno.

Doze horas antes, ele, silenciosamente, em seu íntimo, dissera adeus a Madelene. Removera-a cirurgicamente de sua consciência e se deitara para dormir com a certeza de que se recuperaria rapidamente, se é que já não estava curado. Entretanto, dentro daquele sonho, a imagem dela o procurava, perseguia e assaltava como uma dor fantasma num membro amputado. Ele sonhava que ela estava logo ali, à sua frente, estendia os braços e não conseguia alcançá-la.

Despertar de um pesadelo como aquele era uma verdadeira bênção. Por isso, quando ouviu a porta do quarto se abrir ele sentiu um imenso alívio. Foi quando viu Madelene, à luz do luar. Gritou assustado e sentou-se na cama, certo de que o pesadelo se alçara a um grau de realidade ainda mais cruel. E foi recuando sobre a cama até se apertar contra a parede.

Madelene ergueu o braço e acendeu a luz.

— Ele está sentado lá na varanda. Você tem que tomar uma providência.

Adam viu que os lábios dela se moviam, mas não escutou as palavras. Ali, firme, de pé à sua frente, ela irradiava uma aura de determinação que invadiu sua sonolência, deslizou por baixo do cobertor e para dentro das calças de seu pijama, fazendo com que sua alma inteira se estendesse até ela — ela que ele acabava de odiar. Para agarrá-la.

Madelene recuou um passo.

— Você vai precisar de uma arma — ela disse.

Adam saiu da cama, pegou um rifle no fundo do armário e foi andando atrás de Madelene, confuso, de pijamas, de chinelos de borracha e uma ereção que se recusava a abaixar.

* * *

O macaco estava imóvel. Na mesma posição e no mesmo lugar em que Madelene o deixara. E assim eles o viram quando entraram no quarto de Madelene, uma silhueta por trás das portas francesas. Adam descalçara os chinelos antes de entrar. Os dois se moviam em completo silêncio e a casa os ajudava. Nenhuma dobradiça ou tábua corrida emitiu o menor ruído. Mas mesmo assim o macaco os pressentiu. Empertigou-se e tentou enxergar através da escuridão à sua frente. Madelene empurrou Adam e chegaram à varanda.

Adam Burden não era um homem vacilante. Era pessoa de decisões firmes. Mesmo assim, aquela situação, noutras circunstâncias, poderia tê-lo dividido em dois, porque compreendia todas as forças contraditórias que constituíam sua existência. Sua carreira, seu lar, seu casamento, seu passado e seu futuro. E, além disso, uma série de implicações jurídicas e políticas incalculáveis. Mas agora ele não era capaz de viver esses conflitos. Ao ver Madelene em frente à sua cama, tudo para ele tornou-se muitíssimo simples. A questão era uma só: como mantê-la ali, junto dele. Nesse momento não existia nem macaco, nem o mundo lá fora. Nem ele mesmo importava. Só uma pessoa importava. Madelene.

Quando saíram da escuridão, o macaco olhou rapidamente para Adam e para o rifle. Depois seus olhos se concentraram em Madelene.

— Por quê? — ele disse.

Adam olhou fixamente para aquela boca. De onde tinha saído a palavra. E por um instante o cientista se superpôs ao amante. E sacudiu a cabeça.

— É um truque — ele disse.

Madelene não ouviu o marido.

— Não quero ser largada aqui — ela disse.

Uma ruga profunda surgiu na fronte larga e raspada

do animal. Desesperado, recorreu, inutilmente, ao glossário técnico que apreendera de seus vigias, na tentativa impossível de dizer uma coisa que era tão complicada que pouquíssimas pessoas no mundo teriam conseguido expressar.

Desistindo, apontou ao seu redor, num gesto que incluía a casa inteira. Depois fez um sinal com a cabeça indicando Adam e olhou interrogativamente para Madelene.

— Ele me traiu — ela disse.

Adam passou a língua nos lábios secos.

— Foi um engano — ele disse. — Tudo vai voltar a ser como antes.

O macaco olhou sobre o jardim e, além, até Hampstead Heath, que, Madelene sabia, seria o seu caminho de fuga.

— Atire nas pernas — ela ordenou.

Adam abaixou o rifle e apontou. O macaco não reagiu. Em seu rosto, naquele rosto que Madelene lentamente começava a conhecer, ela notou algo novo, completamente impensável num animal — que se instalava como uma sombra em seu olhar. Não era medo, nem inconsciência animal do risco que havia naquela situação. Era luto. Talvez desespero.

Ela foi para a linha de fogo.

— Um momento — ela disse.

Adam olhou fixamente, primeiro para ela, em seguida para o macaco e depois novamente para ela.

Ela se juntou a Erasmus.

— Acabei de me lembrar de uma coisa.

— Saia do caminho — disse Adam.

Madelene não o ouviu.

— Você sabe — ela disse. — A coisa grandiosa para a qual fui escolhida.

O macaco olhou-a atentamente. E tanto ele quanto ela se esqueceram de tudo o que os cercava. Por isso não viram que Adam levantara o rifle. Não apontava mais para a coxa do macaco. Apontava para a cabeça.

— Ficar junto de você. É isso o que eu tenho que fazer. Observar o seu comportamento. Como uma experiência zoológica.

Ela falava baixinho, mas em sua voz havia algo que só raramente se encontra na voz de uma mulher, só quando alguma coisa é absolutamente importante para ela e ela então vai ao encontro daquilo sem pressa, numa espécie de música, a música das esferas, um sinal de ultra-som que se dirige diretamente para o sistema nervoso central dos homens e que por isso atingiu tanto o macaco quanto Adam. E os dois ficaram parados por um brevíssimo instante, vibrando como dois diapasões.

Um segundo depois, um ciúme assassino desceu sobre Adam e sobre seu dedo indicador e ele apertou o gatilho.

Tarde demais. O projétil incandescente errou pelo mundo sem encontrar seu alvo, zunindo sobre Hampstead Heath até Vale of Health, depois vagou e rodou até cair fracamente ao chão. Isso porque, um momento antes de Adam disparar, o macaco envolveu Madelene, ergueu-a e pulou, com ela, daquela varanda.

3

Já estavam caminhando havia sete dias.

Na primeira noite chegaram à periferia da Grande Londres e a partir daí seguiram durante o dia. A princípio, através dos jardins e bairros de vilas geminadas. Depois seguindo as muretas e cercas vivas e mais tarde os riachos, através de plantações e florestas. Nenhum ser humano os avistou. E até os animais selvagens que encontraram pelo caminho, até os faisões, as raposas, os texugos e os veados não chegavam a percebê-los até que sumissem deixando apenas um cheiro, incompreensível para os animais, de macaco humanóide misturado a uma gota de perfume.

Os únicos seres vivos que podiam distinguir seu rumo eram as aves de rapina que se aproximavam deles, descendo do céu e mantendo-se suspensas por um instante, no ar. Quando Madelene as avistava, acenava como fazem dois motoqueiros ou duas freiras que se encontram e se cumprimentam, cúmplices, sabendo que todos os outros estão acorrentados e eles, somente eles, estão livres. Se ela pudesse voar até a altura dos pássaros e segui-los, teria visto que um deles pertencia a um padrão — único entre os milhões de pássaros que, simultaneamente, cruzam a Europa, na mesma latitude, com uma única finalidade: amar, construir um ninho e ter filhos. E era para esse objetivo superior que cada pássaro livre e singular estava anonimamente destinado. Mas Madelene não sabia voar e seus pensamentos, nesse momento, mal podiam se desprender da terra, já que ela estava tão concentrada, pela primeira vez na vida, em decidir, soberanamente, seu próprio destino. Ela nunca olhava por muito tempo para os pássaros, por isso não podia adivinhar que quando eles seguiam, depois daquela breve parada sobre ela e o macaco, não era por terem desistido deles como presas possíveis, ou porque não os compreendiam. Pelo contrário. Era porque os pássaros entendiam que eles, ou melhor, que aquele ser ao mesmo tempo peludo e liso, com duas cabeças, não estava nem caçando, nem fugindo. Estava a caminho de uma localidade geográfica e psíquica bem definida. Estava migrando, assim como eles.

Talvez parecesse que era o macaco quem escolhia a rota de viagem e quem sabe até ele mesmo pensasse assim. Mas, como sempre acontece, na verdade era Madelene, a mulher, que conduzia os movimentos da dupla com uma obstinação intuitiva, insistente, imperceptível, quase passiva.

Na primeira noite, alta madrugada, ela ficou esperando enquanto o macaco tranqüilamente invadia um supermercado, abastecendo-se de dois colchões infláveis, dois colchonetes, dois edredons de penas de ganso extragrandes, dois jogos de roupa de cama e uma grande mochila de acampamento para transportar comodamente aquilo tudo. E quando ele arrumou pela primeira vez a cama dos dois sobre os colchões infláveis, no alto de um sólido carvalho, perto do Jardim Botânico de Saint Albans, Madelene notou que, mesmo na escuridão do supermercado, tivera calma para escolher, pelo tato, uma roupa de cama de delicado algodão egípcio de fibras longas. Reparou também que, além de ser um grande macaco humanóide, era um grande preguiçoso, e a partir daí concluiu que os dois teriam, doravante, que caminhar numa direção bem específica.

Então, quando chegavam a uma encruzilhada, ela, mesmo a distância, adivinhava os dizeres de uma placa de estrada e fazia uma escolha imperceptível. Cada vez que saíam dos limites das florestas e precisavam escolher um novo caminho a seguir, ela fazia uma proposta, quase invisível, baseada numa vaga sensação dos pontos cardeais. Conferia — quase inconscientemente — os nomes de cada aldeia por que passavam com seu fragmento de mapa interior.

Descobriu que Erasmus comia, diariamente, dez a doze quilos de fruta fresca, de preferência com nozes e passas, que ainda iam melhor com mel, melhor ainda com três litros de creme de leite e ainda melhor se tudo isso estivesse ao alcance da mão, como numa geladeira industrial ou num caminhão estacionado. Além disso, ele detestava água fria. Assim como Madelene, ele tinha uma necessidade profunda, neurológica e genética, de tomar um banho quente todos os dias.

Consciente disso, Madelene decidiu que deveriam se manter na periferia das aldeias e das vilas. Na primeira noite de viagem ela sentiu a Inglaterra a seus pés. Avançara mais um pouco na compreensão do que era a liberdade. Deu-se conta de que teriam que se equilibrar numa corda, uma *tightrope* onde de um lado estava o efeito predador da civilização tecnológica e do outro a conseqüente falta de comodidade da natureza. E, portanto, desde o início só havia um caminho para eles, um único lugar onde seria possível ao mesmo tempo se esconder e conseguir boa comida. Um lugar onde cabia tanto sua nostalgia de liberdade quanto sua preguiça natural. Ela vivera um ano e meio numa corrente de informação zoológica. Sabia que só havia um lugar assim na Inglaterra.

Quando, no sexto dia, chegaram à periferia de Chatteris, ela tomou a decisão final. Se fossem para o leste, como qualquer *homo ferus* ou animal verdadeiramente selvagem faria, acabariam no lugar mais longínquo, deserto e isolado da Inglaterra. Nos pântanos intransponíveis de

Bedford Levels. Em vez disso, Madelene virou o rumo para o norte. Em direção a Saint Francis Forest. O jardim de animais fechado do Novo Jardim Zoológico de Londres/Regent's Park. O maior centro experimental de reprodução zoológica de toda a Europa.

Enquanto viajavam, Madelene ensinava inglês e dinamarquês a Erasmus. E o macaco aprendia rápido. Não como as crianças, que aprendem pressionadas pela necessidade de expressão. Mas ludicamente, sem nenhum esforço. No sétimo dia, entretanto, viajaram em silêncio. Sem aulas de idiomas, sem observações de comportamento, sem acenar para os pássaros. No fim da tarde ultrapassaram um muro alto, parecido com muitos outros e ao mesmo tempo totalmente diferente. Pararam à margem de uma floresta, sobre uma planície gramada. A bússola interior de Madelene girava agora desgovernada. Tinham chegado.

Uma rocha cinza veio, caminhando, da planície, em sua direção.

— Aquilo ali — perguntou o macaco — trepar árvores?

Madelene fez que não com a cabeça.

— Comer homens?

Madelene crescera perto de uma cidade grande, por isso teve um instante de dúvida. Em seguida negou com a cabeça.

— É um elefante — ela disse.

Ao escurecer, acenderam uma fogueira num ponto onde o vale se bifurcava. E ouviram o fogo crepitar, inflamar-se e fundir-se em brasa como quando a madeira está seca e empilhada sobre seis pastilhas de álcool. Depois se apoiaram um no outro sobre os dois colchões infláveis pousados numa esteira plana, segura e cômoda feita de ripas de madeira. Era chegada a hora azul e didática. O curso de idiomas, sem que eles se dessem conta, seguia uma rota determinada, semelhante à própria viagem. Dos pronomes pessoais eles foram para a floresta de substantivos que os rodeavam e, em seguida, voaram para áreas lingüísticas mais abstratas. Foi quando Madelene reparou que estava faltando alguma coisa. Algo importante ao qual eles agora chegavam, naturalmente, por um movimento circular. Era o corpo que faltava. O corpo humano.

As pontas de seus dedos deslizaram sobre uma das solas dos pés de Erasmus.

— Pé — ela disse.

O animal se arrepiou, os dois riram. Um riso pequeno, quase silencioso, como aqueles que as pessoas dão em frente ao altar, numa última e pequena distração antes da hora da verdade. A mão de Madelene subiu até o joelho do macaco.

— Perna — ela disse.

Erasmus não respondeu. O corpo do animal estava praticamente imóvel. Ela apoiou a mão espalmada sobre o peito dele e iniciou a descida. Mas, imediatamente, abaixo do umbigo o sexo veio a seu encontro. Madelene o segurou. Era branco e, a princípio, quase irreal. Liso como gelo ou como o ar frio contra as maçãs do rosto e, ao mesmo tempo, sob aquela maciez fugaz, uma dureza substancial de granizo quente.

Madelene ergueu os olhos. Apoiou sua outra mão no rosto do macaco e teve a mesma sensação. Ali havia também uma pele clara, fininha, transparente. Tanto embaixo quanto em cima, ela sentia as ondas de emoção microscópicas pulsando aceleradamente. Ramificações capilares, finas como agulhas de sangue. Além do toque do pulso, a excitação maciça e irrecusável.

Fez um sinal com a cabeça, indicando o pênis.

— Malungo — ela disse.

O macaco estendeu o braço, pousou as costas da mão sobre a perna dela e deixou-a deslizar delicadamente por baixo de sua saia. Madelene sentiu o calor daquela mão sobre seu sexo, mas antes de tocá-lo ele olhou para ela interrogativamente.

— Malunguinha — ela disse, numa explicação rouca.

Sem desprender os olhos do animal, ela ergueu o vestido até acima dos seios nus e, lentamente, o macaco se debruçou sobre ela, curvou a cabeça numa reverência ritual e prendeu um mamilo entre os dentes.

Ergueu-se um pouco e os dois se olharam nos olhos como poucos seres vivos costumam se olhar. Então o macaco removeu sua calcinha com aquelas mãos suaves que mesmo no escuro sabiam distinguir o algodão mais fino. Madelene, em câmera lenta, deixou-se tombar para trás e o macaco a acompanhou.

Beijaram-se de leve. A sofreguidão gulosa que se conhece nos beijos aqui ficaria inadequada. Madelene estava macia, quente e disposta a recebê-lo entre as pernas. Foi então que Erasmus se deteve. E Madelene, por um instante, pensou que havia algum mal-entendido.

— Venha — ela disse.

Ele continuou parado. Então ela se ergueu impaciente sobre os cotovelos e encarou o macaco.

A luz trêmula das brasas e as sombras profundas dificultavam uma leitura exata do rosto de Erasmus. Entretanto, Madelene não tinha dúvidas. O que via nos olhos dele não era só ingenuidade, nem desejo, nem o puro animal selvagem. Era também outra coisa. Um leve sadismo de moleque. Não havia nada errado. Ele havia parado somente para deixá-la mais ansiosa.

Ela tentou parecer natural, claro que tentou parecer natural. Achou que seu corpo poderia se encher de nojo, de repulsa. Mas isso não aconteceu. Em vez disso, outra coisa se instalou. Um desejo maior. Uma urgência irrefreável, acima de todo orgulho ou rendição.

— Por favor — ela disse.

Erasmus penetrou-a com doce brutalidade, no limite entre a dor e o êxtase, e então ela o mordeu no lóbulo da orelha, uma mordida pequena e profunda, até que a ponta de sua língua sentisse a primeira sensação ferrosa de sangue e suas narinas se impregnassem de um cheiro, uma seqüência de cheiros, um continente de cheiros de animal, homem, estrelas, madeira em brasas, colchões infláveis e borracha queimada.

4

Saint Francis Forest tinha sido fundado no século XVI pelo primeiro conde de Bedford, que pretendia reconstruir ali o Jardim do Éden. O conde, extremamente piedoso, decidiu dar ao jardim o nome do santo protetor dos animais e adaptou o projeto às vagas indicações que achou no "Gênesis" e no vigésimo oitavo canto do "Purgatório", da *Divina comédia,* onde se encontra uma descrição minuciosa do jardim de onde Virgílio expulsa Dante e onde encontra Beatriz. Como todos os grandes jardins da história da Europa, este havia sido construído segundo a noção de que não existe nada que seja inteiramente bom somente em sua própria origem. Nem mesmo a natureza. Isso posto, o que o conde e seus sucessores planejavam não era um mero ajuste na paisagem. Planejavam construir uma máquina, um jardim-máquina que inundasse os olhos dos visitantes e fizessem suas mentes voltarem-se para Deus. Queriam um jardim-droga, uma paisagem alucinógena.

Era, naturalmente, uma idéia arrojada. Até mesmo blasfema. Porque um Deus cujo projeto fosse a tal ponto aperfeiçoado já não poderia mais ser onipotente. Poderia ser, no máximo, um grande projetista de jardins. E mesmo assim, sujeito a algumas falhas. O projeto, evidentemente, fracassou. Acreditando no que a Bíblia dizia sobre o efeito pacificador do paraíso, onde leão e cordeiro pastam lado a lado, o conde trouxe para o jardim vários animais selvagens. Por trinta e um dias seguidos alimentou à mão catorze leões judaicos somente com batatas fritas, e já começava a cantar vitória, prestes a declarar a pacificação e conversão dos animais selvagens ao vegetarianismo, quando estes o devoraram, traindo imperdoavelmente sua confiança. Nos quatrocentos anos que se seguiram, o jardim atravessou um longo processo de mudanças de donos e reformas paisagísticas. Na segunda metade do século XVIII, sob a égide do famoso paisagista "Capability" Jones, materializou-se no que seria a projeção humana do Paraíso, com sua fertilidade montanhosa, seus lagos e riachos, bosques, flores e árvores exóticas, cascatas de pedras e jardins de perfumadas rosas-da-índia. E assim permaneceu até ser comprado, no início dos anos 70, pela Sociedade Zoológica Real. De toda maneira, sua reputação tinha sido sempre tão ruim que durante os últimos duzentos anos fora impossível para seus donos conseguir mão-de-obra local. Foram tantas as inundações, as secas, relâmpagos, incêndios florestais, pragas de olmo e peste verde, ataques de larvas de almirante e fungos de raízes, com os proprietários igualmente atingidos por uma série tão infinita de desastres pessoais, que parecia haver ali uma revolta da própria terra, como se ela fosse um bicho enorme, uma baleia enterrada que se sacudia a cada vez que os homens coçavam suas costas e os jogava longe. Assim como há crianças impossíveis de se educar e partes da psique humana impossíveis de se controlar, Saint Francis Forest era ingovernável — como se reinasse no lugar uma anarquia geográfica e biológica acima de qualquer explicação. O último proprietário conseguira terminar o jardim logo depois da Segunda Guerra Mundial e teve a breve ilusão de haver triunfado sobre o lugar. Nem a fuga de sua esposa com o jardineiro, seguida pela fuga de sua filha com o filho do jardineiro, o fez desistir. Só quando a cachorra wippet que a mulher lhe deixara teve filhotes vira-latas do cachorro vira-lata do jardineiro é que ele se deu conta de que era impossível uma vitória permanente sobre aquele lugar. O máximo que se poderia conseguir ali era uma breve parada do pêndulo na posição extrema seguida pela inevitável decadência. No dia seguinte, pôs o jardim à venda.

O jardim finalmente floresceu como reserva de animais selvagens. Foi o primeiro lugar fora da África onde o gorila-das-montanhas se reproduziu. O primeiro lugar fora da taiga russa em que o tigre siberiano se reproduziu. O primeiro lugar fora da Austrália em que a coruja papuda desovou. Durante os anos 70 e 80, exibiu os melhores resultados de reprodução de espécies em extinção, à frente de todos os outros zoológicos. E esses resultados foram responsáveis pelo surgimento da noção de que em Saint Francis Forest os animais selvagens haviam encontrado um Éden superior ao original e que ali viviam no mais ameno conforto zoológico. Foi isso, também, que levou Adam Burden a isolar e fechar o lugar, assim que foi nomeado diretor do Instituto de Pesquisa do Comportamento Animal — que administrava Saint Francis Forest. Adam argumentou que, uma vez que ali não se admitia, em nenhuma circunstância, a presença de estranhos nem de representantes das associações de proteção aos animais, nem de pesquisadores que não fossem antecipadamente aprovados, nem de jornalistas ou de representantes de um público mais amplo, então era melhor deixar em paz, de uma vez por todas, aquele raro ambiente de bom humor zoológico existente no jardim.

Mas isso não era apenas uma observação elogiosa. Era uma mentira deslavada, embora necessária. Saint Francis Forest era um dos primeiros centros experimentais que funcionavam segundo a premissa moderna de que os animais são mais felizes quando deixados por sua própria conta. O lugar era administrado com um mínimo de intervenção e por isso havia ali uma espécie de equilíbrio que, ao contrário de uma harmonia celestial, era uma expressão crua de brutalidade sem sentimentalismo.

Adam sabia o que o público espera de um jardim zoológico: mimosos filhotes de tigre, ursos grandes e camaradas, focas tagarelas, babuínos comunicativos, elefantes amigos das crianças e a sensação de segurança total e onipresente. Mas ali encontrariam, bem à vista, a crueldade instantânea do reino animal contra os pequenos, os velhos, os doentes, os diferentes. Veriam pica-paus roubando filhotes dos ninhos de outros pássaros, tamanduás chupando tripas das crias dos marás, leões oferecendo filhotes de onças às próprias crias, zebras massacrando cabritos para preservar seus territórios, esquilos devastando ninhos de açores e comendo seus rebentos, lúcios exterminando patinhos de beira-rio. Ali era possível ver o que talvez só os zoólogos pudessem entender, que o que na verdade vitaliza os animais e os faz crescerem, ficarem fortes e se reproduzirem era o oposto do ócio e da proteção. A guerra do dia-a-dia era o que os mantinha vivos.

Madelene e Erasmus encontraram ali, na Europa, o jardim que mais se parecia com o Original. Não um paraíso pitoresco, mas o jardim selvagem que Adão e Eva certamente viram, uma mistura do fascinante com o intrigante, o espantoso e o absolutamente catastrófico que o mundo animal desenvolve quando é deixado livre.

Foi o que viram ali. E, além disso, perceberam outra coisa. Que nenhum dos biólogos, jardineiros ou qualquer outro trabalhador do lugar — nem os proprietários ao longo de quatrocentos anos — tinha percebido totalmente. A peculiaridade do lugar, sua alma topográfica.

Madelene percebeu imediatamente, na primeira manhã. Quando acordou, não viu Erasmus a seu lado. Sentou-se e então viu-o de cócoras, bebendo água à beira do rio, como sempre fazia, primeiro enfiando a mão na água e depois lambendo as gotinhas retidas no pêlo das costas das mãos. Do ângulo em que estava sentado, sua bunda lembrava duas metades de melões graúdos, ao sol. Naquele instante Madelene entendeu que lugar era aquele. Era o Jardim Pornográfico do Paraíso.

5

Ficaram sete semanas na Saint Francis Forest e nesse meio tempo o lugar colocou para eles três perguntas, uma já na primeira manhã, quando Madelene despertou. Ela atravessou a planície molhada ao encontro dele, nua, andando devagar e sentindo que emanava luz. Seu rosto irradiava luz, seus seios, seu sexo, as palmas das mãos. E logo Erasmus se viraria e ficaria deslumbrado.

O macaco estava de costas. Quando se encontrava a uma distância de cinco passos, ele se virou.

— Bomdiadormebem? — ele disse.

Madelene estacou. O rosto do macaco estava sincero, descansado e orgulhoso por ter se lembrado do cumprimento. Mas ela não sentia ali nenhum sinal da gratidão que esperava, que merecia. O dia anterior tinha sumido, a noite também sem deixar o menor rastro.

Então Madelene teve medo.

Madelene vivia do amor. Sempre fora assim. Ou melhor, ela vivia da dependência. Poucas vezes na vida tinha se arriscado. Os únicos e poucos passos independentes que dera durante os últimos trinta anos, até três semanas atrás, tinham sido na certeza de haver abaixo dela uma forte rede de segurança. Essa rede era feita da certeza de que os homens que a amavam minguariam, pereceriam, morreriam se ela os deixasse. E essa certeza era o aminoácido essencial de sua personalidade. O que ela não conseguia ver no macaco, ali, voltado para ela, era o tal medo. Deveria haver um sinal, uma vaga sugestão de humildade e terror. Mas não havia. O animal era totalmente desassombrado.

Foi então que o Jardim fez a ela a primeira pergunta, nítida, como proferida por um locutor. E a pergunta era: quem controla as relações amorosas de sua vida? E logo que ouviu a pergunta enunciada, antes mesmo de terminar, ela já sabia que não ficaria ali por tempo suficiente para ouvir a resposta.

Nos três dias que se seguiram ela se manteve longe de Erasmus. Construíram, juntos, seu ninho nas árvores, acharam uma das praças de alimentação do jardim, onde eram depositadas diariamente provisões de frutas, e descobriram a hora da ronda de vigia da praça. E, durante esse tempo, Madelene tratou o macaco com doce cordialidade. Na superfície, ela parecia uma garota alegre e contente em pleno verão.

Mas por dentro dela era inverno. Olhava para o macaco de uma maneira nova, inquisidora, diferente. Usava-o para orientar-se no jardim, para entender onde ficava o ponto mais próximo ao muro que dava para o exterior, para avaliar o risco de passear a pé. Usava-o para acumular provisões. Na verdade preparava a sua evasão. Sua tentativa de fuga do paraíso.

O terceiro dia foi mais quente que os anteriores. Na planície gramada que ia dar no rio havia três arbustos de rododendros gigantes. Madelene e o macaco repousavam à sua sombra. Os arbustos flutuavam como montanhas verdes e violeta sobre o mar de grama. Madelene quase não tinha dormido nas últimas três noites geladas. Agora, finalmente, adormecera.

Acordou sentindo que o macaco a lambia. Aos poucos, nos joelhos, subindo pelas coxas com uma língua que tinha a mesma suavidade tátil e a insistência profunda de seu membro. Madelene demorou um instante para voltar a si, o sono a desarmara e quando ela ficou totalmente lúcida era tarde demais. O desejo vinha devagar em sua direção como um barco cruzando a planície de grama e quando ficou próximo o suficiente para ela ver a si mesma a bordo e sem nenhuma possibilidade de saltar, sentiu uma súbita clareza. Numa visão de *satori* erótico, descobriu que o último reduto de sua liberdade — a de viajar — também era uma ilusão. Ela havia sido atraída para aquele lugar e para aquela língua que agora deslizava por seu ventre. E não era apenas ela, o macaco também tinha sido atraído porque, mesmo que houvesse em sua boca, nesse momento, uma espécie de exigência, havia também uma oração que suplicava a ela que se entregasse. Erasmus pedia. Sem palavras. Porque ele também era vítima.

A última coisa que Madelene ouviu antes de se entregar foi a resposta à primeira pergunta do jardim. Foi ela mesma quem respondeu. E a resposta era: não sei quem está no controle. Mas não é ele nem sou eu.

O que acontecia a Erasmus e Madelene era o que acontecia a todos que, por vontade própria ou por uma coincidência aparente, passam pelo paraíso: o amor os invadia e fazia deles o que bem entendia. Mas, ao contrário de muitos outros, eles não resistiam. Não tinham tido tempo para se preparar, para ter esperanças ou para criar preconceitos, e quando foram atingidos já não tinham mais para onde ir e ninguém mais a quem pedir socorro. Então se renderam. E se entregaram à incerteza fundamental da situação imprevisível.

Erasmus jamais fez nenhuma promessa a Madelene enquanto estiveram no jardim. A princípio ela tentava se convencer, num misto de raiva e pânico, de que o animal era primitivo demais ou que, pelo menos lingüisticamente, se encontrava num patamar muito baixo para entender os refinamentos com que os amantes humanos confirmam recíproca e incessantemente a vitalidade de seu amor, garantindo sua força e sua ligação por um quente cordão umbilical. Mas depois de alguns dias ela concluiu que Erasmus talvez pudesse. O fato é que isso não lhe ocorria. E, mais ainda, ela concluiu que já não precisava disso. Sentia que suas fantasias autotranqüilizantes tinham desaparecido. Rejeitava as próprias promessas antes mesmo que elas fossem pronunciadas. Pela primeira vez na vida, caminhava por uma corda sem olhar para baixo. Pela primeira vez não estava interessada no futuro.

Estavam a caminho de uma variante da Eternidade. Uma noite, montada sobre Erasmus, Madelene sentiu que eles não estavam sozinhos. Não havia apenas um homem ali, mas dois. Um estava dentro dela, o outro a acariciava. E, de olhos fechados, ela descobriu quem era ele. Era a Morte. Ela jogou a cabeça para trás e se deu conta de que, mesmo quando o tempo desaparece, o que surge em seu lugar tampouco está livre de angústia. Nem mesmo no paraíso.

6

Sua vida no jardim consistia em três diferentes tarefas: procurar comida, dormir e cuidar do seu amor e das suas lições de línguas. E assim, imperceptivelmente, a fronteira entre eles ia sendo eliminada. Madelene deu um salto didático quando chegou ao ponto que tratava da audácia como parte da linguagem. Ela o tinha dentro de si quando disse: — Fique quieto. E me diga, o que é que eu faço com você, o que é que eu faço agora? Hein? Diga! — Apertava as mãos de Erasmus e dizia: — Olhe dentro dos meus olhos. Não faça nada. Mas me diga, o que é que você gostaria de fazer? — Então Erasmus falava sem pensar e a linguagem brotava de dentro dele, e nesse momento estavam ali presentes, entre eles, também à sombra dos rododendros, os fantasmas dos professores da língua dinamarquesa mais conhecidos do mundo: Diderichsen, Hjelmslev, os glossemáticos e toda a Escola de Lingüística de Copenhague.

Freqüentemente se esqueciam de comer e por isso já sabiam o que era a verdadeira privação. Sabiam o que era estar fracos de fome. E isso se reproduzia em sua relação amorosa. Quando não se tocavam durante uma noite, alguns dias, uma semana, Madelene sentia uma saudade devastadora e descobria que desde criança não se via assim tão faminta. Antes, cada vez que ela sentia seu lado animal rosnar nas entranhas, sossegava-o com uma lauta refeição, meio quilo de chocolates recheados, um carinho, um coquetel, um copo de álcool puro, não pela fome, mas pelo motor da repressão, para suprimir o medo e os roncos desagradáveis.

Agora sabia o que era carência. Vendo Erasmus andar pela planície, às vezes sobre duas pernas, às vezes sobre quatro, parecia-lhe que não era só ela que sentia a sua falta, também o gramado queria alcançá-lo, o ar queria tocá-lo, a água queria envolvê-lo.

Aos poucos o orgasmo ia perdendo o interesse como objetivo único da relação. Queriam apenas ficar acordados, e numa dessas noite de vigília faminta ela surpreendeu Erasmus. Cochilava, e quando abriu os olhos o macaco olhava para ela, acreditando-se invisível. Suas defesas tinham sumido, sua força física, sua indiferença. Estava absorvido pela visão dela. Com uma expressão de profunda felicidade. Sentiu-se também observado, mas nem assim mudou de expressão. Não podia. Seu sentimento o fixava ali.

— Bonita — ele disse.

E depois de um momento ele sentenciou em voz baixa, para si mesmo, perplexo, com a mão sobre o próprio peito, entregue ao senso comum de que não há luz sem escuridão.

— Mal — ele disse. — No coração.

Mais tarde, nessa mesma noite, Madelene despertou e viu que o mundo tinha se organizado.

O macaco dormia ali perto dela com o corpo sobre um galho e os braços pendendo, leves, no espaço. Ela se levantou e, numa abertura entre as copas das árvores, viu o céu e as estrelas e descobriu que a ordem universal era uma cópula permanente, jamais finalizada nem interrompida, entre o céu e a terra. Então se deitou novamente e continuou a dormir.

* * *

Ao amanhecer, o jardim colocou para eles a segunda pergunta. Veio como uma dor aguda que fez Madelene se sentar num pinote.

— Não é o bastante.

O macaco não despertava aos poucos, a intervalos. Agora, como sempre, vinha do sono profundo para o alerta total. Sentou-se e olhou para ela.

O que Madelene tentava dizer era algo que só sentia porque, pela primeira vez desde criança, estava vivendo sem anestesia. O que ela queria dizer era que descobrira, em seu semi-sono, que no meio dessa embriaguez sensual definitiva e extática havia uma área de carência. Tentava explicar que, ao mesmo tempo que experimentava a gula erótica mais violenta e o menu sexual mais variado de sua vida, subitamente descobrira que jamais poderia se saciar.

O macaco entendeu imediatamente.

— Nunca basta — ele disse.

Nesse momento o jardim apresentou a eles a segunda pergunta. Foi Madelene quem a formulou e era acerca do destino do amor.

— O que vai acontecer conosco? Aonde isso vai nos levar?

Foi Erasmus quem respondeu, nesse mesmo dia, mais tarde.

Estavam encostados numa árvore, olhando para o rio que à sua frente se bifurcava, formando uma ilhota comprida e estreita.

— Como se diz? — perguntou o macaco — quando há água por todos os lados?

— Ilha — disse Madelene. — Uma ilha.

— Erasmus vem de uma ilha — disse o macaco.

Madelene sentiu um sopro frio. Era o tempo. A lembrança de que existia outra coisa além dos dois, que o universo continuava para além do jardim.

— De que tamanho ela é?

— Em cima das árvores mais altas pode-se ver a água de um dos lados e do outro e atrás. Mas não na frente.

— Tem frutas por lá?

O macaco fez que sim.

— Nas árvores?

O macaco refletiu.

— É mais fácil conseguir nas lojas.

— Tem gente lá? Como eu?

O macaco tomou sua mão.

— Muitos. Mas ninguém como você.

Era o primeiro galanteio que Erasmus lhe fazia. Em outras circunstâncias ela torceria o nariz. Mas naquele lugar e naquele momento Madelene fechou os olhos e desfrutou toda aquela doçura melosa. Quando voltou a abri-los, o rosto do macaco estava bem perto do seu. Pousou a mão espalmada sobre seu ventre.

— Não poderia vir uma criança? — ele disse.

Madelene sempre pensara em crianças sem o mínimo interesse. Quando as via nas ruas e nas pracinhas elas lhe pareciam desamparadas e o máximo que conseguia sentir era uma certa compaixão ao pensar na longa e sombria distância que teriam de percorrer e que ela mesma tão milagrosamente tinha atravessado. E assim que saíam de seu campo de visão ela simplesmente as esquecia.

Adam Burden não pensava a mesma coisa. Crianças não lhe eram indiferentes. Nem as via com simpatia. Tinha-lhes repugnância explícita.

Madelene lera nos livros que era possível fundir-se num só com aquele que se ama. Mas ela nunca tinha se fundido em Adam. Tinha virado duas. Tinha se dividido em duas pessoas — uma que olhava o mundo com o olhar de Madelene e outra que aprendia a olhá-lo do ponto de vista de Adam. E era com os olhos dele que essa outra Madelene via as crianças.

Via como as crianças ativavam o lado animal nas pessoas. Via — sempre com os olhos de Adam — que as crianças não passavam de animaizinhos, filhotes desajeitados, exigindo atenção, arrogantes, seres instintivos sem sofisticação.

E que transformavam os pais em animais. Deixavam-nos exaustos, selvagemente exaustos. Não ligavam mais para si mesmos, descuidavam-se da aparência, ficavam incolores, como se as crianças sugassem deles todo o seu excedente humano. Tornavam-se assexuados, principalmente as mulheres, que pareciam esvaziadas, drenadas, ressecadas.

Adam queria viajar. Fazer carreira. Amar. Ser bonito. Atraente. E era. Cintilava de energia e às vezes Madelene o via como um leão, uma central elétrica como aquela de sua infância em Vedbaek, alto, aprumado, cheio de volts e ampères. E, nas costas, uma placa com uma caveira e o aviso "Alta tensão".

E ela se fizera à sua imagem e semelhança. Adam o exigira e ela, docilmente, o atendera. Sua vida consistia em ser objeto da eletricidade dele, acender, iluminar.

Crianças seriam uma ameaça a tudo aquilo. Crianças não tinham nada a lhe dar, nem a ela, nem a Adam. Viriam com uma voracidade que os despojaria e descarregaria. E os dois sabiam disso. Então, juntos, desligaram a tomada do assunto crianças. Entretanto, agora que Erasmus pousava a mão sobre seu ventre, uma luz branca e aguda se acendia nessa escuridão. Nessa luz Madelene pôde ver que a pergunta do macaco continha a própria resposta. Que explicava aonde pode levar a atração mútua entre duas pessoas quando ela é suficientemente forte.

A terceira e última pergunta era aquela que se apresenta a todo ser humano que se vê subitamente feliz. E que implica alguma coisa que soa como: até quando isso vai durar?

Durante muito tempo a pergunta parecia responder a si mesma, empalidecendo e desaparecendo. Não havia na vida de Madelene e Erasmus nada que contrariasse a eternidade e a sinceridade de seu romance.

Quando acordavam, pela manhã, o jardim estava coberto do orvalho que captava e refletia a luz como uma camada de nácar. As folhas das árvores se curvavam sob cada gota como conchas de pérolas abertas, os troncos estavam úmidos, escorregadios, e quando os dois caminhavam pelo gramado, de mãos dadas, até o rio, era como se andassem com os pés dentro da água rasa e fria onde os lírios-do-campo flutuavam como açucenas, com suas espirais em flor se erguendo como colunas de água. Encontravam, na beira do rio, os outros animais do jardim, e a essa hora, nesse mundo à margem dos outros, abolia-se toda e qualquer inimizade natural. Os antílopes bebiam água lado a lado com os elefantes, as onças e as capivaras, lado a lado com garças cinza-vermelho e brancas, e grupos de lêmures vermelhos. Até os macacos ficavam quietos, e nessa hora aquele lado do jardim materializava algo que muitos tinham sonhado mas poucos tinham testemunhado: a harmonia do Velho Testamento.

Clareou repentinamente, enquanto Erasmus e Madelene se banhavam. E a água foi atraída para uma neblina de vapor. Depois vieram o calor, os sons, os cheiros e a pulsação cardíaca do jardim, crescendo, do repouso até o ponto máximo de combustão.

Ao meio-dia parava-se um pouco, não por preguiça, mas porque a intensidade do lugar era tão grande que tudo o que era vivo precisava repousar. Madelene e Erasmus também descansavam em sua árvore, sobre os colchões infláveis. Quando acordavam, sentavam-se, quietos, contemplando o que se movia à sua volta. Os raios de fogo dos lêmures vermelhos atravessando as copas das árvores como pequenos cometas. As aves-do-paraíso que, como uma brincadeira divina, pareciam três jibóias jogadas para o alto, emplumadas e entrelaçadas. O silêncio da onça, sua paciência infinita, seu inverossímil impulso de catapulta. A operosidade incansável das fêmeas gorilas. A indulgência ilimitada dos machos com as crias. O temor do camundongo-do-mato, um temor tão grande que fazia Madelene pensar que ali estava, finalmente, um ser vivo seguramente mais assustado do que ela sempre fora. Ali estava a cobra, de atitudes extremas, indo da inércia agônica para deslocamentos tão rápidos que os olhos de Madelene e do macaco não podiam acompanhar. Viram passar, certa vez, lá no alto, uma águia-real, quadrada como uma porta voadora, depois ela desceu e dessa vez Madelene nem precisou acenar. Apenas concluiu: "Somos como ela".

À tardinha, jantavam. E ao anoitecer o macaco acendia uma pequena fogueira na várzea, como se colhesse com as mãos o último restinho de fogo do sol que agora já sumia, não para se pôr — já que nessas últimas noites até o sol estava eufórico demais para se pôr —, mas para recuar atrás da membrana do céu azul-escuro. Onde, através da noite clara e longa, ele se apoiaria e se insinuaria espargindo seu fogo sobre a Terra escura em clarões de luz cinza-avermelhado.

Nessa vida não havia espaço para a questão da duração. Não havia tempo, ou melhor, havia apenas um tempo esparso, rapidamente esquecido. Por isso Madelene e Erasmus perderam o interesse no "quando". Perderam o interesse no tempo.

Quando a verdade se anunciou, veio quase imperceptível, no meio de uma aula de linguagem, insidiosa como uma fera à sombra do meio-dia. Eles já haviam abandonado toda e qualquer sistemática no aprendizado da linguagem. Madelene já desistira de recordar os fragmentos gramaticais que aprendera. Viajavam intuitivamente através da língua, ela avaliando a que ponto o macaco ainda não tinha chegado e conduzindo-o até lá. Nesse dia ela o levara às conjunções condicionais dinamarquesas.

— Se eu pudesse — disse o macaco — voaria.

— Se eu pudesse — disse Madelene — voaria com você.

— Se nós pudéssemos — disse o macaco — ficaríamos aqui para sempre.

Madelene sentiu que a terra cedia e que era tarde demais para recuar.

— Se nós quiséssemos, não poderíamos? — ela disse.

O macaco balançou a cabeça negativamente.

— Há os outros lá fora.

Em silêncio escutaram, perplexos, o eco do que tinha sido dito.

Entre eles havia quase um metro. O espaço se povoava de criaturas vivas, de macacos como Erasmus. E numa espécie de revelação, numa visão compartilhada, viram um grupo de macacos, uma reunião de macacos, uma nação. Madelene notou que Erasmus se emocionava tanto quanto ela e que se ele por acaso jamais mencionara o futuro era porque também já o tinha esquecido. Mas em algum lugar havia centenas de macacos como ele, talvez milhares. Sua existência devia estar ameaçada e Erasmus, com o conhecimento agora adquirido, tinha uma dívida para com eles. A situação dos dois era diversa. Ela se despedira da civilização em definitivo. Deixara tudo para trás. Não havia nenhum ser humano sobre a Terra com quem tivesse que dividir coisa alguma, não havia nada a perder.

Com o pensamento tão longe, ela se viu no meio de uma multidão. Entre ela e Erasmus, entre os macacos imaginários, aparecia um novo grupo, um grupo de seres humanos. Na frente vinham Adam, os pais de Madelene e Susan com seus filhos e atrás deles outros membros da família, conhecidos, colegas de escola quase esquecidos, e atrás deles, silhuetas sem rostos de pessoas que tinham sido importantes alguma vez. Todos eles a contemplavam, como crianças que haviam feito uma pergunta para um adulto e ainda não tinham recebido a resposta.

— Sim — disse Madelene. — Os outros. Quase íamos esquecendo.

O que esqueciam juntos, nesse momento, era uma lei natural que, em forma de lembrete, se impõe a todo ermitão e anacoreta, independentemente de religião ou momento histórico, e que também se apresenta para todos os casais de amantes — o lembrete de que não há nem pode haver nenhum paraíso particular.

Madelene fechou os olhos e respirou fundo.

— Como é que vocês se chamam uns aos outros? — ela perguntou. — Porque imagino que vocês não se chamam de macacos.

O macaco refletiu, tentando em vão conciliar dois mundos lingüísticos inconciliáveis até encontrar um meio-termo aceitável.

— Homens — ele disse. — Nós nos chamamos de homens.

— E a nós? Como é que vocês nos chamam?

— Animais — disse o macaco. — É como chamamos vocês.

Madelene arregalou os olhos.

— Você sente falta deles, desses homens?

O macaco não respondeu diretamente.

— O que é que eram mesmo as princesas?

Durante sete semanas Madelene vivera num presente flutuante. Sua memória só começou a funcionar sob pressão.

— Escolhidas. Gente que deve realizar alguma coisa.

O macaco assentiu com a cabeça.

— Há alguma coisa que eu tenho que realizar. Foi por isso que eu vim.

Em volta deles o jardim zumbia quente e sonolento. Tudo era como antes. E nada jamais voltaria a ser como era.

— Os animais — disse o macaco — aqui no jardim, eles não nos entendem. Por isso têm medo. Por isso fogem. Fogem para ficar invisíveis. É uma boa saída. É uma coisa que todos nós devíamos aprender. Mas há também uma outra maneira: compreender aquilo com o que se está lidando e não precisar correr. Poder ficar parado, bem próximo, e assim mesmo ser invisível. Por saber como ficar parado. E é assim que nós vivemos, nós, homens.

— Vocês nunca são vistos?

— Talvez sejamos sentidos. Talvez vocês nos sintam como alguma coisa que faz falta. Ou alguma coisa que não deveria estar ali. Mas não nos vêem. E mesmo vendo, vocês não nos vêem.

Madelene jogou ao mar o último cuidado.

— Era uma vida boa? Você era feliz? Os outros são felizes?

O macaco assentiu.

— Mas é aqui que você está agora — ela disse. — Quem sabe, porém, isso tenha sido um engano, um mal-entendido.

O macaco se empertigou com uma leve arrogância e Madelene notou o exibicionismo desajeitado dos gorilas machos.

— Erasmus — ele disse — se deixou capturar.

— E eu? — disse Madelene. — Deveria apenas ajudar você a escapar?

Era uma insinuação desleal. E essas são as mais difíceis de responder. Sobretudo em outra língua. Mas Erasmus tinha aprendido um bocado e trouxera para o seu aprendizado de linguagem um pouco de sua agilidade física.

— Quando vamos até o rio beber água, com freqüência deparamos com o sol. Mesmo que não estivéssemos a sua procura. Quando se quer o pequeno, às vezes se encontra o grande.

Madelene fechou os olhos e saboreou a eloqüência velozmente progressiva de seu amante como se fosse um pêssego maduro.

— Mesmo que estivéssemos satisfeitos — continuou o macaco. — Mesmo que fosse e que ainda seja uma vida boa para nós, mesmo que estejamos plenamente atendidos, há sempre... vocês, os outros.

Eles se olharam percebendo que tinham chegado à resposta para a última pergunta do jardim. Não disseram mais nada. Era o limite da linguagem. O que acontecia naquele momento, na última parte, no ponto extremo da viagem, não continha palavras. Estavam num pontal, na *ultima Thule* da linguagem. E o que vislumbraram, ao longe, foi o esboço de uma resposta à pergunta: por que duas pessoas, ou um grupo de macacos, não podem se isolar no paraíso?

Viram que essa pergunta era idêntica a outra maior, muito maior: por que tudo não continuou como era no Início? Por que o estado paradisíaco não permaneceu para sempre?

A resposta à qual se chega depende do lugar de onde se pergunta. Madelene e Erasmus perguntaram a vinte e cinco metros de altura do chão, no jardim do paraíso, de mãos dadas, sobre dois colchões infláveis, e a resposta que lhes chegou simultaneamente era que a única coisa que faz a Terra se mover é o amor. Então viram — ou pensaram ter visto — acima ou abaixo deles um Deus, talvez Nosso Senhor, sentado e feliz, de mãos dadas com alguém, talvez um macaco. É claro que ele não podia bastar-se a si mesmo.

IV

1

Se alguém nesta noite de julho viesse voando por Londres e descesse na cidade perto o suficiente para distinguir os rostos das pessoas, acharia, a essa distância, que a cidade havia se esquecido completamente de Erasmus e Madelene. Que retornara à sua vida normal como se nada tivesse acontecido.

Em South Hill Park, dentro de Mombasa Manor, Adam Burden está ensaiando algo em frente ao espelho de seu quarto. À primeira vista pode parecer uma sessão de mágica, algo que demanda técnica e o manejo daquilo que o público deve e não deve ver. E enquanto trabalha, Adam se parece com o homem que foi tempos atrás, confiante e totalmente seguro em cena.

Em Mayfair, longe dali, Andrea Burden experimenta um chapéu, também diante de um espelho, e parece despreocupada, tranqüila e muito segura.

No lado oposto da cidade, em Millwall Docks, no fundo de um *pub*, no fim de um beco estreito, Johnny olha fixamente para o fundo de seu copo de cerveja. Não para sua própria imagem deprimida e refletida que ele vê ali; olha para o Mar de Desespero que há tanto tempo molha seus pés e de onde ele começa a perder as esperanças de avistar terra.

Não muito longe, nas cercanias de Isle of Dogs, o

homem que até há pouco se chamava Bally está olhando para o Tâmisa, de dentro de um barco que até há pouco se chamava *A arca*, mas que agora mudou de nome, e a expressão de seu rosto parece já estar, há bastante tempo, controlada e inescrutável.

Na outra margem do Tâmisa, no Centro Operacional da Polícia Veterinária no Hospital Saint Thomas, o inspetor Smailes se levanta de sua cadeira e vai até a janela. Não está olhando para nada através do vidro, mas para algo ao qual está monotonamente acostumado, seu próprio rosto no vidro da janela.

Em outro escritório, bem maior, na Clínica Veterinária Kensington Holland Park, Alexander Bowen está sentado e, como sempre, nervoso, com o telefone na mão, discando um número que, como sempre, não responde. No lugar para onde ele ligou não há ninguém para atender o telefone, ninguém além do odontoveterinário Firkin, que, sem prestar atenção à campainha do aparelho que toca, anda de lá para cá pelos corredores de laboratórios e escritórios. Ele ficou no instituto até tarde, depois do expediente, o que normalmente não seria de estranhar.

Olhando assim de perto, parece que Madelene e Erasmus nunca existiram.

Mas quando se toma certa distância, surge uma nova configuração.

Adam Burden tornou-se o novo diretor do Novo Jardim Zoológico de Londres/Regent's Park. Eleito por aclamação. Nenhuma voz se levantou contra ele. Sua reputação científica e *curriculum vitae* eram impecáveis. Tem o apoio de Andrea Burden e de todas as associações de proteção aos animais. Tem o apoio dos investidores. Foi aplaudido pelo Ministério da Agricultura e recomendado pela Sociedade Zoológica Real. Por causa daquele incidente lamentável com sua mulher, além de tudo isso ele mereceu a cálida simpatia do público e da mídia. No final de julho — daqui a uma semana — ele assumirá oficialmente o cargo.

No momento, ele está estudando seu discurso de posse. Que será ouvido no novo salão de festas do novo jardim zoológico, diante de representantes do governo e da madrinha da Sociedade Zoológica Real, sua majestade a princesa Anne, além de vários membros da família real.

O discurso terá Erasmus por tema.

Será um dos discursos zoológicos mais importantes do século XX. A revelação totalmente inesperada da descoberta de um mamífero completamente desconhecido, um macaco humanóide, de inteligência comprovadamente elevada. O pronunciamento será acompanhado de slides, desenhos, gráficos de *scannings* cerebrais, de uma descrição anatômica completa de Erasmus, de uma análise fisioquímica de sua alimentação, de seus excrementos e de seu metabolismo, um esboço de seu comportamento e uma documentação genética elaborada pelo laboratório de DNA do Instituto de Biologia Populacional. Essa documentação, que será exibida por Alexander Bowen, ainda não chegou às mãos dele, o que explica o fato de ele estar pendurado ao telefone, ligando há horas, impacientemente, sem parar. O laboratório de DNA é ligado ao Instituto de Pesquisa do Comportamento Animal, onde Firkin trabalha, e logo que este recebeu a requisição começou a andar de lá para cá, pelos corredores, depois do expediente.

Firkin está pensando no macaco e em Madelene. Desde que os dois desapareceram ele não consegue tirá-los da cabeça. Nem ele, nem o inspetor Smailes. É o desconforto dessa lembrança, a sensação do inexplicável, que fixa o inspetor em sua própria imagem refletida.

Durante essa exposição de empirismo científico, Adam e Andrea querem que seja prestado um testemunho particular sobre a captura do macaco. E é o ex-Bally quem vai fazer isso. Por isso ele recebeu de volta seu barco e sua liberdade. Por outro lado, há um testemunho diferente sobre quem é o verdadeiro Bally e como o macaco de fato chegou a Londres que em hipótese alguma deve ser revelado e uma pessoa que de forma alguma deve aparecer por ali, e essa pessoa é Johnny, que, para manter-se longe, recebeu algumas ameaças e uma soma em dinheiro que nesse momento ele gasta, bebendo. Johnny está bebendo há sete semanas. Desde que Madelene e Erasmus sumiram. E se outras pessoas necessitam às vezes de vinte anos de bebida até se matar, Johnny tem mostrado uma vocação particular para o alcoolismo que faz com que, em seu caso, o processo seja muito mais acelerado.

O discurso não é somente o mais importante na vida de Adam, além de cientificamente singular. É, também, decisivo para Andrea Burden. É o que vai credenciar oficialmente o jardim. Dessa maneira, ficará para sempre registrado que foi por causa do novo jardim e de seus recursos científicos que o macaco pôde ser descoberto e descrito.

O discurso terminará com a revelação de que no Zôo de Londres/Regent's Park haverá uma instalação gigantesca para macacos como Erasmus, uma ilha para macacos. Finalmente, Adam batizará o novo macaco, não — como é usual — com o nome de quem descobriu o animal, ou de certas características que ele apresenta, ou do lugar em que foi encontrado. Em vez disso, dar-lhe-á o nome do local onde será exposto para a posteridade, desde que os pioneiros zoológicos o extraíram de seu esconderijo, o local onde estão as instituições científicas que primeiro registraram a sua espécie. Erasmus se chamará *Homina londiniensis.*

Então, a essa distância pode-se ver sem sombra de dúvida que, para essas pessoas, nas últimas sete semanas, tudo girou em torno de Erasmus e Madelene.

Ou melhor: em torno daquilo que se quer lembrar deles. E daquilo que se teve coragem de lembrar. Porque certas circunstâncias, sobretudo aquelas que se referem ao momento em que o macaco saltou para o ar com Madelene e sumiu, são as que se tenta esquecer e que, se se tornassem públicas, destruiriam o impacto de sensacional credibilidade que o discurso necessita ter.

A mulher e o macaco sumiram. Agora é aproveitar, da melhor maneira possível, os vestígios que eles deixaram.

Mas Madelene e Erasmus não sumiram. Estão mais próximos do que se possa imaginar, sentados no limite de um bosque, em cima de um morro, perto de Edgware, ao norte de Londres, e dali se vê a cidade de uma terceira maneira. Vista dali, sua silhueta de concreto se dobra como uma cúpula semelhante ao crânio de um gnomo deformado que saiu de baixo de uma pedra sob a qual ficou durante dois mil anos, para alcançar uma mariposa e arrancar suas asas.

Estão sentados de cócoras. Próximos um do outro. O macaco está nu em cima de um galho e Madelene se cobre apenas com um trapo na parte de baixo e outro na parte de cima. Vistos de fora, parecem dois macacos fora de lugar. Madelene também parece um macaco. Agora Erasmus quase não a carrega mais. Ela já anda sozinha, também vinte e cinco metros acima do chão, e estando sentada em um galho, como agora, aperta os dedos dos pés sobre ele como se ali estivessem se desenvolvendo novas mãos. O rosto de Erasmus está barbeado — exigência de Madelene, que quer vê-lo e tocá-lo diretamente — mas sobre sua cabeça cresce uma penugem fina e branca. A cabeça de Madelene está ligeiramente parecida. Seu cabelo foi clareado pelo sol e quase raspado para facilitar a captura dos piolhos. E enquanto ela olha para a cidade, fisga um piolho e o espreme entre as unhas dos polegares.

Há um novo frescor no ar e Madelene se arrepia. Eles parecem tão frágeis assim sentados naquele galho, ela e Erasmus, tão indefesos. Parecem, nesta noite de julho, o esquadrão de ataque mais fraco e mais inverossímil que um dia chegou a Londres.

2

Outra pessoa estivera pensando em Madelene e Erasmus, talvez mais do que todos os outros. Em sete semanas, aquele era o primeiro dia em que conseguia tirá-los da cabeça. Ela só saiu da depressão que a dominou depois que os dois desapareceram quando conseguiu convencer o marido e os filhos a se ausentarem de casa por uma hora e meia. Nesse ínterim encontrou-se com seu amante.

Susan gostava de trepadas rápidas. Eram adequadas à sua vida em Londres. Um medo excitante a invadia quando pensava que tanto a preparação meticulosa do cenário quanto a consumação do ato e posterior arrumação, tudo feito com entrega total, deveriam terminar sem deixar pistas em noventa minutos.

Despiu-se. Entrou debaixo do chuveiro. Abriu a água quente.

— Venha! — ela gritou.

Na sala, Donny LaBrillo despiu a jaqueta sem abri-la totalmente, desabotoou a camisa branca fazendo-a deslizar sobre os ombros e contemplou a própria imagem no espelho japonês com moldura de laca trabalhada.

Donny fazia parte de uma nova geração de boxeadores, mais belos, mais finos e mais inteligentes do que Henry

Cooper jamais sonharia em seus dias de glórias. Depois de dezessete vitórias em dezessete lutas sensacionais de meio-pesados na Associação Britânica de Boxe, ele parecia um anjinho do céu que nunca na vida calçara uma luva de boxe.

Agradava-lhe aquela situação. Era sofisticada. A mulher tinha classe. O apartamento era elegante, e o bairro onde se situava era como um jardim, tinha classe. Agradava-lhe a idéia de estar no pasto de um estranho. O touro, LaBrillo, entre as flores de um homem estranho. Olhou ao redor. Agradavam-lhe as antigüidades exóticas. Os trabalhos em laca. Os elefantes de porcelana azul na sacada. O boneco em tamanho natural no sofá. As máscaras compridas na parede.

Seus olhos retornaram ao sofá. Não era um boneco o que estava ali sentado. Era um homem. De cabeça chata e enrolado num cobertor. Uma ruína dos ringues com uma fantasia de carnaval.

— Mas que diabo é isso! — disse Donny.

Erasmus levantou-se devagar. Este homem era o primeiro ser humano, além de Madelene, com o qual ia se comunicar. Para ele era fundamental que tudo fosse gramaticalmente perfeito e dentro das regras da etiqueta.

— Foi um grande prazer para mim — ele disse calma e articuladamente. — Agora vou levá-lo até a porta.

LaBrillo olhou fixamente para o macaco.

— Eu tenho um encontro aqui — ele disse.

— Fico muito contente em saber — disse Erasmus.

Delicadamente, ia conduzindo o boxeador pelo hall de entrada até a porta.

— Muito obrigado, então, por hoje — ele disse.

LaBrillo recuou um pouco, abaixou levemente o ombro direito. Então desferiu um soco no diafragma de Erasmus. Debaixo do esterno, na altura do plexo solar, onde a camada de músculos é mais fina.

Não era como bater num muro de concreto porque havia certa elasticidade superficial no torso, debaixo do cobertor. Era como bater na parede de uma cela de borracha.

LaBrillo se empertigou e olhou atônito para o macaco. Esse golpe já lhe havia rendido várias vitórias por nocaute. Qualquer pessoa normal, sem treinamento, atingida dessa maneira, teria uma parada cardíaca.

O rosto do macaco não teve nenhuma reação. Cuidadosamente ele empurrou LaBrillo até a porta.

— Desejo tudo de bom para você no futuro — ele disse. — Volte sempre.

Depois fechou a porta.

LaBrillo apoiou-se no corrimão somente para encontrar um ponto fixo na vida. Ficou ali um tempo, estatelado, diante da porta fechada. Em seguida virou-se e começou a descer as escadas, devagar, com o torso nu, deixando para trás sua primeira derrota como profissional.

Erasmus e Madelene sentaram-se na sala, de frente um para o outro. O macaco recolheu a jaqueta do boxeador. Era curta demais nas mangas. Num bolso interno encontrou um par de óculos escuros e colocou-os sobre o nariz. Madelene debruçou-se para alcançar sua mão. Ele tirou o braço do encosto do sofá e estendeu-o imediatamente sobre a mesinha de centro. Madelene puxou sua mão sobre seu ventre e então viu com seus próprios olhos a cara do macaco ir mudando de cor — de amarelo-claro a marrom-chocolate. Ele ruborizava.

— Donny — gritou Susan do banheiro. — Imite o porquinho.

A porta do banheiro se abriu. Susan olhou para eles fixamente.

— Donny foi embora — disse Madelene. — Ficou com saudades da mamãe.

* * *

Susan iniciara seus mergulhos eróticos havia mais de quinze anos, por isso era capaz de improvisar com a habilidade de um especialista em explosivos. Sem perder a pose, enrolou-se numa grande toalha de banho, abraçou Madelene, cumprimentou Erasmus e sentou-se no sofá.

Mas por dentro estava com medo.

Medo da pobreza. Daquela experiência única de se defrontar com duas pessoas que não possuíam nada, nem sequer roupa para se vestir — duas impossibilidades sociais.

— Estivemos... fora da cidade — disse Madelene. — Não sabemos o que está acontecendo.

Toda catástrofe súbita divide a humanidade em dois grupos: os que entram em pânico e os que se tornam mais eficientes e deixam o medo para mais tarde. Susan começou a contar, diretamente e sem nenhum tipo de reserva, tudo o que sabia sobre Adam e Andrea Burden e sobre o Novo Jardim Zoológico de Londres/Regent's Park.

Enquanto falava, sentiu um calor que a fez olhar para o aquecedor e para a lareira. Mas estavam desligados. A irradiação vinha de um lugar sobre a mesinha de centro que depois de um tempo ela identificou. Era o fogo da paixão. O espaço entre Madelene e o macaco ardia como se os dois carregassem uma sauna invisível abastecida compulsiva e incessantemente. Susan se movia em direção a esse calor e, como o fogo parecia crescer enquanto ela falava, foi percebendo que os dois seres despossuídos que se encontravam ali talvez não estivessem tão perdidos.

Quando ela terminou, houve silêncio. Depois ela fez a primeira pergunta.

— Não podemos simplesmente tentar tirar vocês daqui? — ela disse. — Para fora do país?

Madelene balançou a cabeça negativamente.

— Há os outros macacos da espécie de Erasmus — ela disse. Se souberem que eles existem, serão caçados de uma maneira nova. Por caçadores de troféus. Jornalistas e fotógrafos. Pela criminalidade zoológica internacional. Bandos de cientistas. Pelos que apreciam o conhecimento, à maneira de Adam, que destroem o que conhecem. Ou querem modificá-lo.

Ela se levantou.

— Johnny — ela disse. — Aquele que dirigiu para nós. Precisamos encontrar Johnny.

Susan olhou para a amiga com atenção. À teimosia de mula que ela já conhecia acrescentava-se agora outro traço de caráter: uma visão panorâmica de ave de rapina. Olhou para o relógio.

— Vocês precisam de roupas — ela disse. — E de dinheiro.

— Seria demais — disse o macaco — pedir um banho quente? E um aparelho de barba?

Susan os fez sair pela porta dos fundos.

Erasmus estava vestido com sandálias de borracha, calças largas de caratê, uma camiseta de mangas cortadas, coberta pela jaqueta de LaBrillo, óculos escuros e um chapéu mole com a aba e a copa alargadas à tesoura.

A impressão geral não era propriamente harmoniosa, mas não chegava a ser assustadora. O macaco se deteve um instante no descanso da escada apoiado sobre os nós dos dedos. Então se aprumou, empinou-se e encaixou os óculos escuros. Estava entrando no mundo dos humanos.

Madelene e Susan ficaram frente a frente. Madelene estava de chinelos, saia comprida, blusa e suéter, emprestados por Susan. Ela era o seu velho "eu" e ao mesmo tempo uma nova pessoa que Susan jamais vira: a sócia de uma sauna.

Susan olhou para Erasmus. Para seus passos cuidadosos, suas coxas musculosas.

— Nunca tiramos nada uma da outra — ela disse. — Mas quem sabe um dia você possa emprestá-lo para mim?...

A frase soou como uma piada e Madelene também sorriu, aproximou-se e beijou o rosto da amiga.

Mas aquilo não era apenas uma piada e Madelene sabia muito bem. E aquele beijo também não era um mero carinho. Quando se debruçou, esfregou consciente e cuidadosamente sua fronte contra a de Susan e, naquele instante, dez piolhos inextermináveis, sanguessugas, que Madelene e Erasmus tinham trazido dos lêmures vermelhos, e vinte e cinco lêndeas pegajosas e resistentes viajaram dos arbustos podados de Madelene para a selva temperada e indomável da cabeleira de Susan.

— Depois conversamos sobre isso — disse Madelene.

3

A pista de corrida de cavalos de Kempton Park conseguiu manter o mesmo endereço e a mesma aparência durante vinte e cinco anos, enquanto nesse mesmo tempo tudo ao seu redor entrava em decadência. Os cavalos entraram em decadência, os jóqueis entraram em decadência, o público. E, nesta manhã, ninguém estava mais decadente do que Johnny.

As duas mil libras e as ameaças que recebeu de Andrea Burden quando foi liberado daquela maneira inacreditável funcionavam como se ela lhe tivesse dado um par de sapatos dourados de chumbo e o tivesse empurrado para dentro de águas profundas. Depois dessas sete semanas ele estava pronto para se deitar e descansar de uma vez por todas, no fundo.

Samson estava ao seu lado. Johnny olhou o cachorro com os olhos molhados e cheios de carinho. Seu pêlo estava espesso e brilhante, as unhas curtas, os olhos claros, o focinho frio. Estava parado como só um dobermann sabe ficar, como se estivesse continuamente posando para uma foto do calendário de cachorros do ano que vem. Quando Johnny — em breve — deixasse de existir, seu caminhão seria vendido e todo o dinheiro iria para Samson, que teria então uma boa vida. Neste momento, o cachorro irradiava uma satisfação e uma coragem despreocupada que Johnny jamais tivera.

De repente, entretanto, tudo mudou. O pêlo brilhante do dorso de Samson se levantou e se eriçou, fazendo o cachorro assemelhar-se a uma escova tesa. Depois sua orelhas se grudaram à cabeça e seus dentes se arreganharam. Em seguida caiu de costas, rosnando choroso, com as quatro patas para o ar.

Johnny se debruçou sobre ele. Samson não estava doente, não estava em convulsões, não tinha se jogado no chão com dor. Deitara-se em rendição incondicional.

Johnny olhou à volta. O único ser vivo por ali era um homem, parado a alguns metros de distância, encostado ao parapeito, olhando para os cavalos.

— Qual é o problema?

O homem se virou devagar.

— Pois não?

Samson se petrificou ao som daquela voz.

— Quem é que vai ganhar?

— Aquele cavalo com um cobertor vermelho — disse o homem.

Johnny tentou focalizar o rosto à sua frente.

Kempton Park é a atração popular dos malucos de Londres. O rosto à sua frente era largo e ingênuo. O rosto de um maluco. Às vezes os malucos dão sorte. Johnny acenou para um *bookmaker* e pôs suas últimas cem libras no cavalo com o cobertor vermelho.

Johnny vendera seu binóculo algumas semanas antes porque já não conseguia mais segurá-lo com firmeza. Acompanhou a largada de cavalos a olho nu. O cavalo dele e do estranho chegou um corpo inteiro à frente do favorito.

Johnny recebeu o prêmio e então encarou o homem.

— Como é que você sabia? — ele perguntou.

O homem tirou os óculos escuros.

— Eu sabia... Senti o cheiro dos hormônios — ele disse.

Havia algo inquietantemente familiar naquele rosto. Johnny deu-lhe as costas e começou a andar.

O homem foi atrás dele. Johnny apressou o passo. O homem continuou atrás. Johnny parou, virou-se rapidamente e estendeu para ele a metade do maço de notas.

O homem balançou a cabeça negativamente.

Os cabelos de Johnny se arrepiaram na cabeça. Desde pequeno ele não pensava mais no demônio. Agora, depois de sete semanas de envenenamento, o álcool tinha diluído o tempo presente e reatualizado sua infância. O demônio, finalmente, viera buscá-lo.

Enfiou o maço inteiro de notas no bolso da jaqueta do homem. O homem avançou para ele. Johnny sentiu o cheiro de queimado das chamas do inferno. Um braço o envolveu, erguendo-o do chão. Johnny fechou os olhos.

— Pode me levar — ele disse. — Mas poupe meu cachorro.

Aquela noite, dois meses antes, em que hospedara Erasmus e Madelene em seu *sleeper* fora a mais maravilhosa de toda a vida de Johnny. Dentro daquela lama em que sua existência chafurdava havia tantos anos, ele viu subitamente cintilar um brilho existencial.

Ele sabia que o que lhe fora dado naquela noite era bom demais para durar. Humildemente, tirou aquela experiência do anzol e atirou-o de volta, sem a menor esperança de uma repetição. Eis que a situação se repetia, agora, mais intensa ainda do que antes. Madelene e o macaco estavam de novo no *sleeper*, em volta da mesa sob a qual Samson tremia, ali bem perto de Johnny.

— Queríamos saber se poderíamos morar aqui por um tempo — disse Madelene.

Numa vertigem de felicidade, Johnny foi até a pia onde estavam os copos com restos de bebida, já começando a arrumar o espaço para seus visitantes. Madelene pousou sua mão sobre a dele.

— Além disso, queríamos saber se você poderia dirigir para nós. E para isso você precisa parar de beber.

Olhou para Erasmus.

— Precisamos falar com Bowen — ela disse. — Se ele nos reconhecer vai chamar a polícia. Será que poderíamos afastá-lo do hospital?

— Talvez eu possa — disse Erasmus.

Madelene trouxe o telefone de Johnny para cima da mesa, digitou um número e passou o fone para Erasmus. Uma voz feminina anunciou: — "Clínica Kensington Holland Park", e nesse instante Erasmus afastou o aparelho da orelha e olhou atrás dele para ver de onde vinha a voz. Só então Madelene se lembrou de que era a primeira conversa telefônica da vida do macaco.

Pegou o fone e pressionou-o suave mas firmemente contra a orelha dele.

— Eu lhe seria profundamente grato se pudesse ter licença para falar com o doutor Alexander Bowen — disse Erasmus.

— A quem devo anunciar?

— Faça a gentileza de dizer que se trata de um macaco grande e desaparecido.

O veterinário demorou cinco segundos para interromper o que estava fazendo.

— O senhor se lembra — disse Erasmus — daquele homem em cuja casa o senhor pegou o macaco grande naquele jardim? O macaco. Aquele mesmo. Voltou.

Passaram-se alguns segundos até o médico conseguir responder.

— Como está seu estado geral?

Erasmus baixou os olhos e olhou para si mesmo.

— Bom — ele disse. — O que é que o senhor acha que devemos fazer?

— Fique onde está — disse o médico. — Estou chegando.

A ligação caiu e o macaco instintivamente mexeu no fone para ver para onde tinha ido o médico. Madelene tomou-o de sua mão e pegou seu chapéu e os óculos escuros. Fez um carinho nas bochechas de Johnny.

— Agora vamos — ela disse.

Madelene e Erasmus saíram da escuridão do *sleeper* para a luz forte do sol de Dulwich e andaram cinqüenta metros pela rua até chegarem ao jardim da casa onde Andrea Burden tinha visto Erasmus pela primeira vez, havia dois meses. Tocaram a campainha. Uma empregada abriu.

— Meu tio teve uma indisposição — disse Madelene. — Podemos entrar e nos sentar um pouco?

O chão do hall era de azulejos de mármore preto e branco e os móveis eram brancos e envernizados. A moça voltou com duas cadeiras.

— Estou com muita sede — disse o macaco.

Ele se esforçava, em seu crescente porém incompleto vocabulário. — Um balde — ele disse. — Faria a gentileza de me dar um balde com água?

Três meses antes, a autoconfiança do homem que vinha ao seu encontro teria surpreendido Madelene. Agora, casualmente, ela o classificava — de seu novo ponto de vista sobre as pessoas e a sociedade — como um bolo em camadas: um fundo de irritação por ser perturbado, uma camada de medo de assaltantes disfarçados, uma camada de insegurança pela proximidade física e uma cobertura de açúcar cristalizado de falsa gentileza.

— Desculpe o incômodo — ela disse. — Já chamamos a ambulância. Vai chegar a qualquer momento.

O homem relaxou e se aproximou do macaco.

— Como está o senhor? — ele disse.

— Muito bem, obrigado — disse Erasmus. E o senhor?

Nesse momento inoportuno Madelene descobriu mais uma coisa sobre o homem que amava. Ele era incapaz de mentir tanto física quanto psiquicamente.

O homem piscou os olhos.

— Fico contente que o senhor esteja melhor — ele disse.

— Fico contente que o senhor fique contente — disse Erasmus.

O homem começou a oscilar para a frente e para trás sobre a planta dos pés. A empregada chegou com um balde. Erasmus levou-o à boca e bebeu dez litros de água.

O homem parou de oscilar. Agora estava paralisado, quieto, olhando para o macaco.

A campainha da porta tocou. Ninguém se mexeu. Ela se abriu e Alexander Bowen entrou. De jaleco branco e com uma pequena bolsa de couro na mão.

Tudo o que conseguiu ver, ainda cego pela luz do sol, naquele hall escuro, foi o dono da casa e a empregada.

— Onde é que ele está? — ele perguntou.

O homem apontou displicentemente para Erasmus. O médico foi até ele.

— Estamos contentes em revê-lo — disse Madelene, ainda no escuro.

Ela e Erasmus se puseram de pé ao lado do médico e os três caminharam juntos até a porta. O dono da casa deu dois ou três passos vacilantes atrás deles, inundado por um extraordinário *déjà vu.*

Na porta, o macaco tirou seu chapéu mole e, numa reverência, curvou-se para a empregada. O homem reparou no pêlo branco de seu crânio.

— Muito obrigado pela casa e pela comida — ele disse. — Tanto para a senhora quanto para seu marido.

4

A ambulância estava parada a vinte e cinco metros de distância. Entraram na parte de trás e se sentaram. No assento do motorista, que se via através de uma divisória de *plexiglass*, estavam sentados dois assistentes de enfermagem. Madelene correu o vidro da janela, mas foi Priscila quem deu a ordem.

— Dobrem a esquina e parem ali.

O médico não tirava os olhos de Erasmus.

— Então é verdade — ele disse. — Ele fala.

A ambulância dobrou a esquina e parou. O médico ainda olhava fixamente para Erasmus.

— A senhora vai ficar riquíssima — ele disse a Madelene. — Espero que ele tenha um bom empresário. E um bom contador.

O movimento da parada provocou nele um riso engasgado.

— A primeira declaração de imposto de renda vai ser totalmente bizarra — ele disse. — Não há leis para controlar as rendas de macacos.

Madelene enfiou uma nota pela divisória de vidro.

— Estão liberados — ela disse. — Peguem um táxi para casa. E, no caminho, comprem uma flor para suas mulheres.

Os dois homens saíram. Madelene fechou as cortinas cinza da ambulância e abriu a pasta de couro do médico.

Havia ali, envolvidos em veludo azul, uma pistola de ar comprimido, além de uma seringa e duas ampolas. Uma delas cheia de um líquido verde como musgo de primavera.

— "Gatorade" — disse Madelene. Pentobarbital. Adam diz que entra diretamente no sistema nervoso central. Mata em dois segundos.

O carro ficou em silêncio.

— Eu podia gritar por socorro — disse o médico.

Madelene não respondeu.

— Suponho que o que lhe interessa são os resultados. Eles vêm do laboratório de DNA. Do Instituto de Biologia Populacional. É o melhor que há. Foram eles que depuraram geneticamente o cavalo de Przewalski. Seqüencialização de DNA — é o nome que se dá. Eles colocam os pseudogenes lado a lado para comparar o número de diferenças neutras fenotípicas. As diferenças formam um relógio molecular. Nele é que se verifica a distância que há entre duas espécies. Quanto tempo passou desde sua ramificação. É assim que eles, com precisão, mostraram a proximidade entre nós e os chimpanzés. Seis milhões de anos. Um milhão a mais ou um milhão a menos, no máximo.

Fez um intervalo técnico para uma negociação comercial.

— O que é que eu ganho contando isso para vocês? — ele disse.

O macaco respondeu.

— O máximo que podemos fazer pelo senhor — ele disse, em voz baixa — é deixá-lo viver.

Pensativa, Madelene reparou nessa nova expressão da sinceridade de seu amante. O macaco não tinha feito uma ameaça porque uma ameaça é parte de um jogo e o macaco não conhecia estratégias. Ele apenas comunicara um fato objetivo e letal.

O veterinário ficou lívido. Olhou para Madelene, para o macaco e reavaliou sua posição. Então se rendeu.

— Quando eu vi você — perdão, o senhor — pela

primeira vez, pensei tratar-se de uma nova espécie de chimpanzé. Todos nós, aliás, pensamos a mesma coisa. Inclusive Burden e a irmã. Uma nova e sensacional espécie de chimpanzé. De um clima temperado. Esse era o ponto de partida. Foi o que dissemos aos taxiólogos moleculares. Que era um tipo de chimpanzé. Evidentemente, não mostramos nenhuma imagem para eles. Só receberam amostras de células. Isolaram trinta mil genes. Deve ter custado uma fortuna à senhorita Burden. Mas não era o que pensávamos. Você — perdão, o senhor — não está próximo ao chimpanzé. Está próximo, terrivelmente próximo, é quase idêntico, a nós mesmos. Você — perdão, o senhor — provavelmente não é um macaco, pelo menos no sentido genético. Está muito mais perto de um ser humano.

Madelene olhou à sua volta. Viu a luz cinza sobre as macas fixas, os tanques de oxigênio, as gavetas cheias de instrumentos, as bolsas e os tubos para transfusão de sangue. Atentou para o que o médico tinha falado. E para o ar triunfal com que os contemplava. Ia abrir a boca para dizer algo malicioso, mas o macaco a deteve.

— Ficamos muito gratos ao senhor — ele disse suavemente.— E só queríamos que nos fizesse mais um pequeno favor. Levar-nos até o senhor Bally.

— Eu estou sem minha carteira de motorista — disse o médico. — Há dez anos que não me sento atrás de um volante, e além disso nunca ouvi este nome antes em toda a minha vida.

Madelene e Priscila tiraram cuidadosamente a ampola do invólucro de veludo azul.

— O senhor vai nos levar, sim. Senão vou fazê-lo engolir isto aqui.

5

O homem que havia alguns meses se chamava Bally estava, nesse momento, muito satisfeito. Depois de ser pescado do Tâmisa pela London Port Authorities, identificado e, em seguida, detido em isolamento durante três semanas, fora procurado por Andrea Burden, liberado e ainda recebera de volta *A arca*, que valia meio milhão de libras, mais duzentos e cinqüenta mil libras em equipamento veterinário. Dali a três dias, depois de dar seu depoimento com garantias de imunidade, ele sairia de Londres navegando em direção a um alvo que não era exclusivamente econômico e que o enchia de uma expectativa inusitada: Bally iria capturar mais um macaco como aquele que lhe tinha escapado. Não para vendê-lo, mas para, mais uma vez, sentar-se em frente a ele no estreito *cockpit*. Para mais uma vez entrar em contato com alguma coisa semelhante a Erasmus.

Durante os últimos meses, em pensamentos, ele voltara repetidamente aos seus últimos minutos com o macaco, e era acerca dessa lembrança que ele meditava, encostado à retranca que o varrera para fora do barco, quando uma das ambulâncias da Clínica Kensington Holland Park entrou no cais e parou.

Uma mulher de avental azul saltou e veio andando em direção ao barco. Num único movimento, Bally enfiou a mão pela escotilha e liberou a escopeta de cano cortado rente ao cabo das duas presilhas que a sustentavam. A princípio não havia nada de alarmante na mulher. Mas Bally não esperava por ela e era exatamente sua tranqüila cautela diante do inesperado que o tornara um conde no arriscado Condado Internacional de Pessoas que Vivem de Transgredir a Convenção de Washington.

— Senhor Bally — disse a mulher —, o doutor Bowen está no carro.

Bally assentiu cordialmente. Então saltou para o cais e foi atrás dela, levando a escopeta pendurada que parecia um guarda-chuva fechado e brilhante.

Um homem, também de avental azul, abriu a porta traseira da ambulância. Bally ignorou-o e olhou para o assento do motorista, onde reconheceu Alexander Bowen. Baixou a cabeça ao entrar.

— Desculpe — disse Erasmus apontando para a arma. — Seria demais pedir ao senhor que deixasse isso do lado de fora?

Bally olhou para Erasmus. Sentiu o perigo, mas não localizou de onde ele vinha.

Com um sorriso complacente, ajeitou-se e apoiou a escopeta nos tanques de pressão da ambulância. Então deu um chute em Erasmus.

Não é qualquer um que podia se vangloriar de, com um único chute, ter derrubado um filhote de rinoceronte furioso e descontrolado, de setecentos quilos. Bally podia. Acertou o macaco na lateral do joelho direito. A perna cedeu e Erasmus caiu de joelhos sem emitir um som.

Bally preparou-se para chutar a cabeça.

O primeiro chute fora excelente, mas tinha sido desferido com a perna esquerda, que não era o forte de Bally. O segundo, com a direita, tinha todas as vantagens, tanto que deslocou o pára-choque do carro, mas não acertou Erasmus, porque este, de modo repentino e incompreensível para Bally, se deslocara cinqüenta centímetros.

Com os olhos grudados no macaco, Bally foi pegar sua escopeta onde a tinha deixado. Mas não teve tempo de usá-la. Nem sequer chegou a engatilhar. Mal se aprumou, Erasmus deu-lhe um soco.

Era um soco mole, de mão aberta, e se fosse dado por um ser humano seria uma espécie de bofetada distraída. Mas não fora dado por um ser humano. Atingiu Bally como um martelo de ar comprimido, num estampido de tiro de pistola, levantando-o dos calcanhares e atirando-o contra a porta da ambulância. Ele perdeu momentaneamente a consciência e sem apoio teria desabado. Mas o macaco o sustentou. Sua mão esquerda se projetou agarrando a parte inferior de seu rosto.

Em compensação, isso o impedia de respirar, e foi essa sensação de asfixia que trouxe Bally de volta à consciência. Ele abriu os olhos e seu olhar acompanhou o braço do macaco até chegar à cara que vinha vindo em sua direção. Quando Erasmus estava bem perto, a poucos centímetros das veias da garganta de Bally, ele arreganhou os lábios e abriu os dentes. Bally podia sentir o bafo do macaco. O calor da cavidade bucal. E viu os caninos brancos cônicos de seis centímetros de comprimento.

— Erasmus! — disse Madelene.

Erasmus largou-o. Bally desabou no chão.

Alexander Bowen se espremia contra o painel da direção.

— Eu vou responsabilizá-lo — ele disse. — O senhor vai me ressarcir. Do estrago no carro e no equipamento.

O macaco deitou Bally sobre a maca. Madelene pegou o telefone da ambulância.

6

Meia hora depois alguém bateu à porta traseira da ambulância. Erasmus abriu e Johnny entrou arrastando o assustado e trêmulo Samson. Olhou de esguelha para Bally e se sentou.

Passou-se um quarto de hora sem que alguém desse uma palavra. Tornaram a bater. Erasmus abriu, então, para o odontoveterinário, dr. Firkin. Mais cinco minutos e bateram de novo.

— Há um limite — disse o dr. Bowen — para o número de passageiros aqui dentro. Depois, se vier uma multa...

Erasmus abriu a porta. Era Susan.

— Tive que trazer as crianças — ela disse.

Quando apertadas num espaço estreito, as relações humanas se revelam e se ampliam. Havia agora na ambulância dez seres, seis adultos, duas crianças, um cachorro e um macaco. Estavam ali à força. Ou porque Madelene os tinha chamado, sem saber exatamente o motivo. Por isso olhavam para ela, mareados, como passageiros de um pequeno barco vagando em alto-mar.

— Depois de amanhã — disse Madelene — Adam vai tomar posse como diretor do novo jardim zoológico de Londres. E nessa ocasião vai fazer um discurso contando tudo o que sabe sobre Erasmus. Fui casada com Adam. Conheço seu estilo de devorar um saber científico mesmo que isso possa destruir a sua própria descoberta. Pensei que nós, juntos, talvez pudéssemos tentar convencê-lo a não revelar o que sabe.

Ela falava baixo mas eles escutavam tudo, ouviam cada palavra. As crianças esqueceram o cachorro. O cachorro esquecera o macaco. Bally esquecera seus hematomas. Johnny esquecera sua crise de abstinência.

— Pensei que talvez pudéssemos ligar para ele agora e cada um de nós tentar dizer duas palavrinhas. Para que ele entenda que estamos todos no mesmo barco, que o conhecimento científico pertence a todos e que, se ele continuar assim, sua vida vai naufragar, afundar.

Ela pegou o telefone.

A secretária de Adam Burden tivera dois meses para esquecer e se recuperar. Mas ao reconhecer, ao telefone, aquela voz grave, rouca e insistente, viu que podia até ter melhorado, mas ainda estava longe da cura.

— Ele está na cidade — ela disse. — Mas ninguém sabe onde. Saiu com a irmã. Estão se preparando para depois de amanhã. Não sei o que fazer...

Madelene ficou parada, imóvel, com o telefone colado à orelha. Não quis discutir. Sabia que a outra estava dizendo a verdade.

— Que tal depois de amanhã? Antes de começar?

— Ele vai direto para lá. A entrada vai ser controlada. E só foram enviados duzentos convites pessoais. Mas eu posso marcar alguma coisa para depois...

A secretária teve um soluço.

— Depois — disse Madelene — é tarde demais.

Desligou.

Todos olharam para ela. Sentiu sua própria insegurança. De repente, parecia-lhe loucura confiar numa tripulação como aquela. Crianças, cachorros, charlatães, contrabandistas e viciados. Um bando de fracassados, sendo ela a mais fracassada de todos. Ela que havia recolhido todos aqueles náufragos. Sentou-se.

O macaco pousou a mão em sua coxa. Uma mão seca, quente e totalmente tranqüila. Ela relaxou. Todos relaxaram. A tranqüilidade do macaco os envolveu como uma chuva fina. Aquele tempo de espera subitamente tornou-se fértil.

Foi Susan quem finalmente falou.

— Meu Deus — ela disse. — É claro que Frank e eu fomos convidados. Tenho dois convites. Podíamos conseguir mais alguns.

Madelene olhou fixamente para a amiga.

— Você vai no meu lugar — disse Susan. — E Johnny vai com você. E este senhor, que está machucado. Mas... conheço Adam e conheço os homens. Quando ele vir você... Adam é desconfiado, se lhe dessem uma maçã ele não a morderia sem antes fazer um teste de laboratório. Quando ele vir você...

Todos olharam para Madelene. Adam Burden fora sempre um mistério para aqueles que o conheciam. Madelene fora casada com esse mistério. Agora queriam que ela o decifrasse.

Ela olhou no vazio.

— Eu acho — ela disse — que Adam nunca se interessou de verdade por animais. Era mais... um ponto de referência para ele. Quando ele vir a mim, Johnny e Bally na platéia, vai compreender que deve se manter flutuando.

Todos escutavam quietos, contritos, como uma tripulação que sente que acabou a calmaria. A ambulância começou a oscilar. O vento soprava.

•

Madelene acompanhou a amiga e as duas crianças até o carro.

— No fundo, o que você acha que Adam estava procurando, quero dizer, com os animais? — perguntou Susan.

— Às vezes acho que era eu.

— E agora?

Madelene olhou para a frente, com um olhar que mostrava uma lucidez conquistada a duras penas. Dada apenas àqueles que investiram sua própria existência em outra pessoa, perderam tudo e descobriram que além desse fracasso ainda existe a vida.

— Ele vai estar sempre ocupado demais para se fazer essa pergunta.

Susan ajudou as crianças a entrarem no carro.

— O que é que você vai dizer quando o pai deles perguntar onde eles estiveram? — perguntou Madelene.

Susan se ergueu e coçou a cabeça. Nas últimas vinte e quatro horas seu couro cabeludo tinha começado a coçar.

— Quer saber mesmo? — ela disse. — O pai deles vai estar ocupado demais para fazer essa pergunta.

Erasmus foi com Bally até o barco, ajudou-o a descer para o *cockpit* e depois também desceu.

— Quando é que o senhor Burden vai falar? — disse o macaco.

— Sexta-feira, depois de amanhã.

— Quantas vezes vamos dormir antes de sexta-feira?

— Duas — disse Bally.

— O senhor saberia onde é que ele vai falar?

Bally evitava olhar para o animal. Sabia que ele não perderia tempo com ironias. Enfiou a mão pela escotilha, puxou um catálogo telefônico de uma prateleira sob a escada, anotou o telefone e o endereço do zôo de Londres num pedaço de papel e entregou-o ao macaco.

Ele não se moveu.

— Também se pode ver, nesse livro, onde as pessoas moram?

Bally assentiu.

— Seria incômodo pedir-lhe que procurasse aí uma pessoa, para mim?

Pronunciou o primeiro nome para Bally, calma e cuidadosamente.

Só quando já havia ali doze endereços e telefones é que o macaco pegou o papel, dobrou-o com cuidado e meteu-o no bolso. Depois se levantou. Ainda segurava a escopeta de cano cortado e então ergueu-a à altura dos olhos.

— No lugar de onde eu vim — ele disse — costuma-se dar um presente. Quando... se faz um acordo.

Pegou a escopeta com as duas mãos. Os músculos em volta de seus pulsos se retesaram. Numa série de suaves estalidos de porcas se arrebentando, madeira envernizada se estraçalhando e aros de metal se rompendo, ele curvou os dois canos cilíndricos para dentro, até encostarem na culatra. Depois jogou a arma destruída sobre o banco.

— Eu lhe peço encarecidamente que não diga a ninguém que estivemos aqui — ele disse. — E cuide para que nada aconteça à senhora Burden na sexta-feira. Depois que tivermos dormido duas vezes.

Quando o macaco voltou, não havia mais ninguém na ambulância, só Alexander Bowen.

— Logo vão dar pela minha falta — disse o veterinário. — E vão começar a me procurar.

O macaco se sentou.

— Ninguém vai sentir sua falta — ele disse. — O senhor não tem amigos.

O eterno *en garde* do médico deu lugar a um olhar chocado.

A sinceridade clarividente do macaco ameaçou-o mais do que qualquer outra coisa.

— Tem razão — ele disse. — Nem um único. Não é terrível?

— Mas o senhor talvez possa ter um.

— Tarde demais.

O macaco tirou de dentro do bolso a folha de papel que Bally lhe dera, desdobrou-a e apontou para a última linha.

— Este lugar — ele disse. — Se o senhor me buscar, lá, neste carro, antes de amanhecer, depois que dormirmos duas vezes, será o primeiro passo para ganhar um amigo.

— Seria um crime. Você está sendo procurado.

Os olhos do macaco brilharam naquela malandragem de moleque que Madelene já conhecia e aprovava.

— Aqui entre vocês — ele disse — nada é totalmente de graça.

Algo assombroso aconteceu nesse momento. O rosto de Alexander Bowen foi atravessado por uma careta, talvez o esboço de um sorriso que, mesmo inibido e esforçado, parecia sincero.

— Vejo — ele disse — que o senhor começa a se adaptar inteiramente a nós.

7

A lua cheia sempre deixara Madelene perturbada. Antes era um desejo de vagar, de beber um litro de álcool puro, de ter três amantes numa noite. Agora se excitava com a própria felicidade. Deitada na cama de casal do *sleeper* de Johnny, a cada quinze minutos era suavemente sacudida pelo luar para se assegurar de que Erasmus estava ali a seu lado.

Na décima vez em que despertou ele não estava mais ali.

Pela divisória da cabine do motorista ela ouvia a respiração profunda de Johnny e Samson. Nem mesmo o cachorro percebera que ele havia saído.

Nos minutos que se seguiram, ela sentiu uma espécie de retrocesso, uma volta quase física a um tempo, a uma incerteza que ela nunca mais sentira. Os elementos que ela pensava já ter superado, nos últimos meses, voltaram de assalto, imediatamente, um atrás do outro: o ciúme corrosivo, a raiva cega, o desejo amargo de vingança, a autocomplacência porosa, a vaidade sanguinária. Todas as máscaras de seu ódio-a-si-mesma ali estavam, reunidas, numa macabra cerimônia noturna. Ali estavam. E quando todas se reuniram, Madelene fez para elas um discurso breve porém definitivo.

— Ele pesa cento e cinqüenta quilos — ela disse. — E já que me ama, espero que consiga também aceitar vocês.

Disse isso de olhos fechados e sem emitir um único som.

Abriu os olhos. O *sleeper* estava vazio. Os hóspedes tinham desaparecido. Um cone azul de luar desceu pelo teto de vidro.

A luz foi atravessada pela sombra de Erasmus.

Não se ouviu um ruído sequer. Tudo o que Madelene sentiu foi um leve movimento no colchão e no edredom. E, num instante, ele estava de volta.

Ela ficou de olhos fechados. Não disse nada. Tudo o que fez foi estender a mão e deixar seus dedos mergulharem no pêlo espesso. Pela primeira vez na vida, em seu íntimo, rendeu-se à evidência de que mesmo o homem amado jamais seria completamente decifrado.

8

As duzentas pessoas reunidas naquela tarde de sexta-feira, no final de julho, para inaugurar o Novo Jardim Zoológico de Londres/Regent's Park e cumprimentar seu novo diretor tinham sido escolhidas a dedo, mas não chegavam a lotar o salão de festas. Ninguém ali fora convidado por si mesmo. Os convidados presentes representavam centenas ou milhares de outros, ou controlavam grandes somas de capital, ou grande poder político e administrativo, ou empresas privadas, ou saber científico, ou eram formadores de opinião. E cada um deles simbolizava um aspecto da sociedade humana em relação aos animais.

Ali estavam representantes da Câmara Municipal de Londres, do governo, das doze maiores associações de proteção aos animais, da Associação de Jardins Zoológicos da Inglaterra, da Associação de Jardins Zoológicos da Europa, da União de Parques de Safári, das faculdades de ciências naturais das universidades inglesas, investidores, patrocinadores, a Polícia Veterinária, a Associação de Turismo da Inglaterra, o Real Instituto de Arquitetos Britânicos, a Associação de Veterinários e a Fundação da Vida Selvagem. E, naturalmente, a Casa Real, representada pela princesa Anne — a patrona da Sociedade Zoológica Real.

Vinte e dois jornalistas e três estações de televisão foram cuidadosamente escolhidos e convidados para transmitir para todo o país o evento daquela tarde. E não só para o país, mas para todo o planeta. Porque não era um motivo de festa só para o povo inglês, mas para o público mundial.

Sim, porque aquela inauguração era também a expressão comovente de uma aliança. Significava que um grupo de pessoas abastadas, donas de propriedades, unidas ao aparelho estatal e à população de uma metrópole — de uma cultura que já fora, tantas vezes, cruel — tinham afinal refletido e oferecido a si mesmo, ao mundo e aos animais selvagens um espaço de liberdade. Era um evento internacional tão estimulante quanto uma competição esportiva, mas sem a arrogância nacionalista do esporte. Por isso, desde Tristan da Cunha até Spitsbergen, o mundo inteiro se deliciava e esperava por este dia como se fosse a abertura do carnaval no Rio de Janeiro, ou outra coisa comovente como os cinqüenta anos da Libertação ou a queda do Muro de Berlim.

E a cidade de Londres sabia disso. Sabia que neste dia ela seria a única no pódio. Por isso a celebração tentava ser ligeiramente discreta. Como uma jovem e exuberante *top model* que sabe que está brilhando sem concorrência, a cidade-modelo aparecia para o público mundial, sorrindo discretamente, vestindo um robe simples e bonito, para apoiar todas as espécies animais ameaçadas de extinção.

O irresistível otimismo que havia no ar contagiara até mesmo aqueles que sempre esperam pelo pior. Até a Metropolitan Police's Special Task Force, responsável pela vigilância do salão de festas. E por isso Madelene, Johnny e Bally conseguiram entrar sem muito esforço, mostrando os convites e papéis de identificação arranjados por Susan, e assim atravessaram os dois primeiros *check points* no cordão de isolamento que a polícia fizera em volta de Regent's Park, Primrose Hill e Albert Terrace.

Johnny e Bally vestiam-se a rigor pela primeira vez na vida. Sentiam-se e, de fato, pareciam dois pingüins antárticos exilados naquela tarde tipicamente tropical. O sol brilhava num céu claro e Madelene, ao lado dos dois, com um vestido emprestado por Susan, se assemelhava a uma periquita amazônica, de plumagem colorida e brilhante.

Na entrada do salão, havia dois guardas de segurança e uma mulher que cumprimentava os convidados, a título de boas-vindas, mas que estava ali, na verdade, somente para identificar cada um deles. Era a secretária de Adam Burden.

Ao reconhecer Priscila, petrificou-se.

— Ele afirma que não conhece a senhora — ela disse. — Acabei de perguntar. Nunca ouviu falar da senhora.

— É o que todos os homens dizem de seus pequenos flertes — disse Madelene. — O seu deve fazer a mesma coisa.

A secretária deu dois passos para trás.

— Estou sozinha — ela disse. — Já há alguns anos.

Madelene parou e reuniu toda a sua coragem.

— É inútil a senhora ameaçar contar para a mulher dele — ela disse.

Dois seguranças se aproximaram. Madelene curvou-se para a frente.

— Olhe para mim — ela disse.

A secretária olhou para ela. Madelene tirou os óculos escuros. A secretária sentiu-se envolvida por uma onda de calor diferente do forno meteorológico daquele dia. Era uma emanação quente acompanhada por um cheiro de queimado, como o de uma sauna.

— Não existe nenhuma Priscila — disse Madelene. — Nunca existiu. Só quem existe sou eu. Madelene Burden. Eu *preciso* entrar. É por amor. Será que não dá para ver?

Os dois guardas chegaram. Bally e Johnny tinham criado raízes no chão de mármore.

A secretária se empertigou.

— É um prazer para nós vê-la aqui — ela disse. — Tenha a bondade de entrar.

Os guardas recuaram, a secretária deu um passo para o lado, duas portas de vidro se abriram. O caminho estava livre.

Enquanto isso, em Albany Street, uma ambulância da Clínica Veterinária Kensington Holland Park estacionou num lugar que dava para Gloucester Gate. Ao volante estava Alexander Bowen, vestindo um jaleco azul sobre o fraque. Na parte de trás do carro, ao lado da maca, ia Erasmus, encolhido, de joelhos, ainda de camiseta, jaqueta, calças de caratê e óculos escuros.

— É uma barreira. Vão pedir documentos e não temos nenhum.

Voz travada, mãos trêmulas. Estava apavorado como no dia de seu exame de licenciatura.

— Posso lhe pedir que acenda a luz do capô? — disse o macaco. — Aquela que pisca e faz *óóóóóónnnnn*?

O médico ligou o pisca-pisca e a sirene.

— O senhor teria a bondade de ir bem rápido?

A ambulância disparou pela pista com o alarme a todo o volume em direção à entrada do Novo Jardim Zoológico de Londres/Regent's Park.

Um oficial bloqueou a rua, fazendo sinal para que parassem.

— Estou arruinado — disse o médico.

Erasmus tirou os óculos escuros. Sua voz era quase indiferente, tranqüila.

— O senhor está levando um macaco doente — ele disse.

Bowen desceu o vidro do carro.

— Estou levando um doente. Um macaco. Está morrendo.

O oficial enfiou a cabeça pela janela e olhou para trás.

Bowen fechou os olhos. Como nada aconteceu, abriu-os de novo e olhou pelo retrovisor.

Na maca, Erasmus estava deitado sob um lençol branco, com uma máscara de oxigênio sobre a cara barbeada.

O oficial deu um passo atrás.

— Uma moto vai acompanhá-lo — ele disse. — Espero que cheguem a tempo.

A barreira seguinte, já dentro de Outer Circle, foi ultrapassada pela ambulância, agora escoltada por um oficial de moto.

— Agora você está vendo — disse Bowen. — Com honestidade não se chega a lugar nenhum.

Acenou para a moto, despedindo-se, e seguiu devagar, passando em frente ao salão de festas. As portas estavam fechadas. Do lado de fora viam-se a secretária de Adam, dois seguranças e uma fila de oficiais em uniforme de gala.

— São duzentas pessoas entre as mais importantes da Inglaterra. Você jamais vai conseguir entrar.

Dobrou a esquina e parou. Quando abriu a porta traseira, Erasmus saltou para a calçada de jaleco azul, avental verde e touca de cirurgia. Na mão, um extintor de incêndio e uma coleção de instrumentos cirúrgicos brancos enfiados nos bolsos.

— E que tal um médico? — ele disse.

Alexander Bowen tirou o extintor das mãos do macaco. Arrancou o avental e tomou-lhe os instrumentos.

— Se a idéia é ser um dublê de cientista — ele disse — vá com parcimônia. Use os recursos disponíveis, mas sem que isso pareça consciente.

Tirou a touca de cirurgia da cabeça do macaco.

— Agora sim — ele disse. — Parece um médico veterano. Mais até do que os próprios médicos veteranos.

Erasmus tomou sua mão.

— Gostaria de agradecer por tudo — disse o macaco. Se não houver uma próxima vez, saiba que o senhor deu início a uma grande amizade.

Já ia embora quando Bowen o deteve.

— Na análise de DNA — ele disse. — Havia algo mais.

O médico amassou a touca de cirurgia entre as mãos.

— Eu não queria dizer na frente da mulher de Burden. Desculpe: ex-mulher. Sei o que ela iria pensar. Que mais uma vez a ciência cagou e que achou uma pérola sagrada. Mas vou lhe dizer. Veja, é muito difícil distinguir o cérebro dos macacos grandes do nosso. Um cérebro de chimpanzé é tão parecido com o nosso que é possível até confundir um com o outro. No entanto, quanto mais dobras ele tem, maior é o neocórtex e mais inteligente é o animal. O seu cérebro, e isso eu vi de imediato, quando a senhora Burden, desculpe, sua amiga, me mostrou os *scannings*, tem o maior número de dobras que jamais se viu. E o maior lóbulo frontal também. E também o maior volume. Não tivemos chance de conversar sobre sua vida. Talvez jamais tenhamos. Mas, mesmo assim, quero lhe dizer que você... Isto é, seus antepassados, sua espécie, depois de se separar da nossa, há mais de um milhão de anos, perto do lago Turkana, foi para o Norte. E depois nos superou. Estávamos completamente enganados. Burden, a irmã e eu. Pensávamos estar pesquisando um daqueles hominídeos que antecederam o ser humano. Mas você não é o que nos antecedeu. Você é, provavelmente, o que virá depois.

9

Nem o próprio Adam Burden representava a si mesmo naquela tarde. Estava ali como um símbolo dos acordos históricos entre a população, a família real, o mundo da zoologia e os patrocinadores que haviam financiado o novo jardim zoológico. Incorporava o mito do homem excepcional, de sucesso excepcional, que trazia consigo — desde que a mulher fora seqüestrada e provavelmente assassinada por um macaco demente — a marca do cientista abnegado, carregando-a com a mesma humildade com que Livingstone carregou sua malária em Lualaba e Darwin, sua saúde frágil, depois de correr o mundo.

Há pessoas que, em determinadas situações, transcendem seu próprio tamanho. Talvez por isso, naquele momento, Adam parecia ter crescido. Madelene o avistou assim que ele começou a andar sobre o palco. Não estava, apenas, estonteantemente bonito. O peso da responsabilidade o tornara carismático.

Quando chegou ao palanque e olhou os rostos voltados para cima, ali em frente ao palco, e para as lentes negras das câmeras fotográficas e de televisão, atrás das quais havia milhões de espectadores, ele cresceu ainda mais um pouco. Foi então que viu Madelene.

Ficou pálido como quem sofre uma súbita perda de sangue e teria caído no chão se uma mão não tivesse sustentado seu braço. Andrea Burden estava ali. E com a mão livre desligou o painel dos microfones. Ela e Adam ainda estavam visíveis. Mas, agora, completamente inaudíveis.

— É Madelene — disse Adam. — E Bally. E o motorista.

— Formigas, disse Andrea Burden. — Laboriosas. Mas apenas formigas.

— E a imprensa?

Numa situação extrema como aquela, a vocação para marechal-de-exército de Andrea Burden desabrochava como uma flor de lótus. Ela esperou um instante. Um longo instante. Como um treinador que, maternalmente, acalenta seu campeão de pesos pesados atingido de modo fatal para convencê-lo a encarar o último e decisivo *round*, ela cochichou naquela orelha devagar e carinhosamente.

— Estamos na Inglaterra — ela cochichou. — Eles não vão falar com a imprensa. E se falarem, Toby cuidará para que a imprensa não publique. Se o mundo fosse acabar, Toby impediria a publicação da notícia — caso achasse que isso ameaçaria a segurança nacional.

Adam fechou os olhos por um momento. Então relaxou as resistências e a vontade própria e se deixou afundar naqueles braços em que finalmente podia confiar. Ligou os microfones.

— Vossa majestade — ele disse. — Senhoras e senhores. Honrados convidados. A natureza é pródiga.

O público na sala, ao vê-lo vacilar, prendera a respiração. E só expirava o ar agora, ao ouvi-lo dizer as primeiras palavras. Adam, também, ao ouvir a própria voz, aprumou-se irradiando uma *star quality* zoológica. Graças aos exercícios em frente ao espelho, as palavras vinham a ele, obedientes, através de uma auto-estrada de gestos coreografados que lhes facilitava a passagem. Ele olhou para a frente e pisou fundo.

— Permitam-me declarar aberto o Novo Jardim Zoológico de Londres/Regent's Park, o maior e o mais moderno jardim zoológico do mundo situado numa metrópole.

As paredes e o teto do salão eram de vidro, cobertos por uma rede de persianas de aço inoxidável. As persianas estavam fechadas. Mas, vagarosamente, foram se abrindo. Por trás de Adam, na parede do fundo, descortinou-se o jardim zoológico, com suas jaulas, suas florestas, sua savana, seus lagos, suas rochas.

— Um pacto — disse Adam. Uma aliança entre a civilização tecnológica e a natureza. Uma demonstração clara da possibilidade de co-existência pacífica entre o homem e os animais. Um milagre da técnica. E isso ainda não é nada perto do que vou lhes mostrar agora.

Um slide de oito por quatro metros apareceu numa tela à esquerda de Adam. Uma imagem de Erasmus fotografado no jardim-de-inverno de Mombasa Manor com a vegetação ao fundo e uma iluminação que simulava o amanhecer numa floresta tropical.

— Tenho, hoje, a emocionante tarefa de revelar aos senhores a descoberta zoológica mais importante do século, talvez de todos os tempos. Um mamífero desconhecido para nós até o presente momento. E mais próximo do homem que o chimpanzé. Um macaco humanóide de elevadíssima inteligência.

Adam articulara seu discurso numa jornada sentimental. Depois do suspense da introdução e do primeiro clímax causado pela projeção do slide de Erasmus, ele contaria, em frases curtas e escolhidas, que eles viam ali uma imagem e não o próprio animal, ao vivo, porque o macaco havia fugido e seqüestrado sua própria esposa. Prosseguiria com um resumo dos laudos científicos. Mas não conseguiu ir além da introdução. Quando abriu a boca e os braços no gesto planejado, sentiu um aumento da tensão na platéia vindo até o palco, ultrapassando-o e dirigindo-se para algo mais atrás. Virou-se.

Atrás do salão havia um prédio semelhante a uma

grande estufa, mas que era somente a parte visível da jaula espetacular que hospedaria o *Homina londiniensis*. No teto dessa construção havia um vulto de jaleco azul. Quando Adam se virou o vulto recuou um passo, acelerou rapidamente e pulou para o ar.

Foi um salto fantástico. Veio com o impulso profundo de um salto de trampolim, como o vôo de um homem-bala, numa direção suicida, diretamente contra a parede de vidro do salão.

Mas pousou leve como uma mosca sobre um torrão de açúcar. E então o homem — já se via que era um homem — pendurou-se nas esquadrias de aço. E foi avançando para cima, como um ciclista sobre uma pista plana, até o vértice do telhado, onde várias janelas estavam abertas.

O teto era sustentado por uma estrutura aparente que enfatizava a leveza orgânica da construção. Um sistema hexagonal de tubos de aço finos, como os urdimentos das células de uma colméia. Ao longo deles vinha o homem azul, escalando, girando nos próprios braços até alcançar um dos cabos que sustentavam os lustres. Deslizou por ali até o lustre, de onde, então, deixou-se cair, aterrissando ao lado do palanque.

Havia quinze oficiais armados naquele salão e cada um deles poderia, sem muito esforço, ter acertado um tiro no recém-chegado. Mas ninguém o fez. Naquele contexto, era impossível ver aquilo como uma ameaça. Adam, no palanque, irradiava segurança, os convidados irradiavam segurança e também os jornalistas, os oficiais, o edifício inteiro, o jardim zoológico inteiro, tudo estava ali num namoro tórrido mas totalmente seguro com a natureza e sua selvageria. Um namoro totalmente consentido porque tudo estava sob controle.

Adam deu dois passos para trás. O homem azul saltou para o palanque. Aprumou-se e olhou por um momento aquele público ali reunido. Depois arrancou o jaleco. E saiu de dentro das calças brancas. Ali estava o macaco Erasmus, totalmente visível, enorme, nu, peludo, com suas pernas curtas, para o público mundial.

Até esse momento, o salão inteiro se surpreendera e ficara cheio de dúvidas. Agora entendia tudo. Estavam assistindo a uma encenação. Que fazia parte do discurso de Adam. Um exemplo vivo e fantástico do adestramento de animais de que tanto se falava em Londres e no Sul de Glasgow. Era a apresentação ao vivo do sensacional macaco. Não apenas localizado e capturado por cientistas ingleses. Mas também já domado, adaptado e treinado.

Os aplausos explodiram. Aplausos delirantes. Os oficiais e os jornalistas aplaudiam sem parar e só pararam quando o macaco levantou o microfone.

— Viemos nos despedir — ele disse.

O público na sala não só ficou mudo. Ficou como que inanimado. Sua segurança e sua visão de mundo apoiavam-se na certeza de que o terrível pode ser identificado, localizado e controlado. Mas o animal diante deles falara. Num inglês perfeito e claro. E com essa linguagem precipitou-se subitamente sobre eles, como o desemprego, a ameaça de guerra, a AIDS, a poluição.

— Viemos de um lugar — continuou Erasmus — onde se costuma dizer que se um... ser humano está no chão deve-se oferecer-lhe a mão. Se ele recusar, devem-se lhe oferecer as duas mãos. Se mesmo assim ele recusar, deve-se erguê-lo. Mas se, então, mais uma vez ele recusar, deve-se largá-lo de volta ao chão. Eu espero não ferir ninguém afirmando que vocês estão no chão. Vocês todos estão no chão. E foi por isso que decidimos fazer uma experiência. Mas falhou. Estávamos enganados.

Os espectadores sentiam frio. A tarde era quente, mas eles sentiam frio. Por baixo de seus fraques e pelerines, por trás de suas jóias e medalhas, câmeras e armas portáteis, eles sentiam frio.

— Tentamos. Em diversos países, ao mesmo tempo. E para mim esta foi a última tentativa.

Erasmus deu as costas para a platéia, virando-se lentamente, como um manequim numa passarela. Os espectadores puderam contemplar, então, nitidamente, as cicatrizes das cirurgias, as marcas de mordidas, as feridas das queimaduras ainda não curadas e várias manchas de pêlo raspado onde os eletrodos tinham sido inseridos.

— Eu tentei me adaptar — disse o macaco —, nós todos tentamos. Mas não tivemos muito sucesso. Agora estamos de acordo, todos nós. Ainda não chegou a hora. Não podemos fazer mais nada, pelo menos desta vez. Está difícil... demais. Vamos voltar para casa.

Houve uma agitação na sala. Um decano da Universidade de Londres subiu ao palanque. Conhecido e eternamente impedido de se tornar reitor por apontar o desprezo das ciências naturais às idéias de responsabilidade global. Ficou imóvel por um momento ao lado do palanque. Era um homem alto, com a barba grisalha. Em seguida enfiou uma das mãos por dentro do forro do fraque, levantou o plastrom e arrancou-o. Revelando seu peito peludo. Mas não como o de um homem. Era um peito branco, ondulado, de pêlos longos, como uma peruca inteira. Então despiu todo o fraque, abrindo as calças e saindo de dentro delas. Ficou nu ao lado do palanque, calçado apenas com seu enorme par de sapatos envernizados. Era um macaco, tal qual Erasmus mas ainda maior, mais velho e com pêlos de pontas prateadas.

Uma mulher também subiu e postou-se a seu lado, uma mulher alta e conhecida. Vice-diretora da Sociedade Zoológica Real, uma personalidade pública, porta-voz em questões de ética animal. Uma intelectual defensora da proibição definitiva de experiências com animais. Ela, mais do que ninguém, conseguira convencer cinqüenta e dois países a aderir ao Projeto Grande Macaco — que conferia aos macacos humanóides a mesma proteção jurídica, econômica, ética e social dada aos seres humanos deficientes. Assim como o decano, ela ficou ali, parada, por um instante, sem se mexer.

Um grito ecoou no meio da platéia, uma súplica lancinante e comovente. Era seu marido, que, alucinado, tentava abrir caminho através da assistência para impedir o que ia acontecer. Mas não conseguia avançar. As pessoas estavam congeladas nos lugares. E, como estalactites, bloqueavam seu caminho.

A mulher levantou o vestido até a cabeça, desvencilhou-se dele e atirou-o no chão. Seu rosto era liso, mas o resto de seu corpo, nu, era peludo, coberto apenas com uma calcinha tão grande que lembrava uma vela de barco.

Dois funcionários do Ministério da Agricultura atravessaram a sala. Eram desconhecidos daqueles duzentos convidados. Mas bem conhecidos no ministério e no governo onde havia já muito tempo vinham sendo criticados, neutralizados e isolados politicamente por sua obstinação na tese de que a sobrevivência dos animais selvagens estaria radicalmente ligada à insaciável voracidade material dos países ricos. Estavam acompanhados de um policial, de dois guardas de animais e de um produtor de televisão — todos anônimos para os convidados ali presentes, mas que, para os que conviviam com eles todo dia, sempre tinham sido motivo, ao mesmo tempo, de atração e repulsa, por sua franqueza radical e desconcertante — lembrando sempre, pacífica e insistentemente, que havia algo na vida moderna que estava muito errado. As pessoas abriram espaço e a pequena procissão subiu ao palanque, despojando-se de seus paletós e fraques, uniformes, armas portáteis e carteiras de imprensa. Eram macacos.

Nem um único espectador, mais tarde, durante o inquérito, seria capaz de lembrar com exatidão o número de macacos que teria subido ao palco. Mas todos concordaram que eram muitos e que devia oscilar entre cem e duzentos.

Mas, na verdade, eram só doze. E, apesar de sua quietude, desencadearam uma tempestade que caiu sobre o cérebro dos convidados como um bombardeio de imagens confusas de leões, lagartos pré-históricos, cobras, dragões, cães raivosos, crocodilos e mandris insanos — todo o museu de horrores zoológicos da infância. Erasmus levantou o microfone.

— Quando não estivermos mais aqui — ele disse — os senhores vão nos esquecer. Até que voltemos novamente. Até lá, há só uma coisa que lhes rogamos, por favor, não esqueçam. Trata-se do seguinte: como é dificil saber onde, em cada um de nós, acaba aquilo que os senhores chamam de "homem" e começa aquilo que os senhores chamam de "animal".

Com um pulo ele desceu do palanque e por um momento os doze macacos ainda ficaram ali, parados, lado a lado. Depois recuaram, devagar, até a escada, desceram do palanque e sumiram.

A sala ficou imóvel durante um minuto. Petrificada pelo horror e por uma vaga lembrança das palavras do macaco. Então os seres humanos ressuscitaram e seu primeiro sinal de vida foi irracional, desprovido de qualquer reflexão e por isso absolutamente honesto. Uma espécie de luto desceu sobre eles. Compreenderam que tinham sido abandonados. Por alguma coisa muito valiosa. Privados de uma grande força protetora. Voltaram a se mover sem nenhum destino ou perspectiva, dando voltas, entre si, como crianças perdidas à procura dos pais, atropelando uns aos outros. E alguns minutos depois, a devastação deu lugar à raiva, à vingança infantil contra os adultos que os haviam abandonado. Começaram a gritar, a uivar, como animais, sacaram suas armas para dar início à perseguição, arrombando as portas dos camarins atrás dos palcos, aos urros, precipitando-se por corredores e banheiros, atirando-se acima e abaixo das escadas, mas os macacos tinham sumido.

Entretanto, surgiu em meio àquele desespero enraivecido uma espécie de disciplina por reflexo, vinda diretamente da medula espinhal prolongada. Um homem subiu ao palanque para organizar a desocupação do local.

Iam saindo da sala em filas, apáticos, como gado. Chocados, marcados pelo que havia acontecido, doentes de preocupação com o futuro, duvidando se o mundo para onde voltavam ainda existiria.

10

Antes que o último convidado deixasse o salão, já começava em toda a Inglaterra, de Jersey até as ilhas Hébridas, uma agitação febril que durou cerca de duas horas. Depois disso o país enrijeceu e parou.

A primeira onda de desespero começou, tanto no interior quanto nas cidades, quando todos, depois das primeiras notícias ainda confusas e dos primeiros boatos alarmantes, jogaram para o alto o que quer que tivessem nas mãos e correram de volta para suas casas. Entraram em pânico, enlouqueceram, pisotearam uns aos outros, roubaram os carros alheios, seqüestraram os ônibus e obrigaram os motoristas a lhes servirem de táxis, querendo todos chegar em casa o mais rápido possível, para ver se seus maridos, mulheres ou filhos ainda estavam lá ou se eles também eram macacos e os haviam abandonado.

Quando chegavam em casa, trancavam as portas, fechavam as cortinas, passavam os ferrolhos, desciam as persianas e ligavam a televisão.

Tudo o que havia na tela era um aviso lacônico de que as transmissões estavam temporariamente interrompidas.

Até mesmo a BBC — que se orgulhava de transmitir tudo, sem exceção, e que ficaria honrada se, no caso de uma nova guerra mundial, um repórter seu fosse o último sobrevivente do planeta, só para transmitir, diretamente do

Nada, uma boa reportagem sobre o Apocalipse —, até ela, a BBC, estava muda. Quando os *Newsnight Desk* chegaram ao trabalho, atendendo ao chamado de urgência, entreolharam-se questionando-se sobre a possibilidade de cada um deles — como todos os outros — ser macacos. Havia tamanha incerteza que qualquer movimento poderia ser um erro, e nesse caso, portanto, era melhor não fazer nada. Por isso, com um murmúrio silencioso, deram meia-volta e retornaram às suas casas.

Às oito horas da noite, até o anúncio de que as transmissões estavam interrompidas sumiu da televisão. A tela escureceu quando as centrais elétricas de Londres fecharam, uma atrás da outra, por ausência de funcionários. Dungeness, AIB, The French Interconnector, Barking em Essex e as centrais de carvão em Kingsnorth e Tilbury. E, privada de oxigênio, a cidade entrou em coma.

Tal como o pôr-do-sol, Londres escurecia. O último congestionamento de trânsito cedeu, todas as lojas foram fechadas, as ruas estavam vazias e pretas como carvão, como só tinham estado no blecaute durante a guerra. Toda e qualquer atividade humana visível fora suspensa. Até a criminalidade recuou, neutralizada por um temor maior que sua voracidade. Mesmo os assaltantes, os cambistas, os criminosos violentos, traficantes, trapaceiros e a prostituição organizada queriam garantir que seus parceiros, guarda-costas, gigolôs, *bookmakers* e até mesmo seus carrascos ou vítimas eram seres humanos e não animais.

Em quatro milhões de lares, sete milhões de londrinos passavam por uma crise psicótica de identidade. Estavam impedidos de saber sobre o destino da Inglaterra, da Europa e do resto do mundo. Duvidavam do próprio governo, da própria sociedade. Desconfiavam da identidade de seus amigos e chefes. Assustados, olhavam uns para os outros, querendo lembrar como eram seus filhos, maridos ou mulheres quando estavam nus. Como loucos, especulavam sobre a primeira vez em que tinham amado suas mulheres, tentando descobrir se elas poderiam ser macacos ou descendentes de macacos. Olhavam para as lâmpadas de querosene ou para as velas que acendiam, pensando na luz da Casa Real. A possibilidade era terrível, mas impossível de se evitar. Mesmo depois de tantos anos de sucessões e trocas de trono, e tantos problemas com herdeiros, era impossível garantir que sua rainha não fosse um macaco.

11

Dois faróis varriam a noite. Um carro solitário se movia através de Londres. Devagar, passando pelas vitrines das lojas fechadas, pelos cruzamentos de semáforos apagados, desviando-se dos carros abandonados no meio das ruas.

Madelene ia no banco da frente, entre Johnny e Bally. Tensa, com o rosto pálido, ela os guiava por uma cidade que mal reconhecia. Por bairros que nunca tinha visto sóbria e por onde jamais tivera a responsabilidade de encontrar um caminho.

Entretanto, encontrava-o com a confiança cega de um pombo-correio. Quando fez sinal para que parassem, no centro de Mayfair, Bally e Johnny já estavam perdidos havia horas. E vinham choramingando, acuados entre o temor da escuridão e o abandono que viam do lado de fora e o medo do desespero daquela mulher ao seu lado.

Madelene levou-os pelas mãos como crianças, através da rua, primeiro por uma portinhola, subindo uma escada e depois através de vários quartos escuros que, como uma rede de pesca, pareciam atraí-los para dentro, fechando-se por trás deles.

Finalmente pararam diante de uma porta. Madelene girou a maçaneta, abriu-a para dentro, para uma nova porta, atrás da qual ainda havia sol, um sol que ardia numa incandescência branca, dentro de uma tina de aço inoxidável, ao lado de um triturador elétrico e de uma pilha de galões de querosene. Cegos por aquela luz, pararam à porta.

— Entrem para uma xícara de chá — disse Andrea Burden.

Ela estava de pé do lado do fogo com os braços cheios de pastas amarelas lotadas de papéis. Deixou tudo aquilo cair dentro da tina de aço. Os processos iam caindo como tijolos e pegando fogo como gasolina. Mesmo ali, ao lado da porta, o calor da fogueira era impressionante.

— Quebra-cabeças — disse Andrea Burden. — Quando criança eu adorava quebra-cabeças. "Alvorada na savana de Serengeti". Sete mil peças. As outras crianças nem começavam. Mas quem começava não conseguia mais parar. No final, ficavam faltando umas vinte peças, sempre as do céu — só de céu azul havia três mil peças, praticamente iguais. Então ficávamos loucos. Minha mãe me contou que durante a guerra, durante os bombardeios, havia pessoas que morriam só porque queriam completar aquela última parte do céu. Desprezavam os alarmes. Quando eu vi você pela primeira vez, imaginei que poderia ser esse tipo de pessoa.

— Onde está Erasmus? — disse Madelene.

— O macaco? Deve estar no caminho de volta.

— De volta para onde?

— Ah, eu não lhe contei? Para as florestas do Báltico. As florestas suecas e finlandesas. Este — Erasmus — foi capturado naquela ilha dinamarquesa, a mais oriental. Uma ilha rochosa, como é o nome mesmo?

— Devem ter marcado um ponto de encontro aqui — disse Madelene. — Talvez ainda estejam por aqui. Talvez não tenham conseguido sair de Londres. Pensei que você talvez soubesse o lugar.

— E isso é importante? Você tem idéia do que é que está acontecendo por aqui?

— Ela o ama.

Atrás do quarto havia mais alguém. Ao lado da porta

aberta estava Adam, segurando uma pilha de pastas de relatórios. Talvez, de fato, pela primeira vez na vida, Madelene pudesse ver nitidamente o homem com quem se casara. Viu que o amara por aquela vulnerabilidade indefesa que ele mostrava e que logo depois ocultava, substituindo-a por uma indiferença cuidadosamente cultivada — o que fez com que esse mesmo amor se extinguisse.

— A sociedade entrou em colapso — disse Andrea Burden. — Falei com Toby. O governo renuncia amanhã. Há rumores de que a metade dos ministros é macaco. Vão formar uma comissão de investigação, mas digamos que fossem mil macacos de comprovada inteligência, nos cargos mais altos. É preciso se organizar para o caos que eles vão deixar. E garantir que não vão voltar. Fui chamada para ser secretária dessa comissão. Adam vai ser o conselheiro científico. A comissão terá poderes para legislar. Como um governo *ad hoc*. Vamos ter de enfrentar revoluções caóticas. E mil é uma estimativa ainda baixa. Adam e eu lidamos com a probabilidade de dez mil. Mesmo cem mil não seria impossível. E só na Inglaterra. Imagine no resto da Europa! No Novo Mundo! Ainda não sabemos sobre sua capacidade de reprodução, mas imagine, em âmbito global, imagine se houvesse...

— Doze. Se fossem só doze.

Todos no quarto viraram as cabeças. Uma das janelas de cima estava aberta. E era Erasmus quem estava ali, sentado no parapeito. Os números cardinais ainda eram novos para ele. Para garantir que estava sendo compreendido, mostrou primeiro, com os dedos, dez e, em seguida, dois. Mas não era para o macaco que Andrea Burden olhava fixamente. Era para a cifra que suas mãos exibiam.

— É impossível!

"Dez" — as mãos do macaco repetiram. "Dez" e "dois".

Num esforço sobre-humano Andrea Burden reavaliou sua estratégia.

— Ninguém sabe disso — ela disse. — Ainda há grandes problemas pela frente. E os outros países? Dinamarca? o resto da Escandinávia? Alemanha?

O macaco não respondeu. Seu rosto tornou-se inexpressivo.

Fez-se silêncio. Não se emitiu um único som e no entanto todos ali presentes ouviam algo além do crepitar das chamas. Um som que não era físico, mas mental: o estrondo de grandes projetos secretos desmoronando.

Andrea Burden começou a rir. Um riso alucinado, apesar do choque, apesar do aspecto problemático da situação; ela ria, e seu riso contagiava, como uma crise respiratória epidêmica. Bally começou a rir, Johnny ria, Adam sorria nervoso mas, mesmo assim, sorria, e finalmente o rosto do macaco explodiu e até a fogueira de querosene e papel parecia gargalhar numa hilaridade que se expandia, subindo pelo ambiente.

Madelene foi a única que não riu.

— Você me traiu — ela disse para o macaco.

Não há nada mais irritante do que alguém que sabota a farra coletiva. Andrea Burden tentou detê-la.

— Saia da frente — disse Madelene.

A outra mulher se afastou. Madelene avançou para o macaco.

— Você se aproveitou de nós, de mim e dos outros, você nos usou como burros de carga.

— Infelizmente, eu não tinha outra escolha — disse o macaco.

— Para atravessar os cercos, diante das câmeras, entre aquelas pessoas todas. Sabendo que iríamos ajudá-lo.

— Eu precisava de ajuda para entrar — disse o macaco. — Os humanos vêem televisão. Queríamos falar para a televisão.

Andrea Burden e Adam tinham recuado até a parede. Bally e Johnny se comprimiam contra a porta. O chão se esvaziou para o primeiro embate entre Madelene e o macaco.

— Você não me disse nada. Você me deixou sozinha, preocupada, angustiada.

— No lugar de onde eu venho, dizemos que os planos que se realizam são aqueles que não se contam a ninguém.

O macaco olhou para baixo com uma segurança monumental. Mas Madelene estava perto o suficiente para ver o pânico que crescia sob suas pálpebras entreabertas.

— Você não se lembra mais de com quem está falando — ela disse. — Olhe bem para mim. Você sabe quem eu sou? Eu sou aquela que você ama.

O macaco olhou para ela.

— Nunca me arrependo de nada — ele disse. — No lugar de onde eu venho, nós não podemos nos arrepender. Mas, se eu pudesse, pediria disculpas.

Se Erasmus desse mais um passo para trás cairia lá embaixo. Mas já estava comprimido contra a janela.

— Não peça desculpas — disse Madelene. — Não diga nada. Só cale a boca. Cale a boca por dois minutos, pelo menos, só para que eu saiba que você compreendeu. Se você não fizer isso, sou eu quem vai voltar para as florestas. E você nunca mais vai me ver.

Houve um silêncio de um, dois, três minutos, um silêncio mortal. Até que Andrea Burden se mexeu, nervosamente, como quem tenta se acomodar no banco quente de uma sauna.

— As últimas peças — ela disse. — As últimas peças do céu...

O lugar era pequeno. No passado fora um quarto de empregada, agora transformado num cofre de segurança, emparedado, com três metros quadrados e pé-direito normal. As paredes estavam cobertas do chão ao teto por pastas amarelas empilhadas sobre prateleiras esmaltadas de verde.

— Vivemos uma época interessante — disse Andrea

Burden. — Os seres humanos estão mais ligados aos animais do que nunca. Cachorros e gatos dormem em nossas camas, são beijados na boca, acariciados entre as pernas. Nos meios de comunicação, eles transbordam. Os quartos de crianças estão entupidos deles. É muito interessante, isso tudo.

Só os três estavam dentro do cofre. Madelene, Erasmus e Andrea Burden. Bally, Johnny e Adam estavam parados na porta.

— Os animais estão em todos os lugares. Na morte das pessoas, quando se recebem as heranças, entre os adultos e as crianças, na proteção dos jardins em frente às casas, nos eventos esportivos, nos asilos, onde há gente há sempre animais, hoje em dia mais do que nunca. E também dentro das pessoas, em sua vida espiritual, próximos à sua consciência, sua visão de mundo, sua angústia e paixão, tudo está repleto de animais. E é por isso que todos me procuram. Pesquisadores, políticos, gente rica, todos vêm porque amam os animais. Vêm porque eu lido com os recursos das fundações, hospitais de animais, abrigos de animais sem dono. E administro tudo com neutralidade, de uma maneira apolítica, que não fira a consciência de ninguém. Sou, para eles, o funcionário padrão, o advogado, o psicanalista, o pastor e a mulher que controla o caixa. E, sou, sobretudo, a que ama os animais e que pertence à sua própria classe social. É para mim que eles contam sobre o gato da amante secreta, sobre o cachorro da casa do ex-marido, sobre os bichinhos de estimação das crianças, os que se usam para mimar as crianças, sobre a cobra com a qual ele a convenceu a fazer um show particular, sobre o cão de guarda que saiu do controle do dono, sobre o animal que assistiu à curra, à derrota, à falsificação, ao vício. Quando estão sentados à minha frente, eu, de alguma maneira, me transformo naquele animal, adquiro suas qualidades, sua afetividade, sua dependência, ao mesmo tempo que escuto e compreendo como ser humano. Então desatam a falar. Falam sem parar, aos borbotões. Há vinte anos que falam aos borbotões. Quando vão embora, tomo minhas notas.

Suas mãos acariciaram as pastas sobre as prateleiras.

— Cinco mil casos. Cinco mil esboços da anatomia nua e crua da classe alta inglesa. Causa decisiva da realização do Novo Jardim Zoológico de Londres/Regent's Park. Mas nunca obriguei ninguém a nada. Revelava apenas um detalhe de algo que eles próprios ou a mãe, ou uma prima, um dia, casualmente, me contaram. E sugeria vagamente a eles que poderia existir um quarto como este. Deixava escapar uma frasezinha aqui, outra ali, entre os investidores, no governo. Como vocês acham que consegui desembaraçar legalmente o terreno para uma *development corporation*? Como consegui vencer uma negociação desse tipo? Normalmente isso teria custado milhões de libras. Mas, dessa maneira, tudo vinha facilmente às minhas mãos. Depois era só encaixar as peças que faltavam.

— Estelionato — disse Madelene. — Você é uma terrorista.

Andrea Burden apertou os olhos.

— Os matadouros ingleses assassinam duzentos mil animais por dia. As grandes populações que ainda restam de animais selvagens estão sendo exterminadas. Minha consciência está branca como neve.

Ela estendeu os braços para Madelene e Erasmus.

— Fiquem do nosso lado — ela disse. — Agora. Se o grande caos não acontecer hoje, acontecerá amanhã. Até agora só pudemos convencer uma minoria, uma elite. Mas a elite não conta. Os que governam não exercem o poder. Eu sei, entendo de poder, trabalho com ele. E sei que ele é apenas administrado. Não são os ricos que destroem o mundo, eles são poucos, insignificantes para isso. As pessoas comuns é que estão devorando a Terra. É a pequena voracidade. A pequena voracidade da dona de casa, a pequena voracidade da criança, o automovelzinho do paizinho multiplicado por sessenta milhões, na Inglaterra, por duzentos e cinqüenta milhões nos Estados Unidos, por setecentos e cinqüenta milhões na Europa. É isso que precisamos denunciar aos gritos. É aí que temos que jogar a bomba. E o novo zoológico será o detonador. Vocês podem nos ajudar com os explosivos. Venham, vamos encaixar as últimas peças do céu azul.

Madelene balançou a cabeça negativamente. Andrea Burden olhou para o macaco.

— No lugar de onde eu venho — disse Erasmus — somos sensíveis demais para coisas que fazem... catabum!

— Você e a sua espécie serão exterminados — disse Andrea Burden.

— Veremos, quando chegar a hora — disse o macaco.

Pegou Madelene pela mão e os dois foram atravessando a sala, passando pela tina de aço inoxidável.

— Vocês não podem me abandonar — disse Andrea Burden. — Eu confiei em vocês. Preciso que me apóiem.

Adam estava a seu lado. Agora, com um rifle nas mãos.

O macaco parou e olhou para a arma.

— Costumamos dizer — ele falou — que, se encontramos um inimigo, primeiro tentamos fazer a paz. Se não for possível, procuramos seduzi-lo. Se isso também não for possível, devemos enfeitiçá-lo.

— E se isso também não for possível? — disse Andrea Burden.

— Se isso também não for possível — disse o macaco — devemos destruí-lo.

A sala ficou em silêncio. Silêncio absoluto. Por um minuto, dois, três. Até que Adam Burden largou a arma. Madelene e o macaco foram até a porta. Adam foi atrás, desarmado, desajeitado. Parou em frente ao macaco.

— Eu queria... desejar a vocês sorte e felicidade — ele disse.

Virou-se para Madelene.

— Descobri... aqui... agora... que é melhor assim. Nós

dois nunca teríamos dado certo. Eu... não agüentaria. Preciso de alguém mais... suave.

Madelene pousou a mão sobre o ombro dele, num gesto pequeno, mas de extremo carinho.

— Você também vai encontrar — ela disse.

12

A última manhã foi escaldante. O sol iluminava Londres como se atravessasse um prisma ustório. E era para essa luz desagradável que os habitantes da cidade despertavam, após mais uma tentativa de se matar, bebendo. Sem muita certeza se a realidade ainda estava lá, saíam de suas casas engatinhando e se viam — como sempre, depois de um delírio — diante da dolorosa escolha entre repetir os erros que levarão inexoravelmente à morte ou tentar ficar sóbrio.

No Klein's Wharf, Bally recolhia as borrachas de defesa da *Arca*. Tudo o que o ligava a Londres, agora, eram dois cabos que, a seguir, seriam recolhidos e então se soltariam. Em poucos minutos ele deixaria para trás a cidade e os acontecimentos traumáticos dos últimos dois meses. Nunca mais voltaria. E nunca mais pensaria no que havia acontecido. Na verdade, já deixara de pensar naquilo. Mas ao ouvir um motor de carro no cais vazio, entre os armazéns, enfiando instintivamente a mão pela escotilha para soltar a escopeta das presilhas e sentindo os canos da arma dobrados como uma ferradura, viu que sua consciência o traía, obrigando-o a lembrar-se do macaco.

O caminhão de Johnny parou. E de dentro dele desceram Johnny, Madelene e Erasmus. Madelene e o macaco apertaram a mão de Johnny, foram para o cais, até *A arca*, e subiram a bordo.

Bally percebeu que aquela arma estava inutilizada. Sentiu latejar um lado do rosto, ainda inchado. Percebendo que o uso de violência, infelizmente, estava fora de questão, pensou em chamar a Polícia Fluvial pelo rádio de ondas curtas, invocando a Lei da Pirataria e admitindo, pela primeira vez desde criança, a possibilidade de contar com a piedade alheia.

Ainda estava confuso, quieto e sem ação quando o macaco pegou sua escopeta encurvada. Com um gesto leve, desdobrou-a e atirou-a ao mar.

— Esperamos não ser inconvenientes — ele disse. — Trouxemos nossa própria comida.

Bally olhou para cima. De dentro do *sleeper* do caminhão saíram um macaco, dois macacos, três. Da cabine do motorista, três. Do *sleeper*, mais dois. Sete macacos. Dez macacos. Onze. Colossais. Como Erasmus, ou maiores. Todos com coletes salva-vidas, suestes e capas impermeáveis, carregando caixas e sacos de lona.

— Deixe-me ajudá-lo a soltar esses cabos — disse Erasmus.

Erasmus enrolava os cabos. Bally, hirto como um robô, punha o motor do barco em marcha, soltando-o do cais. Os outros onze macacos se redistribuíam para equilibrar o peso da *Arca*. Foi então que Madelene acenou para Londres e para Johnny. E quando levantou os dois braços para o ar sentiu um pequeno movimento que, em geral, as grávidas de primeira viagem não conseguem identificar. Pelo menos não tão cedo na gravidez, mas que ela, com toda certeza, imediatamente e sem sombra de dúvida, soube que era do bebê, do bebê dela e de Erasmus, de seu pulo de peixinho naquele oceano de líquido amniótico.

Erasmus veio da proa, Madelene tomou sua mão e olhou para o céu.

— As últimas peças — ela disse — não são apenas de céu azul. Também são de um anjo.

— O que é um anjo? — perguntou o macaco.

Madelene balançou a cabeça.

— Isso eu nunca entendi completamente — ela disse. — Mas deve ser um terço Deus, um terço animal e um terço homem.

ESTA OBRA, COMPOSTA PELO ESTÚDIO O.L.M. EM GARAMOND LIGHT, TEVE SEUS FILMES GERADOS NO ESTÚDIO 34 E FOI IMPRESSA PELA PROL EDITORA GRÁFICA EM OFF-SET SOBRE PAPEL PÓLEN SOFT DA COMPANHIA SUZANO PARA A EDITORA SCHWARCZ EM DEZEMBRO DE 1996.